# COMO PENSAR A LINGUAGEM EM ALGUMAS QUESTÕES

**Uma Teoria do Discurso Humano e seus Objetos**

Título original: *Some Questions about Language: A Theory of Human Discourse and Its Objects*

*Editor* | Edson Manoel de Oliveira Filho

*Produção editorial e projeto gráfico* | É Realizações Editora

*Diagramação* | Maurício Nisi / Nine Design

*Preparação de texto* | Eliel Cunha

*Revisão* | Otacílio Palareti



CIP-BRASIL. CATALOGAÇÃO NA PUBLICAÇÃO
SINDICATO NACIONAL DOS EDITORES DE LIVROS, RJ

---

A185c

Adler, Mortimer J., 1902-2001
Como pensar a linguagem em algumas questões : uma teoria do discurso humano e seus objetos / Mortimer J. Adler ; tradução Diogo Chiuso. - 1. ed. - São Paulo : É Realizações, 2021.
208 p. ; 23 cm. (Educação clássica)

Tradução de: Some questions about language
Inclui bibliografia
ISBN 978-65-86217-36-0

1. Psicolinguística. 2. Linguística. I. Chiuso, Diogo. II. Título. III. Série.

21-70346 CDD: 401.9
CDU: 81'23

---

Leandra Felix da Cruz Candido - Bibliotecária - CRB-7/6135
09/04/2021 09/04/2021

É Realizações Editora, Livraria e Distribuidora Ltda.
Rua França Pinto, 498 · São Paulo SP · 04016-002
Telefone: (5511) 5572 5363
atendimento@erealizacoes.com.br · www.erealizacoes.com.br

Este livro foi impresso pela Gráfica HRosa em junho de 2021. Os tipos são da família Weiss BT e AW Conqueror Inline. O papel do miolo é o Lux Cream 70 g, e o da capa, cartão Supremo 250 g.

# COMO PENSAR A LINGUAGEM EM ALGUMAS QUESTÕES

## Uma Teoria do Discurso Humano e seus Objetos

*Mortimer J. Adler*

*Tradução*
*DIOGO CHIUSO*

É Realizações
Editora

*Para Jacques Maritain*

# SUMÁRIO

# PREFÁCIO

O assunto deste livro tem me interessado há pelo menos cinquenta anos. Meu primeiro contato com ele deu-se em 1922, quando entreguei, antes da graduação no Clube Filosófico da Universidade Colúmbia, um artigo científico sobre a filosofia e a psicologia do significado. Depois, o que lembro dos estágios do desenvolvimento de minhas ideias sobre o assunto são as conferências que fiz na Universidade de Chicago e na Universidade Yale nas décadas de 1940 e 1950; também alguns capítulos e notas no *The Difference of Man and The Difference It Makes*, publicado em 1967; e, por fim, mais algumas conferências no St. John's College em 1971 e em 1972, que são distintas de todas as formulações anteriores, na medida em que refletem a pesquisa e a discussão do assunto, financiadas pelo Institute for Philosophical Research, a partir de 1966. O trabalho começou a dar frutos em 1969, quando John N. Deely se juntou à equipe como pesquisador sênior e se comprometeu a levar adiante as pesquisas e discussões que ocorreram na época da redação deste livro. O Dr. Deely examinou uma vasta literatura contemporânea que lida com teoria da linguagem, algumas filosóficas, outras não. Além disso, as discussões nas quais nos envolvemos contribuíram para minha compreensão de certos pontos nas doutrinas tradicionais que influenciam os problemas da linguagem e ajudaram a aprofundar o meu entendimento em alguns pontos do pensamento antigo e medieval que auxiliam na resolução desses problemas.

Por isso estou em débito com o Dr. Deely. E lamento que nossas diferenças de opinião sobre alguns aspectos da teoria que, de certo modo, compartilhamos o tenham impedido de associar seu nome ao meu na autoria deste livro. Ele publicará, sozinho, artigos que expressam suas reservas ou visões discordantes; um desses artigos que ainda não foram publicados já está citado no Apêndice Bibliográfico.

Há muito tempo tenho defendido a ideia de que a exposição da doutrina filosófica deveria ser acessível, concisa e estruturada como a demonstração da sequência de teoremas de uma monografia matemática. Não conheço melhor forma de alcançar essas qualidades do que através de série ordenada de questões que coloquem os problemas que uma teoria filosófica se propõe a resolver.

Em cada capítulo ou parte da exposição, o leitor será informado das perguntas a serem respondidas, e o porquê de elas terem sido colocadas. Então, enquanto prossegue de pergunta a pergunta, ele não deverá ter dúvidas sobre a posição do argumento e a direção da análise.

Muitas vezes um trabalho filosófico obriga o leitor a examinar página a página da exposição, antes de descobrir, caso ainda não tenha descoberto, qual o problema (ou problemas) que se pretende resolver. Às vezes ele mesmo é obrigado a formular problemas, tentando relacioná-los com o objeto da discussão. Mas isso me parece um desperdício de energia do leitor, além de uma fonte de dispersão e confusão. Isso também permite que o escritor discorde – para seguir alguns atalhos que podem levar a muitas complicações desnecessárias –, já que a relevância de seus comentários e observações, e até mesmo de seus argumentos, não foram rigorosamente controlados por um conjunto de questões muito específicas que exigem simplesmente respostas claras e satisfatórias.

Para evitar tudo isso, tentei fazer uma exposição de uma doutrina filosófica que atenda a requisitos que facilitam o entendimento. Mas há um aspecto em que a exposição deve se diferenciar da ordem que compõe os tratados matemáticos, nos quais a demonstração de um teorema anterior não depende dos teoremas ou demonstrações posteriores. Uma exposição filosófica não pode seguir essa ordem inflexível. O leitor perceberá, em alguns casos, que a resposta de uma pergunta anterior será mencionada explicitamente, mas também poderá ser adiada, para tratar de assuntos que afetarão as respostas a serem dadas posteriormente. Até que as últimas perguntas sejam respondidas, as respostas anteriores podem não ser totalmente compreendidas, fundamentadas de forma adequada ou mesmo defendidas de forma convincente.

A forma de exposição que adotei é incompatível com as citações de autores específicos, antigos ou modernos, cujas teorias são totalmente rejeitadas, criticadas e corrigidas ou modificadas e ampliadas. Também impede citações de suas obras, comentários em notas e rodapé sobre elas e digressões polêmicas nas quais argumentos *ad hoc* são desenvolvidos.

Mas adicionei duas seções no fim do livro, esperando compensar um pouco esses impedimentos. A primeira é um epílogo de caráter parcialmente histórico e parcialmente polêmico, no qual filósofos específicos são mencionados pelo nome. A outra é um apêndice bibliográfico dividido em quatro partes. A primeira relaciona os autores cujas teorias da linguagem divergem fundamentalmente da teoria exposta neste livro. A segunda traz uma lista de autores cujas teorias são rejeitadas em certos pontos, mas aceitas em outros. A terceira, os autores cujas teorias são aceitas em pontos essenciais mas modificadas, ampliadas ou corrigidas em outros. Por fim, na última parte há a lista de um número de livros e artigos que examinei, mas julguei de menor relevância para a teoria exposta neste livro.

Os leitores deste livro poderão chegar a ele familiarizados ou não com a literatura da filosofia da linguagem, seja tradicional, seja contemporânea. Para os que não conhecem muito bem a literatura do tema, a falta de notas de rodapé e de referência de autores específicos não será um impedimento para compreenderem a teoria aqui proposta, ou os pontos de vista que ela critica ou rejeita. No entanto, quem estiver interessado nos pontos controversos, encontrará no apêndice bibliográfico a orientação necessária entre os trabalhos que devem ser examinados para se aprofundar no seu interesse.

Para os que já são versados na literatura sobre o tema, as notas de rodapé e as referências a autores específicos não serão necessárias, pois reconhecerão as teorias que forem críticas ou rejeitadas. No entanto, mesmo para esses, a quarta parte do apêndice bibliográfico pode ser útil como um guia para os pontos principais levantados na controvérsia em que este livro assume uma posição definitiva.

A dedicatória deste livro, por amizade e gratidão a Jacques Maritain, representa não apenas uma longa relação pessoal mas também uma dívida particular. Foi lendo o seu *Degrees of Knowledge*, traduzido e publicado em 1938, que tive o *insight* indispensável para a solução do problema básico do significado; e foi este livro, como também alguns outros escritos de Maritain, especialmente o ensaio "Sign and Symbol" (em *Ransoming the Time*, 1941), que chamou minha atenção para o *Treatise on Signs*, de João de Santo Tomás. Uma tradução do Dr. Deely dessa parte do *Cursus Philosophicus* de João de Santo Tomás, usada no decorrer do seu trabalho em linguagem no Institute for Philosophical Research, está programado para publicação num futuro próximo.

Quero ainda expressar minha gratidão aos colegas do Institute for Philosophical Research que leram o manuscrito deste livro e me beneficiaram com suas críticas e sugestões: Charles Van Doren, William Gorman, Otto Bird, John Van Doren e William O'Meara. Também sou grato ao Aspen Institute for Humanistic Studies e a seu presidente, Joseph Slater, de quem sou devedor dos subsídios que tive à disposição como pesquisador-residente em Aspen, durante o verão de 1973, que permitiram que este livro fosse escrito.

*Mortimer J. Adler*
*Chicago*
*Junho de 1974*

# CAPÍTULO I

# O ESCOPO DA FILOSOFIA DA LINGUAGEM

## PREÂMBULO

Ainda que a linguagem seja assunto de muitas investigações e exista muitas abordagens a respeito de sua origem e natureza, de seus propósitos e usos, de seus defeitos e sobre as maneiras de superá-los, a filosofia é a única entre as disciplinas e metodologias que se interessa pela linguagem. Esse interesse pode ter surgido inicialmente das dificuldades encontradas no uso da linguagem para o discurso filosófico, mas também acaba se estendendo para o uso da linguagem no discurso comum, em todas as disciplinas e para todos os outros propósitos. Portanto, a filosofia não tem como evitar o interesse da substituição, como instrumento de discurso, de linguagens especialmente construídas por uma linguagem comum.

Enquanto o interesse filosófico pela linguagem é muito amplo, a abordagem filosófica em relação à linguagem é, na verdade, limitada pelo tipo de questão que é legítimo para um filósofo tentar responder. Existem muitas perguntas sobre a linguagem que só podem ser respondidas por uma pesquisa histórica, por métodos empíricos das ciências sociais e comportamentais ou por algum outro campo do conhecimento humano, como a filologia. Portanto, é necessário definir o escopo da filosofia da linguagem levando em conta os problemas com os quais a filosofia é competente para lidar, demarcando uma linha que separa esses problemas de outros problemas intimamente relacionados, mas que estão além do escopo da filosofia e, além disso, são posteriores; ou seja, não podem ser adequadamente tratados até que – e a menos que – os problemas anteriores tenham sido resolvidos.

Este livro, como um todo, é um esforço para formular os problemas filosóficos mais básicos sobre a linguagem e propõe soluções para eles. Neste capítulo inicial não faço mais do que indicar a direção que seguiremos nos próximos capítulos. Farei isso tentando responder às seguintes questões: 1. Qual o primeiro fato que a filosofia da linguagem deveria tentar explicar ou do qual deveria se ocupar? 2. Quais aspectos da linguagem uma abordagem filosófica deveria evitar? 3. O que, especificamente, deveria ser evitado no desenvolvimento de uma teoria filosófica da linguagem? 4. Como estão os problemas filosóficos em relação às preocupações dos lógicos e dos gramáticos quando lidam com a linguagem?

*

*Questão 1. Qual o primeiro fato que a filosofia da linguagem deveria tentar explicar ou do qual deveria se ocupar?*

Ou é fato ou falsa percepção/engano que os homens, ao usar a linguagem, são capazes de conversar uns com os outros ou discursar sobre assuntos que são públicos e não privados. Pois um assunto privado é algo acessível somente a uma pessoa e, estritamente falando, não pode ser tema de um discurso ou de uma conversa que envolva dois ou mais indivíduos referindo-se a esse algo privado, seja qual for. Todos os outros assuntos são públicos, ou passíveis de sê-lo. (Elaborarei essa distinção entre público e privado no Capítulo IV, Questões 6 e 7.)

Geralmente se considera como fato indiscutível que assuntos privados são, em grande parte, tópicos de conversa entre homens. Ainda assim, por um lado, os homens parecem às vezes conversar sobre um assunto que é privado para um deles; por outro, quando eles conversam sobre um assunto que consideram tratar-se de algo a que têm igual acesso, podem ser enganados pelo uso da linguagem ao acreditarem que estão em pé de igualdade. No entanto, podem não ter nada em comum para conversar.

Proponho considerar as conversas sobre assuntos públicos como um fato, mesmo quando os objetos discutidos não existam no mundo físico. Que os homens são capazes de conversar entre si sobre os móveis da sala que ocupam é algo inquestionável. Mas eles também parecem capazes de conversar sobre diversos objetos que não estão presentes para seus sentidos – eventos passados de que podem lembrar-se, contingências futuras que podem imaginar ou conjecturar, e até mesmo coisas cuja existência, passada, presente ou futura, eles questionam, e a realidade atual ou possível que possa ser objeto de discussão.

É isto que alego em relação à experiência de comunicação experimentada pelos homens quando falam uns com os outros sobre objetos que não estão imediatamente presentes para os seus sentidos: não é mera ilusão para ser interpretada, mas uma realidade a ser explicada. Se o que está sendo afirmado para ser uma realidade não pode ser explicado de forma satisfatória, torna-se uma hipótese questionável ou até mesmo uma ilusão que precisa ser admitida. A tarefa da filosofia da linguagem, da maneira como vejo, é construir uma teoria que tente explicar a realidade ou fato de comunicação que tenho tomado como ponto de partida. Somente se falharmos na tarefa seremos obrigados a reexaminar esse ponto de partida e nos questionarmos se o que geralmente tomamos como realidade ou fato é, afinal, somente uma ilusão ou uma aparência com a qual temos nos enganado por muito tempo.

Portanto, nesta definição da tarefa da filosofia da linguagem, estou afirmando sua obrigação mínima. Não há dúvida de que existem outras coisas que a teoria filosófica da linguagem pode fazer, mas, antes disso, há o mínimo que ela deveria fazer; e se ela não cumpre sua primeira e mínima obrigação, não é capaz de fazer nada bem. As questões filosóficas sobre linguagem contidas neste livro estão todas dentro do âmbito desta tarefa primária. Para responder a essas questões, a teoria que iremos desenvolver e defender será uma teoria mínima, lidando não com tudo, mas apenas com algumas das questões sobre linguagem que é conveniente que os filósofos considerem.

*

*Questão 2. Quais aspectos da linguagem deveriam ser evitados em uma abordagem filosófica?*

O uso da linguagem para expressar emoções e desejos ou as decisões de quem fala, para transmitir suas requisições ou ordens para os outros, ou ainda anunciar ou recomendar os cursos da ação, é tão frequente e tão comum como o uso da linguagem com o propósito de fazer afirmações sobre o que uma coisa é ou não é, o que ela pode ou não pode ser, e o que deve ou não deve ser. Afirmações deste último tipo precisam ser ou verdadeiras ou falsas, enquanto as do primeiro tipo só são verdadeiras quando o orador pretende dizer a verdade, e falsas quando ele tem a intenção de enganar.

O que esses dois usos têm em comum é que ambos podem envolver comunicação, embora não precisem. Na medida em que qualquer uso da linguagem envolve comunicação, também envolve necessariamente o problema de como dois ou mais indivíduos têm algum assunto ou algo em comum diante deles para que prestem atenção, ou algum aspecto que eles estejam considerando de uma forma ou de outra. É exatamente porque isso envolve comunicação que o uso da linguagem entra no escopo da teoria filosófica que tenta executar a primeira tarefa definida na resposta à Questão 1. Essa restrição impõe duas limitações na teoria a ser desenvolvida.

A primeira e a mais importante é a eliminação de qualquer preocupação com o verdadeiro e falso dos enunciados que os homens fazem sobre a realidade. Os enunciados falsos são tão comunicáveis quanto os verdadeiros. Isso significa que a comunicação é antecedente ao problema e independente dele em relação ao que está envolvido no fato de um enunciado ser verdadeiro ou falso. Ainda assim, uma teoria filosófica da linguagem deveria ser capaz de explicar como os homens que se envolvem em conversas sobre assuntos comuns podem concordar ou discordar da verdade ou da falsidade do que está sendo dito. Deveria ocupar-se da maneira como os enunciados podem ser claros e precisos o suficiente para serem julgados ou verdadeiros ou falsos. A filosofia da linguagem é obrigada a demonstrar que tais julgamentos são pelos menos possíveis – mas não vai além disso. Ela para antes de entrar nos problemas lógicos que implicam como as sentenças devem ser interpretadas para construir, fora delas, proposições que sejam claras e precisas o suficiente para serem julgadas verdadeiras ou falsas.

Para esses problemas existem várias teorias ou sistemas lógicos diferentes que oferecem diversas soluções. Nenhum deles é uma teoria da linguagem. Todos pressupõem uma filosofia da linguagem, às vezes explícita, às vezes implícita. Uma teoria filosófica da linguagem que particularmente executa a tarefa primária de explicar a comunicação entre os homens no discurso sobre assuntos comuns (isto é, coisas comumente acessíveis para suas considerações) é antecedente a qualquer teoria lógica que se ocupa da interpretação de enunciados que podem ser ou verdadeiros ou falsos, mas não de sua verdade ou falsidade.

A segunda limitação, como a primeira, exclui do exame de uma filosofia da linguagem esses aspectos de expressões emotivas e ilocucionárias,[1] que são mais que apenas instrumentos de comunicação. Na medida em que tais enunciados podem ser feitos sobre assuntos tanto privados como públicos, como um sentimento ou desejo pessoal, eles levantam um problema para o filósofo da linguagem, e então torna-se necessário explicar como dois indivíduos podem conversar sobre algo que, à primeira vista, parece ser exclusivamente privado – um sentimento experimentado por um deles e não pelo outro. Como esses enunciados que expressam sentimentos ou transmitem ordens podem ser destinados à comunicação e recebidos como tal é um problema que pertence à filosofia da linguagem. Mas aqui, como no caso de afirmações que podem ser verdadeiras ou falsas, existem problemas lógicos sobre as várias maneiras pelas quais certos enunciados podem ser interpretados; no entanto não são do interesse da filosofia da linguagem, mas consequentes com a solução ou dependentes dessa mesma solução que antecede os problemas pelos quais a filosofia da linguagem está devidamente interessada.

*

*Questão 3. O que, especificamente, deveria ser evitado no desenvolvimento de uma teoria filosófica da linguagem?*

A fim de explicar o fato que é seu ponto de partida – de que os homens conversam entre si sobre assuntos ou coisas –, uma teoria filosófica da linguagem não pode evitar fazer certos questionamentos ligados a asserções sobre a

[1] "Ato ilocucionário" é um termo usado pelo filósofo britânico John Langshaw Austin para se referir ao uso da linguagem acompanhada de um tipo de ação, ou seja, quando se faz algo no ato de falar, como por exemplo "informar, advertir, ordenar, empreender, etc., isto é, proferimentos que têm certa força (convencional)" – cf. *How to Do Things with Words*. London, Oxford University Press, 1962, p. 108. (N. T.)

existência de outras coisas além da própria linguagem. Isso equivale a dizer que a uma teoria que pretenda explicar alguma coisa é preciso postular o que for necessário para tornar racional o que se pretende explicar. Por exemplo: postular a existência de algo tão inobservável como a mente humana, para ser possível explicar como a linguagem serve ao propósito da comunicação; também é essencial postular certas coisas sobre o modo como a mente funciona.

A única justificativa dada para tais postulados é que eles são indispensáveis para a explanação dos fatos que devem ser desvendados. A esse respeito a filosofia da linguagem não difere de nenhuma outra teoria, seja científica, seja filosófica. Qualquer teoria que busque explicar fatos ou fenômenos está obrigada a postular entes ou operações inobserváveis, às vezes chamados "construtos teóricos", a fim de cumprir sua função de tornar racional o que deve ser explicado; e a única justificativa que pode dar – ou sempre deve dar – para esses postulados é que são indispensáveis para a explicação requerida.

Até agora tenho mencionado os compromissos filosóficos inevitáveis no desenvolvimento de uma teoria da linguagem que se esforça para explicar o fenômeno do discurso humano reltivo a comunicação entre os homens. Todos eles, como mencionado anteriormente, devem ser postulados que se deduzem do esforço para se explicar os fenômenos escolhidos. Nada deveria vir antes. E isso é o que deveria ser evitado no desenvolvimento de uma teoria filosófica da linguagem; ou seja, obrigações filosóficas sobre a forma do mundo, estrutura da realidade, aspectos de seus componentes e suas relações.

Uma teoria filosófica da linguagem deveria, mais especificamente, evitar questionamentos prévios sobre o que realmente existe e pode existir, ou sobre o que não existe na realidade, e o que é impossível existir; questionamentos sobre o que é cognoscível ou incognoscível, sobre as relações obtidas entre a mente humana e o corpo humano, se eles são distintos em qualquer sentido. Em outras palavras, uma teoria filosófica da linguagem deveria evitar questões ontológicas, epistemológicas e psicológicas que possam vir, de algum modo, antes da análise do fenômeno da linguagem que ela tenta explicar. O filósofo da linguagem deveria se aproximar com total neutralidade desses esforços ontológicos, epistemológicos ou psicológicos dos quais ele pode estar informado a respeito. No final ele pode até concordar com alguns e se opor a outros, mas se o fizer deve ser apenas como uma consequência do seu próprio esforço para explicar o fenômeno que está investigando. Tais questionamentos devem ser posteriores, e não anteriores – postulados feitos unicamente para o propósito explicativo em questão.

Não é difícil entender o motivo para essa restrição controladora na teoria a ser desenvolvida. Uma filosofia da linguagem que viesse pressupor questões filosóficas antecedentes, requeria necessariamente questões de verdadeiro ou falso que não cabem a ela responder. É inevitável que esse tipo de questionamento antecedente acabe por levar, de forma inevitável, à ideia de que a linguagem comum não serve ao propósito de estabelecer a verdade sobre a realidade, e que, por isso mesmo, uma linguagem especial precisa ser logicamente construída. Isso ocorre por causa do seu comprometimento prévio a uma entre várias opiniões diferentes sobre a realidade, e também porque sustenta a opinião de que uma linguagem filosoficamente satisfatória deve espelhar perfeitamente as "realidades" com as quais ela está comprometida. Esse tipo de filosofia da linguagem, preconcebida filosoficamente, requereria, portanto, todas as questões em que filósofos em desacordo uns com os outros devem empregar linguagem para discutir.

Como ficará manifesto a seguir, existem razões para acreditar que a linguagem comum não serve apenas ao propósito da comunicação entre os homens no discurso sobre assuntos comuns do cotidiano, mas também pode servir aos propósitos dos filósofos ocupados com as discussões sobre os temas que lhes interessam. Se têm defeitos e dificuldades como meio de comunicação, e certamente os têm, eles podem ser reparados ou superados por recursos que corrijam seus problemas e aperfeiçoem o seu uso. Não precisamos abandoná-la nem substituí-la por um sistema de construção lógica que se inspire na petição de princípio, como certas visões filosóficas sobre a constituição e a estrutura da realidade.

Quando vamos além do uso da linguagem para propósitos do discurso sobre os assuntos da vida cotidiana, percebemos que ela tem de ser enriquecida com o acréscimo de palavras que pertençam a um ou outro vocabulário técnico, a fim de servir a propósitos especiais dos discursos filosóficos, científicos ou acadêmicos. Ela também tem de ser amplamente transformada pela introdução de símbolos especiais, como no caso da matemática. Mesmo assim, se a teoria da linguagem conseguir explicar como a linguagem serve ao propósito da comunicação sobre assuntos da vida cotidiana, então será aplicada não apenas à linguagem comum usada para este fim mas também à linguagem comum enriquecida ou alterada para propósitos dos discursos filosóficos, científicos e matemáticos.

*

*Questão 4. Como estão os problemas filosóficos em relação às preocupações dos lógicos e dos gramáticos ao lidar com a linguagem?*

A resposta para a pergunta anterior determina o teor geral desta resposta. Enquanto o lógico está essencialmente preocupado com a possibilidade de as proposições serem verdadeiras ou falsas, e com as regras que regulam a validade ou invalidade das preposições em relação entre elas, o gramático está preocupado em saber se a sintaxe do discurso está correta ou incorreta, e também com as regras que regulam a maneira pelas quais as palavras devem ou não estar relacionadas. Embora elas possam não ser exclusivamente normativas, na prática as disciplinas de lógica e gramática são reguladoras. Mesmo que separadas da função reguladora, tanto a lógica quanto a gramática, como ciências, pressupõem a existência da linguagem como um instrumento de comunicação. Consequentemente, seus problemas são posteriores às inquietações filosóficas com o fenômeno da comunicação.

A filosofia da linguagem não é apenas anterior à lógica e à gramática, deve ser também formulada de modo que seja completamente neutra em relação à pluralidade de lógicas e à variedade de teorias gramaticais e sistemas linguísticos. Sua formulação não deve ser afetada pela escolha de um sistema de lógica em vez de outro ou pela escolha de uma teoria gramatical ou sistema linguístico em lugar de outro. O que acabamos de dizer deve se manter verdadeiro, mesmo que houvesse uma gramática universal ou uma lógica abrangente que fornecesse um método de conversão para diversos sistemas de lógica.

# CAPÍTULO II

## O PRIMEIRO PROBLEMA PARA A FILOSOFIA DA LINGUAGEM

### PREÂMBULO

Há uma característica da linguagem em relação à qual não existe discordância. O que quer que venha a ser dito sobre a linguagem, um fato indiscutível é que os elementos que a compõem – suas palavras e sentenças – têm uma propriedade que vem sendo chamada de várias formas: "sentido", "significação" ou "significado". Sinais ou sons sem significados não constituem uma linguagem. Uma linguagem sem significado é uma contradição de termos. No entanto poder-se-ia dizer que uma língua estrangeira não tem significado para uma pessoa que não a entenda. Nesse caso, porém, é possível reconhecer que o idioma desconhecido é uma linguagem, no momento em que nos damos conta de que ele é significativo para alguém que o conhece – e também que, com um algum esforço, é possível aprender a língua desconhecida, que então se tornará significativa.

Além disso, existe outro fato indiscutível sobre a linguagem: seus elementos físicos constituintes – seus sons e sinais – são entes inicialmente sem significado. Em si mesmos, não têm, em suas próprias naturezas, a propriedade do significado. Às vezes eles adquirem essa propriedade por meio da intervenção humana. A maneira como fazem isso é um dos problemas a serem resolvidos. E ficará claro que esse problema, embora tenha relação com a gênese do significado na transformação dos sons e sinais sem significados em palavras com significado, é mais filosófico que histórico ou psicológico. Pois dizem respeito às circunstâncias necessárias para todo sinal (ou som) tornar-se uma palavra com significado em qualquer linguagem, mas não da maneira que uma palavra particular adquiriu seu significado no desenvolvimento de uma linguagem particular, ou mesmo com um processo de aprendizado no qual algum sinal ou som torna-se significativo para um ou outro indivíduo.

Vou usar a palavra "notação" para me referir às marcas físicas, sons e gestos corporais que são inicialmente sem significado mas que se tornam palavras que geralmente têm muitos significados com registro no léxico de uma língua. Os atributos físicos de tais notações permanecem exatamente iguais quando têm e quando não têm significado. Os sons do idioma russo, por exemplo, são os mesmos para uma pessoa que entende, e também para quem não entende russo. Para a pessoa que entende, os sons têm significado e consistem em palavras e frases; enquanto para quem não entende são meros eventos físicos perceptíveis com as mesmas qualidades audíveis, mas totalmente sem significado.

Uma palavra sem significado também é uma contradição de termos. Se uma notação física é totalmente sem significado, não poderá ser encontrada no dicionário de nenhuma língua, portanto nem poderá ser uma palavra. Palavras sem significado não constam em nenhum léxico de uma língua. Elas representam notações que podem se tornar palavras, mas enquanto permanecem sem significado não são palavras.

Os dois primeiros problemas a ser resolvidos pela filosofia da linguagem são: primeiro, o que já fora indicado, o problema da gênese do significado ou, em outras palavras, o problema das circunstâncias necessárias para a transformação de notações sem significado em palavras com significado. O segundo problema é o que se entende por qualquer palavra com significado. Novamente é preciso dizer que esse é um problema filosófico, e não histórico ou psicológico. Não diz respeito ao significado de determinada palavra em um idioma específico num dado momento, ou como é usado por uma ou outra pessoa, numa ou noutra ocasião.

Esses dois problemas estão relacionados de tal maneira que nem sequer podemos enumerá-los como "primeiro" e "segundo". São, de fato, aspectos complementares de um problema fundamental: o do significado. Esse é o problema elementar da filosofia da linguagem precisamente porque, como apontei na resposta à Questão 1 do Capítulo I, a primeira obrigação da filosofia da linguagem é descrever ou explicar a linguagem como um instrumento de comunicação pelo qual somos capazes de conversar uns com os outros sobre assuntos ou coisas que temos em comum. Se as palavras de uma língua não forem significativas, a comunicação não se realiza. A emissão de uma sequência de sílabas sem significado por uma pessoa, quando ouvida por outra, não as envolve em uma conversa.

Já que a presença de significado é indispensável para a função comunicativa da linguagem, a explicação do sentido é extremamente necessária para a explicação da linguagem como instrumento de comunicação. Não é qualquer explicação do significado que servirá, mas apenas a que, tentando explicar a gênese e a condição atual do significado, demonstra que o que os homens parecem estar fazendo quando se envolvem numa conversa e falam sobre assuntos e coisas que consideram comuns não é uma aparência imaginária, mas uma realidade.

As soluções para o problema de significado que negam ou obscurecem a realidade, ou então falham ao tentar explicá-la, devem ser rejeitadas pela filosofia da linguagem que toma como ponto de partida o ato da comunicação ou que nele encontra sua principal tarefa.

Neste capítulo tentarei responder às seguintes questões: 1. O problema do significado pode ser formulado de uma maneira que não seja prejudicial a qualquer possível solução? 2. Quais significados diferentes para a palavra "significado" podem ser observados para se obter um enunciado mais claro para o problema de significado? 3. Qual modo de significado é mais indicado para palavras e qual modo pode servir para palavras e outras coisas? 4. Existe apenas um modo indicado para palavras ou existem dois? 5. As ambiguidades latentes na palavra "significado" podem ser evitadas? 6. O uso eulógico do termo "com significado" e o uso dialógico do termo "sem significado" levantam um problema para a filosofia da linguagem? 7. Dos diversos modos de significado (isto é, de símbolos) que até agora consideramos, e dos vários usos da palavra "significado" que até agora indicamos, quais dizem respeito à filosofia da linguagem ao lidar com seu problema primário?

As respostas para as questões propostas devem produzir um vocabulário que não seja ambíguo, para tornar o mais claro possível a proposição do problema do significado – que é o problema principal da filosofia da linguagem.

*

*Questão 1. O problema do significado pode ser formulado de uma maneira que não seja prejudicial a qualquer solução possível?*

Parece ser possível formular um problema de significado de uma forma que nenhuma solução seja favorecida e nenhuma excluída. Isto deve ser feito classificando significado como aquilo que constitui a *diferença* entre um evento físico ou ente (um som ou sinal) como parte da natureza, ou ainda como parte da experiência humana, e o mesmo evento físico ou ente como parte do discurso – ou seja, um elemento da linguagem. Significado é aquilo que faz a diferença entre uma mera notação (som ou sinal) e uma palavra (uma parte do discurso); essa diferença pode ser reconhecida, e isso é geralmente admitido por aqueles que desenvolvem teorias diferentes para como uma notação se torna uma palavra, ou, ainda, para os que mantêm uma visão divergente dos atributos possuídos pelas palavras e não pelas notações.

O que tem sido identificado de forma neutra como o significado a ser explicado pode não ser o único modo de significado, ou significado em todo o sentido do termo, mas é pelo menos significado linguístico – o significado que é uma propriedade das palavras de uma linguagem, incluindo as palavras que um léxico abrangente estabelece, e todos os significados que lhe são atribuídos. Isto é o que faz de uma palavra uma palavra, em vez de mera notação física – um som audível ou um sinal visível. Isto é o que faz de uma frase uma frase, em vez de nada mais que uma sequência de sinais e sons.

Enquanto é verdade que uma pessoa pode perceber que os sinais na página de um livro russo são palavras e frases na língua russa, elas não são, estritamente falando, palavras e frases até que essa pessoa possa compreender russo. A questão de como esses sinais sem significado tornam-se significativos é exatamente a mesma para uma criança russa que está aprendendo a ler seu idioma nativo e a um estrangeiro que está tentando aprender russo. Reconhecidamente, o processo de aprendizado, da perspectiva psicológica ou behaviorista, não é o mesmo. A criança russa começa a aprender sua primeira língua, enquanto o estrangeiro começa com uma língua já adquirida e, então, adquire uma segunda. Mas essa diferença não afeta o problema com o qual a filosofia da linguagem se ocupa – os fatores que devem estar envolvidos em toda e qualquer transformação de notações sem significado em palavras com significado. Mas o que é necessário para dotá-las de significado ou conferir significado a elas?

Negar a legitimidade desta pergunta é supor que o significado ocorre de forma espontânea: que o som ou sinal físico torna-se uma palavra sem a operação de alguma causa ou sem a intervenção de fatores extrínsecos; que num dado momento é uma notação sem significado, e logo em seguida torna-se uma notação com significado – uma palavra ou parte do discurso – sem nenhuma razão suficiente para a mudança. Se isto ocorresse, a gênese do significado seria tão misteriosa e inexplicável como a gênese da vida, de acordo com teorias que afirmam a geração espontânea de vida em matéria não viva.

Dispensando suposição tão absurda, permanecemos com a questão colocada acima: quais causas ou fatores são fundamentais para conferir significado a notações físicas para que, dessa forma, elas se transformem em palavras? Para ter certeza de que esta pergunta será entendida, devemos já eliminar uma resposta que claramente não será satisfatória. Não será possível dizer que o que dá significado a uma notação sem significado para transformá-la em uma palavra é o significado já existente em uma ou mais notações que tenham significado, ou seja, sons e sinais que já são palavras.

Isso acontece, é claro, quando somos confrontados com uma palavra estranha – ou seja, uma notação que reconhecemos é uma palavra em potencial, e só se tornará, de fato, uma palavra para nós quando descobrirmos seu significado. Quando uma pessoa é confrontada com uma notação que ela reconhece ser uma palavra em inglês, mas o significado lhe escapa, dirá "isso para mim é grego", reconhecendo que aquela palavra em inglês ainda é para ela mera notação, mas que, ao mesmo tempo, essa notação é uma palavra para outras pessoas que falam inglês.

Nessas circunstâncias, a pessoa deve recorrer ao dicionário para aprender o significado ou significados da notação que, à primeira vista, é uma palavra estranha ou apenas uma notação, e não ainda uma palavra que essa pessoa possa usar.

Mas esse procedimento, embora adequado em algumas notações, pode não ser em outras. Se a única abordagem ou meio de aprendizado de uma língua estrangeira for um dicionário todo escrito nessa mesma língua, não haveria como aprender o significado de nenhuma das palavras ali contidas. Pois um dicionário só pode ser um meio útil para se aprender o significado de outra palavra da língua quando já se conhece – ou se pode aprender de algum modo – o significado de certo número de palavras.

A relação das palavras num dicionário é um círculo fechado, no qual cada palavra tem um significado que é fixado nos termos de outras palavras. Isso nos permite aprender o significado dessas palavras estranhas na língua representada pelo dicionário, mas não nos permite explicar como algumas das palavras contidas no dicionário adquiriram vários de seus significados enumerados no léxico. Para uma criança chegar ao ponto de poder mover-se no círculo, alguns sinais sem significado deverão primeiramente se tornar palavras com significado para ela – e isso sem a ajuda do dicionário. Além disso, o dicionário não pode responder a questões filosóficas (é bom repetir: filosóficas, não históricas ou psicológicas) sobre como sinais ou sons sem significado se tornam palavras com significado; a questão se preocupa com as causas ou os fatores que devem ser primordiais para essa transformação.

*

*Questão 2. Quais são os diferentes significados da palavra "significado" que devem ser observados para se obter uma expressão mais clara do problema do significado?*

Quase todas as palavras no dicionário de alguma língua têm mais de um significado ligado a elas. A palavra "significado" não é exceção. No entanto, para os nossos propósitos aqui, não é necessário examinar um inventário completo de significados da palavra "significado", assim como palavras derivadas como "significa" e "significar". Também não precisamos considerar as inúmeras formas como essas palavras podem ser usadas no discurso comum. Nesta e nas próximas questões me restringirei a observar apenas as distinções indispensáveis para esclarecer o problema filosófico com o qual nos ocupamos. De início, vamos considerar a distinção entre o uso da palavra "significado" como verbo e como substantivo.

Usamos a palavra "significado" como verbo (significar) quando falamos de uma ação de indicar, representar ou referir. Dizemos que uma coisa (o que quer que seja) *significa* outra (o que quer que seja). "Significado" é o particípio do verbo "significar". Vamos simbolizar com X a primeira coisa mencionada acima, e com Y a segunda. Na fórmula, "X significa Y", ambas as coisas, X e Y, devem ser palavras, ou X deve ser uma palavra e Y algo diferente de uma palavra; ou ambas devem ser entes não verbais. A relação entre X e Y será diferente quando X e Y diferem nas formas acima indicadas. Lidarei com uma dessas diferenças na Questão 3, que virá a seguir. Mas por enquanto quero apenas observar que a ação de significar diz respeito a uma relação entre alguma coisa que significa e alguma coisa que é significada.

Quando falamos daquilo que é significado, usamos a palavra significado como substantivo. Na formulação "X significa Y", falamos do segundo termo em relação ao significado do primeiro. Quando dizemos que a palavra "X" tem vários significados distintos, estamos dizendo que "X" não apenas significa "Y" mas também Z e W, e que, nas suas relações com "X" naquilo que significam, Y, Z e W são os significados de "X" – nas várias coisas distintas que significam. Estou usando símbolos para representar essa relação para ainda não iniciar algumas perguntas sobre a característica daquilo que é significado, especialmente quando Y, Z e W representam, cada um por si, alguma coisa que não seja uma palavra.

Mais um ponto deve ser considerado aqui: mesmo que sua plena significância só se manifeste mais tarde, falamos de notação como adquirindo um significado ou de uma palavra mudando seu significado – talvez ganhando um significado e perdendo outro. Esse tipo de discurso chama a atenção para o fato de que a notação, antes de se tornar uma palavra, não tem um significado; e o fato de essas notações serem palavras apenas quando têm significados. Quanto às distinções entre o uso verbal e o uso substantivo da palavra "significado", a posse do significado pela palavra envolve (i) sua posição em determinada relação com alguma outra coisa; (ii) e essa outra coisa é o termo da relação. Quando a palavra "X" tem o significado de "Y", (i) *significa* Y, e (ii) tem Y como seu significado.

Será que podemos dizer que alguma coisa é (em vez de ter) um significado? Parece que sim quando, usando a palavra "significado" como um substantivo, dizemos que Y *é* o significado da palavra "X", ou é um dos significados que a palavra "X" *tem*. Quando usamos a palavra "significado" como verbo, dizendo que X significa Y sem especificar se X representa uma palavra ou alguma outra coisa, levanta-se uma série interessante de questões. Será que X adquire a relação com Y na qual se inclui o significado de X em Y? Essa relação seria algo que X tem ou pode não ter, porque pode ou não adquiri-la, ou, tendo-a, pode perdê-la? Ou, em total contradição, X é tal que, em virtude de ser o que é, está sempre em certa relação com Y? E estando nessa relação, mais do que tê-la, não pode nem adquiri-la nem perdê-la?

Retornarei a essas questões no Capítulo III. Agora, é suficiente observar que a distinção entre o uso verbal e o uso substantivo da palavra "significado" permite-nos alcançar uma proposição mais clara dos dois aspectos relacionados ao problema do significado. Esses dois aspectos podem ser expressos na forma de duas perguntas: (i) Como uma notação que inicialmente carece de significado passa a significar algo e, então, acaba se transformando em uma palavra? (ii) Qual o significado da palavra com significado que a notação se tornou? O aspecto do problema que se ocupa da aquisição de significado por uma notação sem significado pode ser mais bem definida ao reconhecer que aquilo que a notação adquire, quando passa a ter significado, é uma relação com alguma outra coisa. O segundo aspecto do problema também se torna claro quando reconhecemos que nossa pergunta é sobre essa alguma outra coisa – o outro termo da relação, ou seja, aquilo que é significado.

*

*Questão 3. Qual modo de significado é peculiar a palavras e qual modo de significado as palavras compartilham com outras coisas?*

Vimos que o significado implica uma relação entre X e Y quando X significa Y. Também vimos que essa relação pode ocorrer entre X e Y sob três condições: (i) quando X e Y são palavras; (ii) quando X é uma palavra e Y é algo diferente de uma palavra; (iii) quando nem X nem Y são palavras. Esta enumeração parece estar completa, mas uma quarta alternativa pode ser acrescida: X é algo diferente de uma palavra e Y uma palavra. Mas esta possibilidade lógica parece ser nula e inválida. Algo diferente de uma palavra (ou algo que não seja um símbolo de algum tipo no lugar de uma palavra) nunca significa uma palavra.

Os dois modos de significado que tentamos distinguir implica (*a*) uma relação de significado obtida entre X e Y quando X é uma palavra e Y é algo diferente de uma palavra, e (*b*) a relação de significado obtida entre X e Y quando nem X nem Y são palavras. A relação de significado obtida quando X e Y são palavras é algo peculiar somente às palavras. Mas também não seria possível esse tipo de relação que X tem com Y (em que X é uma palavra e Y é algo diferente de uma palavra) quando nenhum dos dois entes são palavras? E, de forma similar, não podemos perguntar se o tipo de relação que X tem com Y quando nem X nem Y são palavras também pode ser obtida quando X é uma palavra e Y é algo que não uma palavra? São perguntas que agora tentarei responder.

Deixe-me começar com a relação de significado que pode ser obtida entre dois entes quando nenhum é uma palavra. Dizemos que nuvem significa chuva, que fumaça significa fogo, que o som da sineta do restaurante significa que o jantar está pronto. Agora vamos comparar esta relação com a relação de significado obtida entre uma palavra e algo diferente de uma palavra. Vemos que a palavra chuva significa chuva, que a palavra fogo significa fogo e que a palavra jantar significa jantar. Em face disso, as duas relações são completamente diferentes, a ponto de ser difícil enxergar como elas poderiam ser confundidas ou se tornar indistintas. Ainda entre os que tentam explicar como as notações sem significado adquirem significado e, então, tornam-se palavras com significado, alguns têm produzido explicações que falham na distinção entre esses dois modos de significado.

Essa distinção pode ser mais facilmente manifestada utilizando-se a palavra "significado" em vez de outras em proposições como (1) "nuvens significa chuva" e (2) "a palavra 'chuva' significa chuva". No primeiro caso, "nuvens sugerem ou portam a chuva"; podemos até dizer "nuvens provavelmente implicam chuva" usando a palavra "implica" para representar a relação de "se-então" que se obtém entre nuvens e chuva: *se* houver nuvens no céu, *então* é provável que chova. No segundo caso, podemos dizer "a palavra 'chuva' é o nome da chuva; isso assinala o fenômeno da chuva ou refere-se a ele". Aqui a relação é de nomear, designar ou referir, e não de sugerir, indicar ou implicar. Não podemos dizer "se a palavra 'chuva' é usada, provavelmente choverá". Nem, por outro lado, podemos dizer que nuvem nomeia, designa ou refere-se a chuva. Então, até agora, parece ser o caso de que esse modo de significado que implica o nomear, designativo ou referencial, requer uma relação que só se dá entre uma palavra e algo diferente de uma palavra. Também parece ser o caso de que o modo de significado que se refere à relação *se-então* é obtida somente entre entes que não são palavras.

Já o caso do modo de significado que implica nomear, designar ou referenciar é certo que ocorre somente entre uma palavra e algo diferente de uma palavra, exceto em um caso especial em que uma palavra refere-se a ela mesma (ver Capítulo VII, Questão 3); este é o modo de significado que pertence somente às palavras singulares. Mas o modo que se refere à a relação de se-então não pertence exclusivamente a entes que não sejam palavras. Portanto podemos usar, por exemplo, a palavra "jantar", dita em tom de anunciação, assim como podemos tocar a sineta para o jantar, anunciando que a comida está pronta. O mesmo ocorre com a palavra "fogo" e com o som do alarme de incêndio; e inúmeras outras palavras que funcionam do mesmo modo, informando àqueles que as ouvem, se elas forem expressas em certo tom de voz, que o acontecimento ao qual elas se referem está prestes a acontecer ou está acontecendo.

Vamos agora aprofundar essa distinção adotando o vocabulário a seguir. Tanto as nuvens que significam chuva quanto a palavra "chuva" que significa chuva podem ser chamadas de *sinais* no sentido genérico do termo para cada uso que chame nossa atenção para algo que não seja ele mesmo. Mas a partir do momento em que eles não são usados como sinais, da mesma maneira iremos chamar de *signo* o tipo de sinal que significa sugerir, indicar ou implicar; e de *designador* o tipo de sinal que significa nomear, designar e referir – proponho adotar esses termos em lugar de outros que possam servir ao mesmo propósito, porque ambos, *signo* e *designador*, contêm a mesma raiz, e isso nos permite lembrar que são tipos ou espécies de *sinais*.

Salientamos acima que, enquanto somente uma palavra como "fogo" pode ser o sinal designativo de fogo, a mesma palavra também pode ser signo-sinal de fogo, da mesma forma que a fumaça e o toque de um alarme de incêndio. Também salientamos que, quando usamos a palavra "fogo" como um signo, ela funciona como o toque do alarme de incêndio para avisar que o acontecimento ao qual a palavra se refere está prestes a acontecer ou está acontecendo. Deve-se notar imediatamente que, enquanto o alarme de incêndio serve como um signo sem nenhuma significância designativa – uma vez que o toque do alarme não é o nome do fogo –, a palavra "fogo" funciona apenas como um signo consequente por ter uma significância designativa – ela dá o nome para fogo. Por isso não é possível substituir a palavra fogo, como signo, por um alarme de incêndio, pois ela deve servir, em primeiro lugar, como um nome que designe fogo, da mesma maneira que as palavras proferidas por um paciente, que o psicanalista interpreta como signos – ou sintomas – da sua condição psicológica, devem ser compreendidas, em primeiro lugar, no seu significado designador. A interpretação que dá a elas como sinais é a consequência de entendê-las como designadoras.

Isto pode ser resumido dizendo-se (i) que as palavras isoladas são sinais com significância designativa; (ii) que tanto as palavras quanto as não palavras podem ser sinais com significância de signo; (iii) que quando as palavras, diferentemente das não palavras, funcionam como sinais com a significância de signo, é exatamente por consequência de também serem sinais com significância designativa. Portanto, (iv) este é seu significado como designadores, que é a significância principal das palavras como sinais, e não seu significado como signos.

A importância dessa distinção entre sinais que são signos e sinais que são designadores, junto com o fato de que somente as palavras são designadores (embora possam ser, de forma secundária, signos), consiste na sua influência no problema de como algo que tem significado adquire seu significado. As nuvens, signo de chuva, e a fumaça, signo de fogo, não são entes ou eventos artificiais feitos pelo homem; enquanto a palavra "fogo", que designa o fogo e às vezes é seu signo, é uma notação feita pelo homem que se torna uma palavra significativa. Assim, também o toque do alarme de incêndio, signo de fogo, é um instrumento feito pelo homem. A relação entre nuvens e chuva, ou entre fumaça e fogo, é uma relação natural que pode ser observada por qualquer pessoa atenta a esse fenômeno relevante. Essa é uma relação que implica, certamente, uma sequência temporal que se repete constantemente com o fenômeno observado, e pode ser pensado para determinar uma relação causal, em que nuvens tornam-se a causa da chuva, e fumaça o efeito do fogo. O toque do alarme de incêndio não é um evento natural, mas um dispositivo convencional a que os homens recorrem com o propósito de sinalização. Portanto, não adquire significância como um signo do mesmo modo que adquirem as nuvens ou a fumaça. O evento ao ser sinalizado (o fogo) não é nem causa nem efeito do alarme de incêndio; nem é necessário haver qualquer sequência temporal ou conjunção do alarme de incêndio e o fogo para conferir significância de signo para o alarme.

No Capítulo III, em que tentarei resolver o problema de como as notações com significado adquirem seu significado e tornam-se palavras significativas, não vou apenas lidar com a significância designativa primária das palavras mas também com sua significância secundária de signo. E nesta última conexão tentarei explicar como a significância de signo é adquirida de formas um pouco distintas por (i) não palavras que são entes naturais ou fenômenos – como fumaça sinaliza fogo; (ii) por não palavras que são instrumentos humanamente inventados (como o alarme que sinaliza incêndio); e (iii) por palavras que têm significância designativa (como a palavra "fogo" sinalizando fogo).

*

*Questão 4. Há somente um modo de significado relativo às palavras ou existem dois?*

Vimos que palavras isoladas funcionam como nomes e têm o modo de significado que definimos como significância designativa. A questão agora é saber se todas as palavras têm esse modo de significado ou se isso ocorre apenas em algumas palavras. Se este for o caso, como afirmo ser, então ainda é preciso perguntar sobre as características desse outro modo de significado que palavras e palavras isoladas podem ter.

A resposta que dei anteriormente, de que algumas palavras têm um modo de significado que *não* é de significância designativa, equivale a dizer que algumas palavras não nomeiam nada ou são palavras não nomeadoras; e assim, não tendo significância designadora, elas não se referem a nada. Porém, sendo palavras significativas listadas no dicionário e tendo um ou mais significados atribuídos a elas, poderia haver o caso de elas significarem sem significar nada? Ou seja, sem ter nada que possa ser significado por elas? Pode haver um modo de significado que não implique a relação entre um sinal (o que significa) e um significativo (o que é significado)?

Desde o início esta questão tem incomodado a todos que têm usado a filosofia para abordar a linguagem e tentar resolver, em todos os seus aspectos, o problema básico do significado das palavras. Isto levou os antigos a distinguir dois tipos de palavra: *categoremáticas*, que é formada por todas as palavras nominativas (não necessariamente apenas substantivos), que têm significância designativa independentemente da maneira como são usadas em sentenças ou em combinações com outras palavras; e *sincategoremáticas*, todas as outras palavras do dicionário que têm significância somente nos termos da forma como são usadas em sentenças ou em combinação com outras palavras. Esta distinção, introduzida primeiramente na Antiguidade, foi elaborada na Idade Média, e vem sendo empregada de várias maneiras nos tempos modernos e em discussões recentes sobre a linguagem.

Independentemente do que estiver incluído na distinção, um ponto parece estar claro: as palavras classificadas como categoremáticas têm um significado léxico por mérito próprio, sem servirem para qualificar ou modificar o significado possuído pelas outras palavras. O contrário se dá com as palavras sincategoremáticas, que às vezes são chamadas "partículas", isto é, artigos (o, a, um, uma...); preposições (de, para, por, em); conjunções (mas, e); disjunções (se, ou – não, ambas; e palavras e locuções como "é" ou "não é", quando funcionam unicamente como cópulas afirmativas e negativas) não têm significado léxico por mérito próprio, mas somente quando servem para qualificar, modificar ou realçar outras palavras em frases ou sentenças significantes.

Não é meu propósito aqui enumerar exaustivamente as palavras sincategoremáticas ou dividi-las em subgrupos de acordo com as diferentes formas em que são usadas sincategorematicamente. É claro que elas não são do mesmo tipo, nem cumprem suas funções do mesmo jeito, como fica evidente, considerando a diferença entre o papel sintático desempenhado por palavras como "um" e "o", "e" e "ou", além de palavras afirmativas e cópulas negativas como "é" ou "não é". Aqui é suficiente notar, sublinhando essas diferenças, o que é comum a todas elas no papel sintático que desempenham na construção de frases e sentenças que têm significado. Embora as palavras categoremáticas também desempenhem papel sintático na construção de frases e sentenças que têm significado, elas têm um significado léxico independente de suas funções sintáticas. Esses fatos nos ajudam a oferecer uma resposta preliminar para a questão sobre o modo de significado possuído pelas palavras que não são palavras nominativas e não têm significância designativa.

Dizer que uma palavra não é nominativa e não tem significância designativa equivale a dizer que ela não tem significância léxica fora do papel sintático que desempenha em frases e sentenças que têm significado. Ir além disso e dizer que a palavra que não é nominativa tem somente significância sintática reitera apenas que seu significado ou significância consiste nos modos como pode ser usada para qualificar, modificar ou relacionar palavras que têm significância designativa. Outra forma de expressar a mesma coisa seria dizer que a significância sintática de palavras sincategoremáticas deriva das operações gramaticais, retóricas ou lógicas que executamos usando essas palavras. Neste caso, podemos igualar sua significância sintática com sua significância operativa e podemos falar de palavras sincategoremáticas, que têm tal significância, como operadores linguísticos. Todas as palavras listadas no dicionário podem ser exaustivamente divididas entre palavras nominativas, que têm significância designativa, e operadores linguísticos, que têm significância sintática.

Isto é, pelo menos, uma resposta preliminar para a questão colocada. Quer dizer que há mais de um modo de significado que palavras e palavras isoladas podem ter. Além disso, também quer dizer que não existe mais de dois desses modos – a significância designativa de palavras nominativas e a significância sintática dos operadores linguísticos. Mas enquanto a questão é assim respondida, falha-se ao responder à próxima questão que é levantada sobre o modo de significado possuído pelos operadores linguísticos, isto é, a questão sobre o que é significado por eles. É reconhecido que, não tendo significância designativa, eles não nomeiam nem se referem a nada; portanto, como temos admitido, eles devem ter algum tipo de significado; já uma palavra significativa que é um sinal não pode ser totalmente sem significado, se significado é uma relação entre o que significa e o que é significado.

O problema não pode ser resolvido até que tenhamos resolvido primeiro o problema de como as palavras primárias de uma linguagem – as categoremáticas ou as palavras nominativas – adquirem a significância designativa que possuem; e também o problema de a que elas se referem – a característica do que é significado por elas. Espero responder a isso no Capítulo III, no qual retomarei a questão que permanece para ser respondida sobre as palavras sincategoremáticas ou operações linguísticas (ver no Capítulo II, Questão 6).

*

*Questão 5. As ambiguidades latentes da palavra "significado" podem ser evitadas?*

Nas respostas às questões anteriores surgiu um vocabulário que nos permitirá evitar ambiguidades latentes na palavra "significado".

Para mudar a palavra "significado" usada como verbo, como na proposição "X significa Y", podemos colocar no lugar a palavra genérica "simboliza"; e quando quisermos ser mais específicos sobre a forma como X simboliza Y, podemos usar "sinaliza" ou "designa" por um lado, e "nomeia" ou "refere-se a" por outro.

Como já indiquei, a palavra "sinal", assim como a palavra "simboliza", é genérica e pode ser modificada para indicar diferentes tipos de sinal: sinais-signos e signos designativos, ambos são significadores.

Já para mudar a palavra "significado" usada como substantivo para simbolizar *aquilo que significa*, podemos empregar ainda outro derivativo e associado de "sinal" e "simboliza", ou seja, "significante". Quando dizemos "X simboliza Y", podemos chamar X de sinal ou significador, e Y de significante de X. Em vez de dizer "X simboliza Y" quando o modo de significância de X é designativo, podemos dizer que "X refere a Y", e podemos chamar Y de referente de X. Se X passa a ser algo como a fumaça ou o alarme que sinaliza o fogo, não poderemos chamar o fogo de seu referente, pois só usaríamos esse termo quando o modo de significado é designativo ou referencial, e não quando está sinalizando. E, assim, "significando" nomeia a relação genérica entre X e Y, quando X simboliza Y, então, "sinalizando", "referenciando" ou "referindo" nomeiam os dois principais modos de significado que já distinguimos. As palavras "referindo", "designando" e "nomeando" podem ser usadas de forma intercambiáveis.

Além disso, existe outro par de palavras que podemos substituir pela palavra "significado", usada às vezes como verbo e outras vezes como substantivo, que é o uso ambíguo que estamos procurando eliminar ou ao menos evitar. Da mesma forma que usamos a palavra "simboliza" para o ato de significar, e a palavra "simbolizado" para o que é significado, podemos usar "significância" para os atributos que a palavra tem quando significa, e a palavra "significação" por aquilo que é significado. Perguntar se certa notação tem significância é perguntar se ela significa alguma coisa. Perguntar sobre a significação de uma palavra é perguntar o que é significado por ela. Uma notação sem significado perde toda significância e não tem significação. Já uma palavra tem ambas: significância e significação. Sua significância pode ser uma significância designativa, significância-signo ou significância operativa (isto é, se ocorre de a palavra ser uma partícula ou um operador linguístico em vez de um substantivo).

Portanto, parece ser o caso de um vocabulário amplo ser suficiente para evitar todas as ambiguidades latentes em qualquer discussão sobre o problema do significado. Não significa dizer que, daqui em diante, sempre evitarei o uso da palavra "significado", substituindo-a por alguma outra palavra, porém, quando fizer isso, será sempre para tornar o significado preciso, usando essas outras palavras menos ambíguas entre parênteses.

Antes de terminarmos este assunto de substitutos para a palavra "significado" em todas as várias maneiras que podem ser usados, mais um ponto deve ser levantado: os vários usos de uma palavra são coextensivos com seus vários significados. Uma vez que uma palavra só é uma palavra quando tem significado (sua significância), ela só pode ser usada para significar (sua significação) alguma forma. Nesses casos, embora não em todos, ela não pode ser usada sem seu uso ser determinado por seu significado (sua referência ou sentido). Logo, na minha opinião, é tolice pensar, como alguns parecem fazer, que o problema filosófico do significado pode ser afastado pela recomendação vazia: "Não olhe para o significado; olhe para o uso". Para descobrir as formas como uma palavra é ou pode ser usada, é preciso descobrir as formas como ela significa ou pode significar (simbolizar), e os significados que ela tem ou pode ter (seus sentidos ou significações, e seus simbolizados ou referentes).

*

*Questão 6. O uso eulógico do termo "com significado" e o uso dialógico do termo "sem significado" levantam um problema para a filosofia da linguagem?*

Quando, no âmbito da linguagem, os termos "com significado" e "sem significado" são usados descritivamente, não de forma normativa, e costumam traçar uma linha de demarcação entre (i) meras notações físicas que ainda não se tornaram palavras porque lhes falta sentido (sílabas ou palavras sem significado, como, por exemplo, "glub", "smish", "fronteraly" e "nagawappy") e (ii) notações que se tornaram palavras em virtude do significado que adquiriram. Portanto, nenhuma palavra pode ser sem significado, e nenhuma mera notação física pode ter significado em qualquer das maneiras pelas quais uma palavra tem significado.

Até o século XVII, as palavras "sem significado" e "com significado", ou palavras substituíveis, como "insignificantes" e "significantes", foram empregadas da maneira descritiva indicada acima. Outro uso de "sem significado" e "com significado" foi introduzido por um filósofo inglês no início dos tempos modernos. Esse outro uso foi prescrito nos dois séculos seguintes, e reintroduzido no século XX, com grande vigor e obstinação, por filósofos que se ocuparam da linguagem. O novo uso dessas duas palavras é *eulogística* e *dislogística*, das seguintes maneiras: identifica ter o significado ou ser significativo, com ter o valor da veracidade; e a falta de significado ou não ter significado, com a falsidade – ou falta do valor da veracidade.

Um exemplo, tirado da discussão do século XVII sobre este ponto deve ser suficiente para ilustrar o que ocorre. O filósofo que introduziu a distinção entre eulogística e dislogística era, em sua própria visão da realidade, um completo materialista na tradição dos antigos atomistas. Na visão que ele expôs, nada realmente existe, exceto os átomos e o vazio, ou os corpos compostos – substâncias corporais – que são feitos de átomos e vazio. Ele chegou a sua consideração sobre a linguagem com esse esforço ontológico prévio. Consequentemente, observou de forma muito correta que muitas palavras ou frases, tanto no discurso comum quanto no filosófico, não simbolizam ou não se referem a corpos, sejam simples ou compostos. A partir do momento em que ele acredita que não existe nada além de corpos, tais palavra ou frases não simbolizam ou não se referem a nada que existe na realidade nem ao que pode realmente existir. Foi um passo simples, mas falacioso de sua parte, concluir que tais palavras ou frases ("anjo" ou "substância incorpórea", por exemplo) nada simbolizam ou referem-se a nada. E então ele chamou-as de "sem significado", "sem sentido" ou "discurso desprovido de significação".

Isso devia ficar aparente quando a palavra "anjo" não é uma palavra sem significado, da mesma maneira que são os ajuntamentos de sílabas sem significado, como "glub" ou "nagawappy". Até porque, se assim fosse, a questão de saber se os anjos existem ou não existem nem sequer seria levantada, e os materialistas não poderiam concluir, com base em suas premissas, que é impossível que existam anjos na realidade. Nem poderiam perguntar se "glub" realmente existe ou concluir que "nagawappy" não existe de fato. A razão para essa diferença é que "anjo", diferentemente de "glub" e de "nagawappy", não é uma palavra sem significado, nem sem sentido nem é parte de um discurso desprovido de significação.

No entanto, é evidente que o uso dislogístico da palavra "insignificante" pode ser aplicado somente a palavras que são "significantes", no sentido descritivo do adjetivo. Somente palavras (isto é, notações com significado ou significantes, não as sem significado, como as sílabas sem significado) podem ser sem significado ou com significado no sentido adicional dislogístico ou eulogístico que implica verdade ou falsidade. Para entender como verdade e falsidade podem ser implicadas, é necessário perguntar como esses valores podem ser atribuídos a palavras. A resposta imediata e inescapável é que eles não podem ser atribuídos a palavras, nem mesmo a frases, mas somente a sentenças capazes de ser construídas logicamente como proposições que são precisas o bastante para serem julgadas como verdadeiras ou falsas.

O que se pretende, então, quando se diz que a palavra "anjo" não tem significado no sentido dislogístico do termo que implica falsidade? A amplificação necessária para tornar clara a intenção, requer o uso da palavra "anjo" na sentença que pode ser construída logicamente como uma proposição existencial na qual se supõe que a palavra "anjo" represente o assunto; em outras palavras, "anjos não têm asas" (uma sentença afirmativa equivalente poderia ser: "anjos são sem asas"). Para construir qualquer sentença como uma proposição existencial, é preciso que seja interpretada como a conjunção de duas assertivas: (i) anjos existem e (ii) anjos não têm asas. Então, de acordo com a crença ou o esforço ontológico dos materialistas, a primeira dessas asserções é falsa, e a conjunção também é falsa. Aqui, portanto, há uma falsidade atribuída à palavra "anjo" quando dislogisticamente é determinada como sem significado.

Nomear não é afirmar. A palavra "anjo" pode nomear algo que pode não existir, mas certamente dá nome a alguma coisa a respeito da qual os homens podem falar. Além disso, podem discordar quando levantam uma questão como: "Os anjos realmente existem?". O uso da palavra "anjo" como um nome não assegura nem pode assegurar que os anjos realmente existem. Porque se assegurasse, não poderíamos usar a palavra, como fazemos, para perguntar se eles existem ou não. Parece não haver outra escapatória para a conclusão: o uso dislogístico da palavra "significado" é ilegítimo ou injustificável; pior e extremamente enganoso é confundir significância com verdade, e insignificância com falsidade.

Considerando que palavras são sempre significativas ou têm significância (caso contrário não seriam palavras no léxico de uma língua), frases ou sentenças podem ser significantes ou insignificantes de acordo com a forma como as palavras são postas juntas na sua construção. Mesmo quando são significantes, as frases, assim como as palavras, não são nem verdadeiras nem falsas. Somente sentenças significantes, e entre elas apenas as que podem ser interpretadas como proposições assertivas, são ou verdadeiras ou falsas. Nem todas as sentenças significativas são declarativas no modo; perguntas e comandos, por exemplo, não são nem verdadeiros nem falsos. Nem mesmo as sentenças significativas que são declarativas no modo, e que podem ser interpretadas como proposições assertivas, são sentenças que podem ser interpretadas como afirmações ou negações existenciais. Somente tais sentenças, e somente aquelas afirmativas, incluem uma palavra ou frase que, ocupando a posição de sujeito, devem ser interpretadas como denotando algo que realmente existe. Se não pode ser interpretada, a afirmação da proposição existencial é falsa.

A denotação existencial de uma palavra nomeada ou frase designativa é algo bastante distinto da sua significância referencial. Uma palavra como "anjo" pode ter significância referencial sem ter uma denotação existencial. De outro modo, não podemos perguntar significativamente se anjos realmente existem ou não. Se consideramos que não existem, então a palavra carece de denotação existencial (isto é, não denota nada que existe na realidade); mas para que possamos expressar essa negação, devemos ser capazes de usar a palavra "anjo" de forma significativa. Não podemos fazer isso a menos que ela tenha significado. E a partir do momento em que a palavra "anjo" é uma palavra categoremática, e não sincategoremática, sua significação deve ser referente – algo a que se refere, mesmo que esse algo não exista de fato. O que é essa coisa e porque não é nada, mesmo que não exista realmente, são questões que não posso responder antes de solucionar o problema básico do significado na filosofia da linguagem.

Aqui, a única questão a ser respondida é se o uso eulogístico do termo "com significado" e o uso dislogístico do termo "sem significado" levantam um problema para a filosofia da linguagem. À luz da análise que fizemos anteriormente, sobre a falácia de empregar "com significado" e "sem significado" como indicação de verdadeiro e falso e a confusão resultante da falha em se distinguir a significância designativa ou referencial das palavras nominativas de suas denotações existenciais, ou a sua falta, quando entendidos como sujeitos nas proposições afirmativas existenciais, não hesito em dizer que nem o uso dislogístico da palavra "sem significado" nem a questão sobre a denotação existencial das palavras ou frases que funcionam como sujeitos nas proposições existenciais afirmativas trazem problemas para a filosofia da linguagem.

A confusão da denotação existencial com a significância referencial, no caso de palavras categoremáticas ou palavras nominativas, tem levado alguns filósofos contemporâneos a adotar posições paradoxais, se não claramente insustentáveis. Uma é a posição em que somente a palavra ou a frase usada numa sentença para expressar o sujeito numa proposição entendida dessa sentença tem a significância referencial ou designativa apropriada a um nome; todas as outras palavras categoremáticas que tomam parte na sentença referem-se a nada. E se for concedido que, de algum modo, elas têm algum sentido, que nem sempre é reconhecido, a significação atribuída a elas é algo como o modo de significação que temos chamado de "sentido", o tipo de significado que atribuímos às palavras sincategoremáticas ou aos operadores linguísticos. Uma consequência imediata dessa primeira posição é outra mais extrema e ainda mais questionável, defendida por alguns, de que palavras ou frases isoladas não têm sentido algum, e que somente palavras ou frases usadas em sentenças têm significado.

No entanto, um ponto positivo emerge da discussão anterior. Consiste na discussão entre o significado referencial ou significância e denotação existencial. Uma palavra nominativa não pode funcionar como um nome sem que nomeie alguma coisa. Por isso deve ter um significado referencial ou significância, mas necessita, além disso, não ter a propriedade da denotação existencial, para que o que se refere possa ser algo que realmente não existe.

Também pode ser mencionado que a denotação existencial de uma palavra não é parte de seu léxico de significado. Não será incluída entre todos os significados que um dicionário traz listados para ela. A esse respeito, a denotação existencial difere radicalmente dos significados tanto das palavras categoremáticas quanto das sincategoremáticas, pois todos esses significados, e até mesmo, em alguns casos, o tipo de significado que temos chamado de significância--signo, são listados num relatório de significação múltipla de uma palavra no dicionário. Uma dada palavra pode ter tanto a significância referencial quanto a significância sintática (por exemplo, a palavra "é", usada, por um lado, como um predicado existencial, e por outro como uma cópula afirmativa – um operador linguístico). E ambas as significações serão encontradas na enumeração daquele léxico de significado de palavras. Mas o dicionário não nos fala nem pode nos dizer se o dado adjetivo indica um ente que realmente existe. Num dicionário biográfico as entradas que são substantivos próprios podem tentar fazer isso, mas, se – e quando – acontecer, suas afirmações implicarão asserções explícitas ou implícitas. É por isso que as denotações existenciais não são incluídas na enumeração dos significados contidos nas palavras.

*

Questão 7. *Dos diversos modos de significado (isto é, de símbolos) que até agora consideramos e dos vários usos da palavra "significado" que até agora indicamos, quais dizem respeito à filosofia da linguagem ao lidar com seu problema primário?*

Para responder a esta pergunta, deixe-me recapitular os diversos modos de simbolizar e os vários usos da palavra "significado".

Tenho distinguido três modos de significação aplicáveis às palavras: (1) o modo de significação primário no uso de palavras categoremáticas ou palavras nominativas – que sempre têm significância designativa ou referencial; (2) o modo de significação que é secundário e presente só às vezes no uso de tais palavras; ou seja, seu uso como sinais ou com significância-signo; e (3) o modo de significação que pertence às palavras sincategoremáticas ou operadores linguísticos, por meio do qual eles têm sentido sem ter significância referencial. Todos os três modos de significado dizem respeito à filosofia da linguagem, tratando desse seu problema primário. Desses três modos de significado, somente o primeiro e o terceiro são relativos às palavras (cf. Questão 4, acima).

Também tenho distinguido notações sem significado e palavras com significado, e somente essa distinção descritiva entre o que não tem sentido e o que tem sentido é que tem relevância para o problema básico de significado na filosofia da linguagem. Além disso, tenho chamado a atenção para uma tripla divisão que é relevante para os problemas de uma filosofia da linguagem ao lidar com seu problema básico: (1) algumas palavras têm sentido, mas não têm nem significância referencial nem denotação existencial; (2) algumas palavras têm significância referencial, mas não têm denotação existencial; e (3) algumas palavras têm significância referencial e denotação existencial. Nessa tentativa de explicar o sentido das palavras de um modo que nos permita ver como elas podem ser instrumentos de comunicação, será necessário explicar (i) como uma palavra pode ter sentido sem ter significância referencial; (ii) como uma palavra pode ter significância referencial sem ter denotação existencial; e (iii) como uma palavra pode ter tanto significância referencial quanto denotação existencial.

# CAPÍTULO III

# A SOLUÇÃO DO PROBLEMA PRIMÁRIO

## PREÂMBULO

O problema a ser solucionado é saber como a notação sem significado (sinais físicos ou sons, por exemplo) adquire significado e, então, torna-se uma palavra no dicionário de uma língua, tendo um ou mais significados estabelecidos – em quase todos os casos, mais de um. Para ser satisfatória, a solução desse problema deve explicar o uso da linguagem como um instrumento de comunicação, funcionando de uma forma que permita aos seres humanos conversar ou discursar sobre assuntos e coisas que são objetos comuns de referência.

Tenho notado que nem todas as palavras que têm um significado léxico no dicionário de uma língua são palavras com significância referencial; algumas, como já apontei, têm significância sintática, funcionando como operadores linguísticos em vez de palavras nominativas (ver Capítulo II, Questões 4 e 7). Propondo uma solução ao problema com o qual nos ocupamos, inicialmente restringirei nossa atenção à aquisição de significância referencial pelas notações sem significado. Então tentarei estender a solução proposta para a aquisição de significância sintática pelas notações sem significado que se tornam palavras categoremáticas, tais como as partículas da linguagem.

Embora a solução, como ficará claro, envolva atos da mente – de percepção, memória, imaginação e pensamentos, assim como os atos da vontade –, não se tentará explicar como um ser humano individual aprende uma língua, ou como, no seu caso individual, esta ou aquela notação sem significado adquire um ou mais significados que venham a ter para ele. Embora a solução tente explicar a geração das palavras com significado, que se dá apenas de uma maneira filosófica e não histórica, apontarei os fatores que devem ser operativos em cada caso, para que cada notação sem significado se torne uma palavra com significado; mas não tentará traçar os passos atuais pelos quais qualquer notação específica se torna uma palavra.

Apontar os fatores que devem ser operativos para explicar a aquisição de significado, inevitavelmente nos leva a outras questões – sobre o que está implicado na existência e na operação dos fatores mencionados. Essas outras questões nos levarão a considerar os fundamentos filosóficos da solução aqui proposta. A reflexão sobre eles será deixada para o Capítulo IV; e, até lá, uma depuração na terminologia não pode ser alcançada.

Neste capítulo apresentarei, em certo aspecto, um esboço mais ou menos rudimentar dessa solução, que acredito ser a única sustentável e satisfatória. O leitor é convidado a analisar outras questões que lhe vêm à mente ao examinar a solução. O que pretendo é tentar responder às seguintes questões: 1. As notações sem significado podem adquirir significância referencial sem a intervenção da mente? 2. As notações sem significado podem adquirir significância referencial pela imposição de coisas? 3. As notações sem significado podem adquirir significância referencial pela imposição de ideias? 4. Por que as notações sem significado podem adquirir significância referencial somente se forem impostas aos objetos da percepção, da memória, da imaginação e do pensamento? 5. As palavras com significado têm alguma função na aquisição de significância referencial pelas notações sem significado? 6. Como as notações sem significado que se tornam palavras sincategoremáticas adquirem significância sintática e como os modos de significado diferem da significância referencial das palavras categoremáticas ou adjetivos.

*

*Questão 1. As notações sem significação podem adquirir significância referencial sem a intervenção da mente?*

É preciso explicar a questão antes de tentar responder a ela. A palavra "mente" é aqui usada no sentido mais amplo possível, para cobrir atos de percepção, memória, imaginação e pensamento, e também atos que são voluntários, em contraste com a involuntariedade do comportamento puramente reflexo ou automático. O uso da palavra "mente" não nos compromete, a princípio, com qualquer visão da relação da mente com o cérebro como distintos um do outro. Isso impede a completa redução da mente ao cérebro.

Se (i) os estados ou processos cerebrais são vistos como nada mais que condições ou eventos neuroquímicos, e se (ii) eles não podem ser descritos em outros termos; ou ainda se (iii) não se pode dizer que os estados ou processos cerebrais envolvem ou dão origem a atos de percepção, memória, imaginação e pensamentos (atos que são pelo menos analiticamente distintos dos estados ou processos cerebrais descritos em termos neuroquímicos), então, "mente" é só mais uma palavra para "cérebro", e seu uso é enganoso, pois tende a sugerir a junção de algo, de certo modo, distinto.

No entanto, se de alguma maneira a mente é vista como algo distinto do cérebro, então os estados e processos cerebrais, além de serem descritos em termos neuroquímicos, pode-se dizer que também envolvem ou dão origem a atos de percepção, memória, imaginação e pensamento. Portanto, a mente por ser apresentada como um fator que explica a aquisição de significância referencial por uma notação sem significado. Este é o caso em que os estados e processos cerebrais são condições necessárias e suficientes para atos de percepção, memória, imaginação pensamento, ou apenas condição necessária, mas não suficiente, da sua ocorrência.

Para responder à questão que consideramos aqui, devemos, portanto, examinar as teorias do comportamento humano em que a mente não é, de maneira alguma, admitida como um fato distinto do cérebro ou, de forma mais geral, da operação de todo o sistema nervoso tanto periférico como central. Como toda teoria, embora sejam distintas em aspectos particulares, têm muito em comum para ser coletivamente chamada de "behaviorista". A questão com que estamos lidando, torna-se, então, a questão de saber se as teorias behavioristas podem explicar como as notações sem significado tornam-se palavras com significado, adquirindo significância referencial.

A resposta para esta questão é negativa por inúmeros motivos. A primeira se refere ao fato de que as explanações behavioristas são necessariamente limitadas para explicar as conexões entre estímulos físicos que ativam os órgãos dos sentidos e as respostas musculares ativadas por impulsos nervosos. Tanto a ativação dos órgãos sensíveis por estímulos físicos quanto a ativação muscular em resposta a impulsos nervosos implicam a ação do sistema nervoso periférico, embora os órgãos dos sentidos podem não estar na superfície do corpo, receptivo à estimulação de fora, e embora as respostas musculares não possam dar origem a um comportamento manifesto pelo organismo que pode ser observado de fora. O sistema nervoso central (isto é, centros cerebrais superiores e inferiores e da medula espinhal), segundo a teoria behaviorista, entra em cena como um mecanismo conectivo elaborado e mediado pelo estímulo e pela resposta. Se qualquer coisa além dessa função conectiva for atribuída ao sistema nervoso central, especialmente os centros cerebrais superiores, então a teoria resultante deixa de ser behaviorista no sentido radical do termo com o qual começamos. É certamente o caso se as funções adicionais atribuídas ao cérebro implicarem atos de percepção, memória, imaginação e pensamento como algo distinto dos estados e processos neuroquímicos.

Limitada a explicar as conexões entre estímulos e respostas, com o sistema nervoso central funcionando apenas como um mecanismo conectivo, a teoria behaviorista, em qualquer de suas formas, não pode explicar como as notações sem significado se tornam palavras com significado que tenham significância referencial. As conexões entre estímulos e respostas são originalmente inatas da constituição do organismo, isto é, reflexos incondicionados, ou então conexões aprendidas, que se adquirem mediante condicionamento. Respostas condicionadas, segundo a teoria behaviorista, implica a substituição de um estímulo por outro, e o estímulo substituto incita a resposta que anteriormente foi provocada pelo estímulo que ele substituiu. Uma notação sem significado pode, assim, tornar-se o estímulo substituto, provocando a resposta que anteriormente foi provocada por um estímulo não verbal; como no caso do cão de Pavlov o som da sineta tornou-se o estímulo substituto para a salivação, resposta anteriormente provocada pela visão da comida. A substituição é efetuada pela conjunção de dois estímulos e, por esse meio, pelo estabelecimento da conexão entre o estímulo substituto e a resposta adquirida pelo processo de condicionamento.

Uma teoria desse tipo pode ser capaz de explicar de que maneira um estímulo pode funcionar como um sinal. Por exemplo, o som da sineta que sinaliza a iminência da comida. A única evidência que o behaviorista pode apontar como fundamento é a resposta que o organismo dá para o estímulo substituto – porque o cão saliva quando a sineta toca, o som é visto como um sinal ou sugestão de que a comida é iminente, assim como, por associação ou condicionamento, o som da sineta do restaurante para os humanos sinaliza que o jantar está pronto; ou como a fumaça sinaliza fogo, e as nuvens chuva. Em todos esses casos, um evento físico não verbal, seja produzido pelo homem, como a sineta do jantar, seja de forma natural, como as nuvens ou a fumaça, pela associação com o sinal de outro evento físico, se procedermos totalmente em termos behavioristas, poderemos observar um evento físico como o sinal de outro somente se ele provocar uma resposta observável que seja apropriada ao evento assinalado.

No entanto, o que deve ser explicado é a significância referencial, não a significância-signo; e também a aquisição de tal significância pelas notações físicas que se tornam palavras nominativas. A palavra "jantar" tem significância referencial, e ao ouvi-la o ser humano individual, seja de maneira manifesta ou não, comporta-se de uma maneira ou de outra. Ao ouvir a palavra "jantar", ele pode permanecer imóvel ou se mover em direção à sala de jantar ou para longe dela. De forma similar, mulheres que veem a palavra "homens" fixada em uma porta respondem habitualmente de maneira bem diferente de como os homens respondem ao mesmo estímulo visual. Isso porque a palavra "jantar" e a palavra "homens" têm, respectivamente, a mesma significância referencial em todos esses casos de comportamentos discrepantes. Por isso a variação de respostas, usualmente diferentes e muitas vezes opostas, que uma palavra provoca ou tende a provocar no comportamento humano não pode ser feita na base da explicação de como uma notação física que se tornou aquela palavra adquiriu sua significância referencial. Além disso, como já mencionamos, palavras como "fogo" ou "jantar" funcionam como signos que podem ser substituídos por alarmes de incêndio ou sinetas de jantar somente como consequência de ter significância designativa ou referencial como palavras nominativas. Dado que a teoria behaviorista não é capaz de explicar, pelo mecanismo de estímulo substituto e pela resposta condicionada, como uma notação física pode adquirir significância designativa ou referencial, também não consegue explicar como as palavras com significado podem funcionar como sinais.

Tomemos, por exemplo, a sílaba sem significado "glub" – uma notação sem significado. Suponhamos que seja um estímulo auditivo associado ao fogo como um estímulo visual; e que a primeira resposta condicionada para o fogo seja um movimento de retirada, resultado da dor produzida quando se chega muito próximo do calor. Suponhamos também que essa resposta condicionada esteja conectada ao som "glub" por sua coincidência com o sinal de fogo. O organismo reage a "glub" fazendo um movimento observável de retirada. Isso não nos permitiria dizer que "glub" se tornou um nome para fogo, designando ou nomeando, quando o fogo não está, ao mesmo tempo, estimulando os órgãos sensíveis do indivíduo? Acho que não. A razão é que uma palavra que possui significância designativa pode ser entendida de forma exatamente igual por dois homens, mas que, ao ouvi-la, podem reagir de formas diferentes. Um estímulo substituto que tenha apenas a significância-signo não pode evocar padrões opostos de comportamento em dois organismos, a menos que tenha adquirido esse duplo significado por meio de processos opostos de condicionamentos.

Uma segunda razão para rejeitar a teoria behaviorista por ser incapaz de resolver o problema de como notações significativas adquirem significância referencial reside no fato de que, mesmo que pudesse explicar o significado dos adjetivos que designam ou referem-se ao estímulo físico (e, como já vimos, não podem), seria impossível até mesmo propor uma explanação para a significância referencial das palavras que nomeiam entes ou coisas que não são e não funcionam como estímulos físicos que ativam os órgãos sensíveis. Uma sílaba sem significado como "glub" não pode se tornar um estímulo substituído pelo condicionamento daquilo que não é um estímulo. No entanto, o dicionário de qualquer língua está cheio de palavras que se referem a entes ou coisas que não podem estimular os órgãos sensíveis; e essas palavras eram inicialmente notações sem significado que não apenas adquiriram significância referencial mas também provocam uma variedade de respostas observáveis, embora seja mais frequente não provocar resposta observável alguma. Mas como essas palavras podem ter adquirido significância referencial pelo processo de condicionamento tal como se formula na teoria behaviorista? Na minha opinião, não há uma resposta satisfatória para essa pergunta.

Uma terceira razão para rejeitar a teoria behaviorista: os significados que encontramos no dicionário de uma língua são convencionais. Grande número deles, se não todos, resultam de decisões voluntárias para usar uma notação física de um modo ou de outro. Às vezes essas decisões voluntárias se manifestam pela declaração de um escritor ou orador que deseja usar uma dada notação de uma maneira muito específica. Ele nos pede para segui-lo no emprego de uma notação com o significado designativo ou referencial que ele deseja atribuir a ela. Portanto, se a teoria behaviorista pudesse explicar como se adquire o significado, seja por parte de uma notação totalmente sem significado ou por parte de uma palavra que já tem significados específicos, mas não de uma que está prestes a adquirir, ela entraria em colapso diante de uma decisão voluntária como um fator na aquisição de significado. Embora o reflexo incondicionado possa diferir da resposta condicionada como inata no aprendizado do comportamento, uma não difere da outra como involuntário de um comportamento voluntário. A resposta condicionada é tão involuntária como a resposta incondicionada.

Por todas essas razões, a teoria behaviorista falha ao tentar resolver o principal problema da filosofia da linguagem: explicar o uso comunicativo da linguagem. Falha porque exclui a mente como um fator, e especialmente os atos da percepção, da memória, da imaginação e do pensamento, além da tomada voluntária de decisões. Porém, deve ser reiterado que se a teoria behaviorista vê a função do cérebro como algo mais que um mecanismo conectivo entre estímulos e respostas (ou seja, se atribui aos estados e processos cerebrais os atos mencionados), então também permite que a intervenção da mente seja um fator que possa ser considerado na explicação de como as notações sem significado se tornam palavras com significado.

Esse behaviorismo modificado e atenuado pode ser capaz de explicar, pela experiência associativa-cumulativa, como um estímulo físico, tal como o fenômeno natural da fumaça, pode se tornar significativo como um sinal de fogo. E, de forma similar, como um alarme de incêndio pode adquirir a mesma significância por alguns indivíduos depois que outros tenham adotado o sinal por convenção. Mas teria de ser ainda mais modificado, a ponto de deixar de ser reconhecido como behaviorismo, para que isso explique como uma notação originalmente sem significado como "fogo" adquire sua significância designativa como uma palavra nominativa; e, por esse meio, torna-se capaz de, secundariamente, funcionar como um signo.

*

Questão 2. *As notações sem significado podem adquirir significância referencial ao serem impostas às coisas?*

A teoria de que as notações sem significados adquirem significância referencial ao serem impostas às coisas como se fossem rótulos é extremamente simplista. No entanto, em comparação com a teoria behaviorista que rejeitei na Questão 1, é um avanço para se chegar à solução correta para o problema. Ela reconhece a atividade da mente em pelo menos um aspecto.

Os vários significados que o dicionário de uma língua atribui às palavras são todos convencionais. Qualquer coisa que seja convencional nas relações humanas é produto da instituição voluntária por seres humanos – ou seja, poderia ter sido de outra forma se os homens assim escolhessem. A teoria com a qual nos ocupamos aqui, diferentemente do behaviorismo, reconhece esse fato introduzindo a noção de imposição voluntária como um fator na aquisição de significado referencial pela notação inicialmente sem significado. Portanto, uma atividade da mente intervém no processo no qual notações sem significado se tornam palavras com significado. Mas esse avanço não é o bastante para a teoria em questão se ela omite ou não leva em consideração a atividade da mente em apreender as coisas – no seu ato de percepção e pensamento.

Como um resultado dessa omissão, a teoria prossegue como se os nomes pudessem ser impostos às coisas por um processo de identificação realizado às cegas, sem levar em conta nossa percepção ou entendimento das coisas que estão sendo identificadas. Vamos empregar o termo "coisa-em-si" para uma coisa física que exista independentemente da mente humana e o que ela é independentemente de ser apreendida por nós ou de como isso ocorre. A teoria em questão nos tornaria capazes de dar significado às notações sem significado atribuindo a elas a identificação de coisas-em-si – uma notação como a palavra que nomeia essa coisa-em-si; e outra notação como palavra que nomeia aquela coisa-em-si. Para entender por que isso não funciona para solucionar o problema com o qual nos ocupamos, é necessário examinar a diferença entre a coisa-em-si e a coisa-percebida, assim como a diferença entre a mera consciência de uma presença física da coisa-em-si e a percepção dessa coisa como um objeto.

Ambas as diferenças estão enraizadas na diferença entre um individual e um particular. Um indivíduo é único – ele mesmo e não outro. Mas enquanto permanece puramente individual, não é único. Por outro lado, um particular, conquanto também seja único, é um deste tipo ou um daquele tipo, pois um particular pode ser um de diversos tipos. Somente em circunstâncias extraordinárias, ou sob condições controladas em laboratório, estamos conscientes da presença sensível de um indivíduo. Em nossa experiência cotidiana, estamos quase sempre cientes da percepção dos particulares: não meramente este ou aquele indivíduo, mas este homem ou aquela árvore em particular. Quando, na presença sensível de um indivíduo, percebemos um homem ou uma árvore particular, nossa percepção implica algum entendimento de um tipo de coisa que um homem ou uma árvore é. Caso contrário, não podemos perceber o indivíduo como um daquele tipo. Nossa percepção de individuais e particulares sempre envolve atos de pensamento ou entendimento, tal como a ativação de sentidos ou também da memória e da imaginação.

Com isto esclarecido, pode ser rapidamente demonstrado que a teoria em questão falha no que diz respeito à significância referencial de substantivos comuns como "homem" e "árvore". A notação sem significado inicial que se tornou a palavra "homem" não pode adquirir sua significância referencial sendo imposta à coisa-em-si – o indivíduo, apontado e não ainda verbalmente indicado, da presença sensível de que estamos cientes. Esse indivíduo, quando agrupado com outros indivíduos que, em certo aspecto, são do mesmo tipo, torna-se um particular, ou um de um tipo. E quando agrupado com outros indivíduos que são similares em alguns aspectos, também torna-se particular, um de outro tipo. Portanto, um mesmo indivíduo pode ser classificado como um homem, um animal, um bípede ou um mamífero, de acordo com os aspectos em que está agrupado com outros indivíduos e diferentes particulares – um deste tipo ou um daquele tipo. A não ser que o indivíduo deixe de ser um indivíduo e torne-se um particular, um deste tipo ou um daquele tipo, como poderíamos classificá-lo como "homem", ou então "animal", "bípede" ou "mamífero"? Isto é impossível. Verifica-se, portanto, que notações sem significado não podem adquirir suas significâncias referenciais como substantivos comuns ao imporem-se às coisas-em-si – em indivíduos, em vez de em particulares percebidos.

Enquanto estamos neste ponto, vamos considerar o significado de palavras como "este" e "aquele", e de palavras similares como "eu" e "você". Se essas palavras são vistas como dotadas de significado referencial, parece ser o caso de elas serem indefinidamente equívocas. "Este" ou "aquele" podem se referir a qualquer indivíduo que está sendo apontado ou, então, indicado por um movimento corporal; já "eu" e "você" podem referir-se a qualquer indivíduo que seja a pessoa que fala ou a pessoa a quem se dirige. Por um lado, essas palavras parecem ter um significado definido (isto é, o indivíduo apontado; a pessoa que fala); por outro lado, cada uma delas pode ser usada para se referir a um número indefinido de indivíduos. Por isso parece ser o caso de que seu significado definitivo não consiste naquilo que elas designam ou a que se referem. Essa aparência é enganosa por causa da falha em distinguir entre significado referencial e denotação existencial. Palavras como "este" e "aquele", "eu" e "você" têm um referencial definitivo ou significado designativo ("este" designa o indivíduo que está sendo apontado; "eu" designa a pessoa que fala); mas elas também implicam um número indefinido de denotações existenciais quando usadas por diferentes indivíduos em diferentes circunstâncias. Elas são sistematicamente equívocas em relação às suas denotações existenciais, mas bastante inequívocas nas suas significâncias referenciais ou designativas.

Obviamente que ainda se pode perguntar o que elas significam, ou seja, a que se referem ou o que designam, se não se referem a nenhuma coisa individual ou não a designam. A resposta terá de esperar até chegarmos, na Questão 4, à solução do problema de significado, especialmente a parte da solução referente à característica do que é significado (o referente ou a significância), no caso de todas as palavras que têm significância referencial ou designativa.

Outra questão que deve ser respondida aqui é se podemos impor uma notação sem significado a um indivíduo – uma coisa-em-si – para que ele adquira significância referencial como o nome próprio àquele indivíduo singular, visto apenas como um indivíduo e não como um particular de qualquer tipo. A velha e familiar cerimônia de batismo de crianças poderia parecer exatamente como um ato de identificação – de imposição de um nome próprio a uma criança individual, de modo que, inicialmente, uma notação sem significado imposta se torne uma palavra com significado, tendo a significância preferencial de um nome próprio, em vez de um nome comum. Mais uma vez a aparência é enganosa, pois falhamos em notar que, na prática, raramente – ou nunca – colocamos um nome próprio num indivíduo que também não denotamos por uma descrição definida que o particularize.

O indivíduo que ganha um nome próprio pode ser uma criança ou um animal de estimação adotado. O nome próprio poderia ser "Toby". No primeiro caso, o indivíduo que "Toby" existencialmente indica é também indicado pela descrição definida "o primeiro filho do Sr. e da Sra. Harold James, nascido em 8 de dezembro de 1972". Já no segundo caso, o indivíduo que "Toby" existencialmente indica também é indicado pela descrição definida "o filhote de *airedale* adotado pelo Sr. e pela Sra. Harold James em 8 de dezembro de 1972, com o registro de toda a sua ancestralidade anexado". (Em cada um dos casos, a descrição definida poderia ser feita de forma mais precisa, adicionando-lhe detalhes que identificariam perfeitamente o único indivíduo existencialmente indicado.) Quando o nome próprio "Toby" pode ser sinônimo de duas descrições definidas bem diferentes (ou seja, "Toby" tem a mesma denotação que duas descrições definidas diferentes também têm), parece claro que "Toby" não é um nome próprio puro – o nome de um indivíduo singular que não é um particular de algum tipo.

É altamente questionável se, no uso atual, existe algum nome próprio puro (ou, como às vezes são chamados, nomes "logicamente" próprios), levantando a questão de saber se é possível provar, em princípio, que não pode haver um nome próprio puro ou logicamente próprio. Se, então, no uso atual uma descrição definida pode sempre ser substituída por um substantivo próprio, substantivos próprios não se referem a indivíduos (coisas-em-si), mas a particulares. Assim, a imposição de substantivos próprios sempre implica atos da mente – atos de percepção e entendimento. Portanto, a teoria de que notações sem significado podem adquirir significado referencial ao serem impostas a coisas-em-si falha no caso dos substantivos próprios, assim como, pelos mesmos motivos, também falha no caso dos substantivos comuns. Ou seja, que, exceto pelo ato volitivo da imposição, a teoria omite atos da mente – especialmente os atos de percepção e pensamento.

Antes de deixarmos o assunto dos substantivos próprios, outro ponto deve ser levantado. Um nome próprio puro ou logicamente próprio, se já existiu algum, seria um nome próprio para o qual nenhuma descrição definida poderia ser substituída, em virtude do fato de que ela tinha a mesma denotação existencial como o nome próprio em questão. Por outro lado, para substantivos próprios como os efetivamente usados no discurso cotidiano, uma ou mais descrições definidas podem sempre ser substituídas porque têm a mesma denotação existencial. Isso levanta a seguinte questão: os substantivos próprios e as descrições definidas que podem ser substituídas por eles são sinônimos em suas significâncias referenciais, assim como em suas denotações existenciais? A resposta é que um nome próprio padrão pode ser equívoco na sua significância referencial, desde que um número de diferentes descrições definidas possa ser substituído por ele, em virtude de terem a mesma denotação existencial como o nome próprio em questão. Cada uma dessas diferentes descrições definidas terá uma significância referencial diferente e, ao mesmo tempo, terá a mesma denotação existencial, isto é, indicará um e o mesmo indivíduo que está sendo referido como um particular diferente em cada caso – como sendo um específico deste ou daquele tipo.

A resposta que acabamos de dar está intimamente relacionada à resposta dada antes para a questão sobre o significado de "este" e "aquele", "eu" e "você". No primeiro caso, vimos que cada uma dessas palavras tem uma e a mesma significância referencial, enquanto sistematicamente equívoca na sua denotação existencial. No segundo caso, vemos que o nome próprio e as várias descrições definidas que podem ser substituídas por ele têm uma e a mesma denotação existencial enquanto difere em suas significâncias referenciais. A próxima pergunta sobre a característica dos diferentes referentes, que não diferem apenas na coisa individual que está sendo existencialmente denotada mas também uns dos outros, deve ser adiada até chegarmos à solução do problema de significado referencial na Questão 4.

Há um motivo adicional para que a teoria que estamos analisando falhe em solucionar o problema. Mesmo que pudesse explicar a aquisição de significado referencial pelas notações sem significado quanto a serem impostas às coisas-em-si (coisas individuais existentes que não são percebidas como particulares), a teoria em análise não pode explicar a aquisição de significado referencial pelas notações sem significado, quando tais notações se tornam palavras com significado que se referem a coisas ou entes que não são coisas físicas que estão sensivelmente presentes e capazes de ser apontadas ou mesmo indicadas. Ou (i) palavras como "justiça" e "liberdade", "infinito" e " assíntota", "mente" e "pensamento", e uma vasta gama de palavras similares no dicionário de uma língua, não têm significado referencial; ou (ii) o significado referencial que elas têm não podem ser explicados pela teoria em análise.

Na primeira dessas alternativas, tais palavras ou teriam de ser sem significado, no caso de não estarem no dicionário, ou o significado que elas têm deveriam ser do tipo de significado sintático que têm palavras como "o" e "um", "e", "ou", "mas", "é", "não", "de", "para" e "por". É claro que este não pode ser o caso para palavras como "justiça" e "liberdade", "infinito" e "assíntota", que não são operadores linguísticos. São palavras nominativas da mesma forma que "Toby", "homem" e "árvore". Logo, a teoria em análise não pode explicar a aquisição de significado referencial por notações sem significado que se tornaram palavras nominativas.

*

*Questão 3. As notações sem significado podem adquirir significância referencial ao serem impostas às ideias?*

A teoria rejeitada na resposta à Questão 2 faz pelo menos um avanço em direção à solução do problema, quando introduz uma imposição voluntária como um fato de aquisição de significância referencial. A esse respeito, corrige um dos erros do behaviorismo, que supõe falsamente que a aquisição de significância referencial poderia ser explicada por condicionamento, e não por imposição voluntária.

A teoria que iremos analisar agora parece dar um passo em direção à solução do problema, introduzindo não apenas a imposição voluntária como um fator de aquisição de significância referencial mas também atos cognitivos da mente, tais como percepção, memória, imaginação e pensamento. Se no processo pelo qual uma notação sem significado torna-se uma palavra nominativa com significado a intervenção da mente é requerida para uma solução satisfatória do problema, a teoria que introduz os atos cognitivos acima mencionados, assim como o ato volitivo da imposição, parece fornecer a solução que procuramos.

Mas não é o caso. Para explicar a falha de uma teoria que faz das ideias os referentes ou significantes das palavras nominativas, e que, portanto, sustenta que notações sem significado se tornam palavras nominativas com significado pela imposição de ideias, é preciso ter claro como a palavra "ideia" é usada em tal teoria. Um ato da mente, como o de perceber e o da percepção, resulta num produto – um percepto. De forma similar, um ato de pensamento, concepção ou compreensão resulta num conceito. O mesmo pode ser dito dos atos de memória ou lembrança e dos atos de imaginação ou de imaginar: produzem memórias e imagens.

Por dois motivos não estou mencionando o sentir e as sensações. (i) Sentir é mais a recepção passiva da mente que uma ação de sua parte. Consequentemente, as sensações são impressões recebidas, não produtos da atividade da mente. (ii) Sensações, como impressões recebidas, que formam o núcleo sensorial ou o *input* sensorial da nossa percepção de sentido, não podem ser isoladas como elementos identificáveis da experiência, exceto talvez sob a mais rigorosa condição de controle laboratorial.

A percepção de sentido não pode ocorrer sem um senso de impressão ou um *input* sensorial, e nenhum deles consiste exclusivamente em ter sensações. Isso implica um ato construtivo da mente, cujo produto é o percepto. Percepção não é um ato construtivo da mente menor que memória, imaginação e concepção ou pensamento. Os produtos desses diversos atos – perceptos, memórias, imagens e conceitos – podem ser todos agrupados sob o termo "ideia", assim como todos os atos que produzem podem ser agrupados sob o termo "atos da mente". (Na teoria analisada, sensações também são chamadas de ideias, ainda que claramente não sejam produtos da atividade da mente.)

Os atos da mente que mencionamos antes podem ser agrupados sob o termo genérico *apreensão*, assim como os diversos produtos desses diferentes atos podem ser agrupados sob o termo genérico de *ideia*. Empregando as palavras "apreensão" e "apreender" no sentido genérico, podemos dizer que os atos de percepção, lembrança, imaginação e concepção, são todos atos diferentes de apreender, da mesma forma que as ideias que são seus produtos.

Atos de apreensão não são os únicos atos cognitivos da mente. Os atos de juízo e de razoamento também o são. Isto é importante agora para notar uma diferença extremamente importante entre apreensão e juízo, ou entre seus respectivos produtos – ideias e julgamentos. Esses tipos de ideia não são nem verdadeiros nem falsos; apenas juízos – afirmações e negações – podem ser verdadeiros ou falsos. Por isso, chamar a ambos, apreensão e juízo, de atos cognitivos ou de atos de conhecimento é usar as palavras "cognitivo" e "conhecimento" de forma ambígua. O equívoco latente pode ser evitado observando-se cuidadosamente o significado da palavra "conhecimento", que não é o mesmo quando é dita no ato de apreender e quando é dita no ato de um juízo. Aqueles que identificam expressões de conhecimento com proposições verdadeiras, e expressões de erro com proposições falsas podem ter certa relutância em chamar de conhecimento um ato de apreensão; mas ainda que seja difícil, ou até mesmo impossível, restringir o uso da palavra "conhecimento", é ainda mais necessário evitar o uso da palavra de forma equivocada, sempre observando explicitamente a mudança de significado quando é aplicada para apreensões e quando é aplicada para julgamentos.

Com esses pontos esclarecidos, podemos agora nos concentrar nos dois principais defeitos da teoria que sustenta que as notações sem significado adquirem a significância referencial de palavras nominativas pela imposição de ideias – falhas que a impedem de fornecer uma solução satisfatória do problema.

A primeira falha está no fato de que, segundo a teoria analisada, cada indivíduo tem suas próprias ideias. As ideias na mente de um indivíduo são numérica e existencialmente distintas das ideias na mente de outro indivíduo. Se alguém deixa de existir, suas ideias também deixarão de existir, pois a existência das ideias é subjetiva no sentido de que é totalmente dependente da existência da pessoa que as detém. É isso exatamente que faz com que haja um impedimento para a linguagem ser usada como instrumento de comunicação, já que as ideias são transformadas em objetos que são significados ou referenciados por palavras impostas a elas como nomes. Elas só podem ser usadas como instrumento de comunicação se, como já observamos, se referirem a coisas ou entes públicos, não privados – referentes que são comuns a uma ou mais pessoas envolvidas numa conversação ou discurso. Se as ideias são coisas ou entes subjetivos, não podem ser referentes comuns porque são privados, em vez de públicos. Portanto, embora a teoria que analisamos consiga explicar como notações sem significado adquirem significância referencial pela imposição de um indivíduo por meio de suas próprias ideias – e assim tornam-se palavras nominativas, que significam ou se referem a essas ideias –, ainda é uma teoria insatisfatória porque falha necessariamente em fazer o que se requer para uma solução básica do problema, ou seja, explicar a aquisição de significado de modo que também explique o uso da linguagem como um instrumento de comunicação.

Agora é preciso estar ciente de que a teoria que estamos criticando reconhece o fato de que a linguagem é usada como instrumento de comunicação. Além disso, também é preciso estar ciente de que a mesma teoria reconhece a dificuldade levantada por esse fato, em vista da sua própria admissão de que as ideias de uma dada mente individual, nomeadas por uma palavra, são subjetivas. Por fim, é preciso estar ciente de que a teoria criticada tenta encobrir essa dificuldade com a sugestão de que as ideias subjetivas de uma mente individual são suficientemente parecidas com as ideias subjetivas de outra mente individual e, assim, a comunicação entre elas pode ocorrer, ainda que as palavras que elas usem refiram-se ou signifiquem objetos que não são idênticos e, por isso, não são objetos de referência comuns para ambas as ideias. Por esse motivo, tal teoria não pode ser descartada como desprovida de algum mérito, mas é preciso reconhecer que ela trata o discurso comunicativo como algo misterioso, sem explicá-lo completamente.

O segundo defeito da teoria que analisamos está no fato de que ela afirma que as ideias, e somente as ideias, são os objetos da nossa apreensão, assim como os objetos referentes ou significados pelas palavras nominativas. Uma vez que as palavras nominativas podem se referir apenas àquilo que apreendemos ou significar o que apreendemos, e uma vez que as ideias são apenas aquilo que apreendemos, as palavras nominativas podem apenas significar ideias ou a elas se referir. Mesmo assim, a teoria que estamos analisando reconhece que os homens discursam ou conversam sobre coisas reais que compõem o mundo em que vivem, e não apenas sobre suas ideias subjetivas. Os homens afirmam que alguma coisa ou certos tipos de coisa realmente existem, mas outras coisas não. Os homens questionam se certa coisa ou certos tipos de coisa existem. Mas como podem fazer isso se as palavras nominativas usadas por eles significam nada além de ideias ou a nada se referem?

Novamente devemos notar que a teoria que estamos criticando admite que esse fato levanta uma dificuldade, mas tenta encobri-la sugerindo que, assim como as palavras nominativas usadas por um indivíduo significam as suas próprias ideias – que são impostas aos significados das palavras –, essas ideias subjetivas que, por sua vez, significam ou referem-se às coisas – de existência real – têm sido, de alguma forma e em primeiro lugar, a própria causa de se ter essas ideias. Essa sugestão, como as anteriores usadas para encobrir as primeiras dificuldades, falha, e desta vez de forma ainda mais óbvia.

Em primeiro lugar, ela se exime de explicar como uma ideia, que é o significativo ou referente da palavra nominativa imposta a ela, pode, ao mesmo tempo, funcionar como um significante que designa coisas ou refere-se a elas que não são objetos de apreensão. Em segundo lugar, o discurso humano frequentemente implica questões sobre a existência real ou a não existência de certos entes, assim como as afirmações de que certos entes não existem. Essas questões e afirmações não podem ser explicadas, mesmo que nossas ideias subjetivas se refiram ou signifiquem, de alguma forma, as coisas que realmente existem. Em terceiro lugar, mesmo que a sugestão que analisamos pudesse explicar como nossas palavras nominativas significam as ideias com seus objetos imediatos de referência (mediados pelo funcionamento das ideias como signos referenciais), isso não poderia explicar como certas palavras nominativas têm denotação existencial, além de significância referencial, enquanto outras têm significância referencial sem denotação existencial. Isso impede de resolver esses aspectos do problema devido ao seu firme compromisso com a premissa de que as ideias, e somente as ideias, são os objetos da nossa apreensão quando executamos qualquer um dos atos que têm sido chamados de apreensão, como distintos dos atos de juízo ou de razoamento – isto é, atos de perceber, lembrar, imaginar e compreender ou conceber.

Essa proposição é o erro crucial e fatal da teoria que pretende explicar a aquisição de significado referencial em termos de uma imposição individual voluntária das notações sem significado com base em suas próprias ideias como objetos aos quais elas se referem. O erro é corrigido quando nos comprometemos com a proposição exatamente contrária, ou seja, que as próprias ideias subjetivas de um indivíduo nunca são os objetos que ele apreende. Elas nunca são, e não podem ser, os objetos apreendidos quando ele percebe, recorda, imagina ou pensa. Se fossem, as próprias ideias subjetivas de um indivíduo não poderiam ser os objetos a que as palavras nominativas se referem; afinal, não podem se referir àquilo que não se pode apreender. Consequentemente, notações sem significado não podem se tornar palavras nominativas com significado impostas por ideias subjetivas.

Já que não podem ser ou coisas-em-si ou ideias subjetivas, o que então seriam esses objetos de referência que nossas palavras nominativas significam ou designam, e sob quais notações sem significado devem ser impostas voluntariamente, a fim de que se tornem palavras com significado que tenham significância referencial? Essa pergunta é o que tentaremos responder na Questão 4, que segue.

*

*Questão 4. Por que essas notações sem significado só podem adquirir significância referencial quando impostas aos objetos da percepção, da memória, da imaginação e do pensamento?*

Vimos que a aquisição de significado não pode ser explicada de uma maneira que justifique o uso comunicativo da linguagem, ou em termos de imposição voluntária das notações em coisas-em-si individuais ou em ideias subjetivas – as ideias que cada indivíduo tem na própria mente. Já que os significados que as notações sem significado adquirem para se tornar palavras de uma linguagem são instituídos de forma convencional, também vimos que uma explicação da aquisição de significado deve envolver a imposição voluntária. Se não são coisas-em-si individuais nem ideias subjetivas, então de que imposição voluntária estamos falando?

A resposta implica atos da mente, como percepção, memória, imaginação e pensamento, como também seus produtos, isto é, ideias; mas é por imposição aos objetos que apreendemos por meio dessas ideias, e não por imposição às próprias ideias, que as notações sem significado adquirem suas significâncias referenciais. Aqui, em essência, está a solução do problema que estamos tentando resolver. Reivindicar que esta é a única solução, que não existe outra forma de explicar como as notações sem significado adquirem significado referencial, é afirmar, *primeiro*, que não há uma quarta alternativa (isto é, que coisas-em-si, ideias subjetivas e os objetos dessas ideias esgotam os entes que podem ser significados ou referenciados por palavras); e, *segundo*, que somente a terceira dessas alternativas permite um esclarecimento do significado referencial que não apenas explica o uso da linguagem como um instrumento de comunicação mas também a dificuldade encontrada pela solução que apela para uma ou para as outras duas alternativas.

Isso não quer dizer que a teoria a ser apresentada não tenha algumas dificuldades. Todas as teorias têm. Mas, como temos visto, as teorias que apresentamos nas respostas às Questões 2 e 3 não tiveram êxito em superar as dificuldades que elas mesmas geraram. Resta saber se a presente teoria pode ter êxito naquilo em que as outras falharam. Veremos isso no Capítulo V. Neste momento, vamos ter de nos limitar à explicação da teoria que, até agora, tem sido apenas mal demonstrada.

A proposição básica sobre a qual a teoria se assenta é a de que ideias (perceptos, memórias, imagens e conceitos) são aquelas coisas pelas quais apreendemos o que quer que apreendemos, mas nunca os objetos da nossa apreensão – aquilo que apreendemos. Em outras palavras, a proposição é que as ideias subjetivas numa mente individual são sempre e unicamente os meios pelos quais ela apreende qualquer coisa que não seja as suas ideias, e nunca algo que ela é capaz de apreender, ou ainda estar ciente de alguma forma ou em algum grau. Uma mente individual não pode experimentar suas próprias ideias, pois elas são totalmente indemonstráveis para ela, portanto nem sequer tem consciência delas. Isso não impede que ela saiba, por inferência de efeitos para suas causas, que tais ideias subjetivas realmente existem. Temos conhecimento inferencial de muitas coisas das quais não temos experiência direta.

O indivíduo experimenta objetos percebidos, mas nunca os perceptos pelos quais ele os percebe; objetos lembrados, mas nunca as memórias pelas quais lembra deles; objetos imaginados ou imaginários, mas nunca as imagens pelas quais os imagina; e objetos de pensamento conceitual, mas nunca os conceitos pelos quais os pensa ou concebe.

Os objetos que o indivíduo experimenta pelos atos de sua mente e por meio das ideias que tais atos produzem podem ou não existir ou ter instanciação na realidade.[1] Por exemplo, os objetos de que nos lembramos podem ter existido na realidade, mas já não existem mais; os objetos que imaginamos podem não ter tido existência real no passado nem existir no presente, nem mesmo vir a existir no futuro; e os objetos do pensamento podem ser de tal ordem que podemos levantar questões sobre sua atual existência ou instanciação na realidade, ou ainda sobre a possibilidade de terem existência ou instanciação. Mesmo no caso da percepção, podemos, sob circunstâncias incomuns, confundir objetos

[1] Conceito que deriva da famosa "Disputa dos Universais" da filosofia escolástica, que gerou duas soluções distintas: realismo e nominalismo. Para a primeira, o universal não é apenas um conceito, mas a essência necessária ou substância das coisas existentes. Já para o nominalismo, é apenas um *signo* dessas coisas. A *instanciação* pressupõe a posição realista, afirmando que uma propriedade ou atributo só podem existir quando incorporados por algum objeto na realidade. (N.T).

imaginários e percebidos. Por exemplo, o objeto de uma alucinação pode ser considerado um objeto percebido quando, de fato, não é.

Independentemente disso, os objetos que apreendemos por meio de nossas ideias, e que existem realmente ou têm instanciação na realidade, não afetam o papel que os objetos de nossa apreensão têm em conferir significância referencial às palavras, isto é, como referentes ao quais se referem, como significados que designam ou nomeiam. Nomear, como já vimos, não é afirmar. Pois quando uma palavra nomeia um ou outro objeto que apreendemos, ela não afirma nem nega, por si mesma, a existência real do objeto apreendido ou sua instanciação na realidade.

A distinção que fizemos anteriormente entre apreensão e juízo (junto com seus produtos, ideias e julgamentos) é paralela à distinção gramatical entre nomes (ou frases descritivas) e sentenças e pela distinção lógica entre termos e proposições. Afirmações (afirmativas ou negativas) são expressas verbalmente em sentenças declarativas; tais sentenças podem ser construídas logicamente como proposições afirmativas ou negativas; e quando pronunciamos uma proposição, fazemos por um ato da mente que é um ato de juízo, não de apreensão. Quando simplesmente nomeamos algo, não estamos afirmando algo; não estamos julgando, e como não estamos julgando, questões de verdadeiro e falso não são levantadas. Somente as proposições expressas em sentenças são verdadeiras ou falsas, não os termos expressos em palavras ou frases.

Um objeto nomeado não é um objeto com existência declarada; pelo contrário, ele é, em princípio, sempre um objeto cuja real existência deve ser questionada. Embora essa questão seja, em princípio, sempre aplicável, não é sempre aplicada de fato, especialmente em objetos da percepção (veja Capítulo V, Questão 2). No entanto, quando é aplicado, a resposta sempre toma a forma de uma proposição ou afirmação existencial, expressa verbalmente numa sentença declarativa, nunca em uma palavra nominativa ou numa frase descritiva por si só. O que é então expresso verbalmente numa sentença declarativa, e tem a forma lógica de uma proposição assertiva, expressa um julgamento da mente, que é um ato de conhecimento, ou um ato que pretende ser conhecimento, porque ele pretende ser verdadeiro, embora, é claro, possa ser falso.

Manter a visão contrária àquela que acaba de ser exposta seria o mesmo que dizer que não podemos lembrar, imaginar ou pensar (ou seja, conceber) objetos que realmente não existem ou que não têm instanciação na realidade, que são totalmente contrários à experiência comum. Está do mesmo modo em desacordo com a experiência comum afirmar ou implicar que não podemos nomear ou se referir, ou por palavras isoladas ou por frases descritivas, qualquer objeto de que somos capazes de lembrar, ou imaginar ou conceber, independentemente de ele de fato existir ou ter instanciação na realidade. Só podemos evitar esse tipo de absurdo mantendo a convicção de que podemos nomear ou designar (por palavras isoladas ou frases descritivas) quaisquer objetos que somos capazes de apreender por meio de nossas ideias; e isto é inseparável da perspectiva de que nunca apreendemos nossas próprias ideias, uma vez que elas não são os objetos que apreendemos, mas somente os instrumentos ou meios pelos quais apreendemos os objetos. Essas duas teses, tomadas juntas, estão no centro da teoria de que notações sem significado adquirem a significância referencial ou designativa pelas quais elas se tornam palavras nomeadas impostas voluntariamente aos objetos que somos capazes de apreender por meio dos perceptos, das memórias, das imagens e dos conceitos.

Se os objetos de nossas ideias fossem tão subjetivos quanto essas próprias ideias, a teoria que estamos propondo falharia pela mesma razão que falha a teoria que sustenta que as palavras nominativas usadas por um indivíduo simbolizam apenas suas próprias ideias, exclusivamente privadas ou fechadas dentro dos limites de sua própria experiência.

Se fosse assim, a comunicação seria impossível. O indivíduo não poderia usar a linguagem para transmitir suas ideias para ninguém; nem poderiam duas pessoas conversar sobre entes e coisas que são capazes de se referir.

Daí se segue que, qualquer que seja o modo de ser que atribuímos aos objetos que apreendemos por meio de nossas ideias, ele não pode ser do tipo de existência subjetiva que pertence às ideias que são apenas produtos de nossa atividade mental. Nem pode ser o modo de existência que mencionamos como existente na realidade, no qual aquilo que realmente existe é o que existe independentemente de ser apreendido ou conhecido por nós. A existência real é totalmente independente dos atos da mente humana. No entanto, no extremo oposto, o tipo de existência subjetiva que pertence às ideias totalmente dependentes dos atos da mente individual – isto é, as ideias que cada indivíduo tem – existe apenas na sua mente individual.

Qual meio-termo entre esses dois extremos, o de existência real e o de existência subjetiva, ou seja, o de existência totalmente independente dos atos da mente humana e o de existência que é totalmente dependente deles? Embora esteja exposta aqui, a resposta só poderá ser completamente entendida mais tarde, no Capítulo IV, Questão 3, pois ela emprega um termo analítico que tem certa aceitação no pensamento filosófico moderno: *intersubjetividade*. Dizer que os objetos que apreendemos e nomeamos são intersubjetivos é dizer que eles são objetos idênticos para dois ou mais indivíduos, apesar de cada indivíduo apreendê-los por meio de suas próprias ideias subjetivas, produtos dos atos de sua própria mente.

Dois indivíduos podem perceber o mesmo objeto, ainda que não tenham e não possam ter um percepto idêntico; eles podem se lembrar do mesmo objeto, ainda que não tenham uma memória idêntica. Podem imaginar o mesmo objeto, mesmo que a imagem subjetiva na mente deles sejam duas, existencial e numericamente distintas, e que cada uma delas exista apenas nas respectivas mentes individuais. Assim também eles podem conceber ou pensar o mesmo objeto, ainda que os conceitos existentes subjetivamente em sua mente sejam existencial e numericamente distintos.

Se não fosse assim, dois indivíduos não poderiam conversar sobre o mesmo objeto percebido, lembrado ou imaginado, nem sobre um mesmo objeto pensado. Sua capacidade de conversar ou discursar sobre objetos comuns ou públicos – o fato que foi o nosso ponto de partida (ver Capítulo I, Questão 1) – depende da sua capacidade de usar palavras ou frases descritivas para nomear, referir-se ou designar objetos comuns ou públicos no discurso. Se os objetos a que nossas palavras nominativas ou frases descritivas se referem são subjetivas em vez de intersubjetivas no sentido indicado, a capacidade de conversar ou discursar seria impossível, afinal cada um teria um significado particular e incomunicável na mente.

Uma coisa é afirmar que este é o caso, e outra é explicar como este pode ser o caso. Tudo o que fiz até agora foi afirmar que dois indivíduos podem apreender um mesmo objeto, mesmo que as duas ideias pelas quais eles apreendem tal objeto sejam existencialmente distintas, cada uma privada na mente do indivíduo que a pensou. Como isso ocorre é um problema extremamente difícil, mas acredito que posso pensar e resolver – ou pelos menos indicar um caminho para a solução.

A solução será oferecida na resposta à Questão 1 do Capítulo V, depois de eu ter examinado e defendido, no Capítulo IV, diversas pressuposições da teoria que estamos expondo. Agora é suficiente dizer que o germe da solução está nisto: enquanto dois indivíduos têm ideias particulares na mente, existencialmente distintas, elas *podem* ter uma única intenção; ou seja, elas podem pleitear um mesmo objeto e fazê-lo presente na mente dos dois indivíduos. É precisamente essa intencionalidade que deve ser explicada para solucionar o difícil problema de como dois indivíduos podem ter o mesmo objeto na mente como um objeto de referência capaz de ser nomeado e de se tornar objeto de uma conversa entre eles, mesmo que cada indivíduo tenha sua própria ideia de tal objeto e que essa ideia seja o significado pelo qual ele apreende o objeto ao qual o discurso se refere.

Antes de deixar esse ponto, será útil adicionar que objetiva e intersubjetivamente são idênticos. Nada deveria ser chamado de objeto ou considerado dotado de objetividade se não for capaz de ser comum a dois ou mais indivíduos. Não existem objetos privados, somente públicos. Falar das ideias que um indivíduo tem privadamente na sua própria cabeça como objeto que ele apreende é uma contradição de termos, uma vez que as ideias seriam subjetivas em vez de intersubjetivas. Também é uma contradição de termos falar de uma coisa-em-si (a coisa como existe de fato e ainda não apreendida) como um objeto. Deve ter certa característica pública em que dois indivíduos possam notar a mesma coisa realmente existente sem consciência prévia disso. Mas a característica pública dessa coisa-em-si não inclui o seu ser público como um objeto de referência ou discurso.

Apresentados os pressupostos em que se baseia a teoria aqui exposta, assim como as dificuldades levantadas por ela, vamos direcionar nossa atenção para a forma como a teoria resolve o problema de como notações sem significado adquirem significância referencial e, então, tornam-se palavras nominativas com significado.

Dizer que ideias subjetivas são apenas meios ou instrumentos pelos quais a mente apreende objetos é dizer que a única função de uma ideia é apresentar para a mente o objeto do qual a ideia é um meio de apreensão. Esta é precisamente a função de qualquer signo ou significante, quer seja um sinal, quer seja um designador – para manter presente na mente algo que não seja ele mesmo. Quando nuvens sinalizam chuva, ou fumaça sinaliza fogo, que é exatamente o que eles fazem em virtude de seu funcionamento como sinais. Assim como é precisamente o que palavras com significado como "chuva" ou "fogo" fazem quando funcionam como sinais, mas designando, não assinalando, aquilo a que se referem. Elas mantêm presente na mente aquilo que é nomeado ou referido, do mesmo modo que nuvens e fumaça mantêm presentes na mente a chuva e o fogo que elas respectivamente sinalizam.

No entanto existe uma diferença crítica entre (i) as nuvens que sinalizam chuva, (ii) a palavra "chuva" que nomeia ou designa o fenômeno referido e (iii) o percepto, memória ou conceito de chuva que apresenta chuva à mente como um objeto apreendido pelo ato de percepção, memória ou pensamento.

i. A nuvem que sinaliza chuva, como a chuva sinalizada, é um fenômeno físico, um evento natural. Assim é, significando ou não chuva; sinalizar chuva é acidental à sua natureza, pois é um significado conferido às nuvens somente pela experiência humana e somente como resultado da observação cumulativa da consequência do encontro entre nuvens e chuva.

ii. A notação sem significado inicial que vem a ser a palavra que nomeia ou designa chuva é, como a nuvem, um fenômeno físico – um som ou um sinal; mas, diferentemente da nuvem, é algo feito pelo homem, não um evento natural. Porém, assim é como um sinal visível ou um som audível, quer se torne ou não uma palavra ou mesmo o nome de chuva. Designar ou se referir à chuva é algo acidental para sua existência física, como sinalizar chuva é algo acidental para a natureza das nuvens. Designar chuva é um significado conferido naquele sinal visível ou som audível como um resultado da intervenção humana. Um sinal ou som produzido pelo homem não é inicialmente apenas a notação sem significado; o significado que vem a ser uma palavra nominativa também é convencional. Esse mesmo sinal ou som poderia ter tido um significado diferente. De modo inverso, esse significado (isto é, referência ou fenômeno da chuva) poderia ter tido um sinal ou som diferente, como é o caso em línguas diferentes.

iii. A ideia (se é um percepto, uma memória, imagem ou conceito) que apresenta a chuva à mente como um objeto apreendido é uma ocorrência natural, como nuvens e fogo, não um ente produzido pelo homem, como um sinal visível ou um som audível que os homens inventam para funcionar como uma notação capaz de se tornar uma palavra. Atos de percepção, lembrança, imaginação e concepção podem ser psicológicos, não fenômenos físicos, mas em qualquer caso são fenômenos naturais: envolvem a ativação de poderes inerentes à natureza de um organismo sensível e inteligente. Esses atos não são apenas fenômenos naturais, sejam eles psicológicos ou físicos (isto é, atos do cérebro), mas seus produtos também são fenômenos naturais. Ideias não são trabalhos de arte feitos pelo homem, nem foram instituídas por convenção humana.

O que é ainda mais importante é que o significado das ideias *não é* algo imprevisto nas suas naturezas, como o significado de nuvens é sinal de chuva, ou o significado da palavra "chuva" designa algo extrínseco que é adicionado a esses entes. O significado da ideia de chuva (se é um percepto, memória, imagem ou conceito) é totalmente intrínseco a ela. Quando dizemos que o significado da ideia de chuva é totalmente intrínseco a ela, queremos dizer que a ideia é nada mais que um significado. Ser uma ideia é significar o objeto que essa ideia apresenta para a mente. Dizer que uma ideia é aquilo pelo qual aprendemos um objeto ou que um objeto é aquilo que é apreendido por uma ideia é equivalente a dizer que uma ideia está relacionada a um objeto como um símbolo está para o seu significado; a isso devemos acrescentar que a diferença crítica entre uma ideia como um símbolo e todos os outros símbolos, sendo sinais ou designadores, está no fato de que ideias não têm ser ou natureza, exceto quando funciona como símbolo. Cada ideia é nada mais que significado pelo qual simboliza ou apresenta um objeto para a mente.

Anteriormente (no Capítulo II, Questão 2), apontei, de forma breve, a distinção entre significado natural e significado adquirido – a diferença entre ser um significado e ter um significado. Ideias são os únicos entes em todo o mundo que *são* significados, isto é, são significadores e nada mais que significadores. Tudo aquilo que significa de alguma forma *tem* apenas significado que deve ser adquirido. Aquilo que *tem* um significado que é adquirido pode mudar de significado, perder o significado ou ganhar o significado *do que é*.

Para ser um significado ou significar por natureza, em vez de significar por acidente, é preciso ter uma relação natural de significação entre o que significa e aquilo que é significado. Nuvens têm uma relação natural com a chuva, como o fogo tem com a fumaça, mas é uma relação de causa e efeito, não de significante com significado. É por isso que cada ideia é um significado e seu objeto também. A ideia é um significado no sentido de que significa (um significador), e seu objeto no sentido de ser o seu significado (significante).

Jamais devemos falar de significado *de* uma ideia ou *de* seus objetos, como falamos do significado *das* nuvens ou o significado *da* palavra "chuva". No caso de ideias e seus objetos, e somente nesse caso, significado não é algo que está sendo possuído ou adquirido, ou mesmo sujeito a mudar como no caso de um fenômeno natural como nuvens e fumaça, ou como no caso de palavras produzidas pelo homem como "chuva" e "fogo". Para ser estritamente preciso, pode-se falar de significado (o que significa) que *é* uma ideia, ou significado (o que é significado) que *é* o objeto. O fato de nuvens e fumaça serem fenômenos naturais não fazem deles significantes, nem faz de chuva e fogo significantes naturais. Somente a ideia de nuvens ou fumaça é um significador natural; somente o objeto dessa ideia é um significante natural.

Vamos supor que o mundo natural não contenha ideias entre seus elementos constitutivos. Neste caso, não haveria nada que naturalmente significasse e nada que naturalmente fosse significado. Qualquer ente que significa teria de adquirir algum significado, porque esse significado seria acidental a sua natureza como um fenômeno físico, ou é um evento natural como nuvens ou chuva, ou um ente produzido pelo homem como um sinal visível ou um som audível, concebido para se tornar uma palavra. Além disso, qualquer ente que, a princípio, não tenha significado e que acidentalmente venha a ter, teria de adquirir qualquer significado que venha a ter de outro ente que já tenha algum significado. Porque não se pode adquirir um significado daquilo que, em si mesmo, não tenha significado, ou seja, uma notação sem significado não pode adquirir significado estabelecendo alguma relação com outra notação sem significado. Contudo, uma notação sem significado pode adquirir algum estabelecendo uma relação com palavras que já tenham significado. Mas já mencionei anteriormente que todas as palavras de um dicionário, que a princípio eram notações sem significado, não poderiam adquirir seus significados dessa forma. A relação das palavras num dicionário é um círculo fechado sem começo nem fim (ver Capítulo II, Questão 1).

Para que o sem significado adquira significado de algo significativo, em que o significado deste último é sempre adquirido, é preciso uma regressão infinita ou um círculo vicioso. Se tudo o que adquire significado para se tornar significativo adquire seu significado de alguma outra coisa do mesmo tipo, que por sua vez teve de adquirir seu significado somente acidental, e assim sucessivamente, uma tal regressão infinita, ou um círculo vicioso, terminaria numa aquisição de significado inexplicável e impossível. Consequentemente, a menos que exista no mundo alguns entes que naturalmente significam e alguns que naturalmente sejam significados, nenhum outro ente poderia mais adquirir significados acidentais que eles venham a ter. As ideias, como significantes naturais, e seus objetos, como significados naturais, oferecem precisamente o que é necessário para solucionar o problema de como o significado é adquirido por notações inicialmente sem significado produzidas pelo homem, como é adquirido por um fenômeno natural como nuvens e fumaça, ou como é adquirido por sinais produzidos pelo homem como uma campainha de restaurante ou um alarme de incêndio.

A solução desse problema não é a mesma para a aquisição de significância referencial ou designativa por notações sem significado que se tornam palavras nominativas e pela aquisição de significância de signo (i) por meio de fenômenos naturais como nuvens e fumaça, (ii) por instrumentos produzidos pelo homem, como campainha de restaurante ou alarme de incêndio, ou ainda (iii) por meio de palavras nominativas significativas como "jantar" e "fogo". No primeiro dos três casos expostos, o significado acidental deriva diretamente de sequências reconhecidas ou conjunções de entes que venham a ser relacionados como sinais para os sinalizados. Isso depende apenas indiretamente das ideias que temos desses entes, apresentando-os como objetos de apreensão. Nos outros dois casos, a significância de signo do alarme de incêndio ou da palavra "fogo" é estabelecida por convenção.

No sentido oposto, a aquisição de significância referencial ou designativa por notações sem significado que se tornam palavras nominativas depende direta e totalmente das ideias que temos e dos objetos que elas apresentam. É por serem associadas às ideias (como significantes naturais) que as notações sem significado se tornam significantes convencionais, e por serem impostas aos objetos de nossas ideias (como significantes naturais) que as notações sem significados se tornam palavras nominativas que têm esses objetos como significantes ou referentes adquiridos ou convencionais.

Várias outras considerações menores podem ser expostas antes de eu concluir uma explicação sobre como solucionar esse problema de que estamos nos ocupando. Uma é que a notação inicialmente sem significado imposta a um objeto apreendido pode ser afixada nele como o seu nome ou designador somente na medida em que esta notação física é, por si mesma, um objeto apreendido. Um sinal visível ou um som audível podem existir como um fenômeno físico e apesar disso não ser apreendido. Apenas quando passa a ser um objeto apreendido é que pode ser imposto a outro, que se torna o seu significante ou referente, e que lhe confere significado como uma palavra nominativa.

Um segundo ponto deve ser notado: desde que a ideia subjetiva pela qual um objeto é apreendido seja intrínseca e totalmente inapreensível pelo indivíduo em cuja mente isso ocorre, uma notação sem significado, mesmo aquela que é apreendida como um objeto, não pode adquirir seu papel de significador sendo diretamente associada com a ideia que funciona naturalmente como um significador. É impossível para nós estabelecer uma associação direta entre dois entes, um dos quais é um objeto apreendido (isto é, um sinal visto ou um som ouvido), e o outro que não pode ser apreendido (isto é, uma ideia).

Considerado esses pontos, posso agora resumir a solução nas duas afirmações seguintes: (i) uma notação sem significado adquire sua significância referencial acidental ao ser voluntariamente imposta a um objeto apreendido como seu nome ou designador; (ii) pelo uso repetido dessa palavra nominativa para se referir ao objeto de uma ideia, essa palavra nominativa torna-se indiretamente associada com a ideia que é o significador natural desse objeto.

A notação sem significado inicial só pode adquirir significado ao ser imposta *diretamente* a um objeto que está de fato sendo apreendido – um objeto apresentado à mente de um indivíduo que faz a imposição. No entanto, uma vez que adquire significância referencial dessa maneira, e passa a possuí-la habitualmente pela repetição, a palavra com significado resultante, pela evocação da ideia (o significador natural) com a qual foi *indiretamente* associada pelo uso repetitivo como o nome para o objeto dessa ideia, é capaz de fazer o objeto significado pela ideia tornar-se presente na mente de qualquer um que apreenda essa palavra como dotada de significado particular, portanto adquirido. A significância referencial das palavras que são inicialmente notações sem significado não poderia ter sido adquirida sem uma imposição direta sobre os objetos que são significantes naturais de ideias. Porém, uma vez adquirida, o uso da palavra exerce esse significado adquirido, evocando a ideia, o significador natural, com o qual é indiretamente associado. Se esse não fosse o caso, palavras com significância referencial não poderiam ser usadas para apresentar, à mente do orador ou do ouvinte, os objetos a que eles fortuitamente se referem, e quais ideias desses objetos naturalmente significam.

*

*Questão 5. Palavras com significado sempre funcionam na aquisição e significância referencial para notações sem significado?*

É preciso fazer duas distinções na resposta a esta questão. A primeira é entre (i) ideias que temos antes e sem a mediação das palavras e (ii) ideias que chegam à mente como resultado do seu entendimento do significado das palavras e, por esse meio, a apreensão dos objetos que elas significam. A segunda tem certa vigência no pensamento contemporâneo. É a distinção entre (i) conhecimento por familiaridade e (ii) conhecimento por descrição.[2]

Infelizmente a maioria dos escritores que têm empregado esta segunda distinção não são muito cuidadosos no uso da palavra "conhecimento", que não tem o mesmo significado quando aplicado para apreensão, de um lado, e julgamento, de outro (ver Questão 3 acima). Após o exame de seus escritos, parece que estão preocupados com a apreensão de objetos, não com os juízos sobre realidade – juízos sobre o que é ou não o caso. Precisamente, o ponto dessa segunda distinção está na diferença entre aqueles objetos que apreendemos sem a mediação de palavras com significado e aqueles que apreendemos pela mediação de palavras com significado. Podemos chamar os objetos do primeiro tipo de "objetos de descrição", desde que eles sejam apreendidos como um resultado da descrição verbal dada a eles.

As duas distinções são claramente concomitantes. Por um lado, objetos de familiaridade são aqueles de ideias que temos previamente, sem mediação das palavras. Por outro lado, objetos de descrição são aqueles de ideias que chegam à mente como resultado do entendimento das palavras com significado.

Agora posso responder à questão de que estamos aqui nos ocupando, quando dizemos que, enquanto algumas notações sem significado adquirem suas significâncias referenciais de um modo, outras adquirem ao ser impostas a objetos de descrição. Mas aqui é preciso adicionar que nem todas podem adquirir desse modo. A razão disso já está clara: a menos que algumas notações sem significado adquiram suas significâncias referenciais por associação, direta ou indireta, com

---

[2] Distinção feita por Bertrand Russell. (N. T.)

significantes naturais, estaremos envoltos numa regressão infinita ou num círculo vicioso que torna a aquisição de significado inexplicável e impossível (ver Questão 4 acima). No entanto, dadas algumas palavras com significado, é possível que essas palavras sejam usadas descritivamente de uma forma que permita a uma notação sem significado adquirir sentido ao ser imposta a um objeto que a palavra com significado descreve, aquele objeto apresentado à mente por uma ideia formada na investigação de uma descrição verbal.

Visto que o objeto nomeado por uma palavra que adquiriu seu significado sem a mediação de outras palavras é um objeto familiar, poderemos chamar a designação de certos objetos de "nomeação por familiaridade". Ao contrário, quando objetos são nomeados por palavras que adquiriram seus significados somente pelo uso descritivo de outras palavras, podemos chamar a designação desses objetos de "nomeação por descrição".

Agora posso reafirmar a resposta para a presente questão da seguinte maneira: é raro, se é que acontece, que todas as palavras sem significado que um indivíduo é capaz de usar sejam palavras que ganham significado para ele pela nomeação por familiaridade. Para isso, é preciso notar que nunca é o caso de que todas as palavras com significado que um indivíduo é capaz de usar sejam palavras que ganham significado para ele pela nomeação por descrição; pois nesse caso ele acabaria ficando sem as palavras com significado que necessita para fins descritivos.

O que acaba de ser dito sobre nomeação por descrição em relação à nomeação por familiaridade repete o que geralmente é dito sobre a relação de conhecimento por familiaridade e conhecimento por descrição. Ou seja, que algum conhecimento por familiaridade é indispensável para que haja algum conhecimento por descrição. O contrário não é verdadeiro: podemos ter conhecimento por familiaridade sem ter nenhum conhecimento por descrição.

Pode ser útil ilustrar os pontos analíticos que acabamos de traçar. Todos nós usamos palavras para descrever um objeto de percepção para outra pessoa que não é sensível à presença da coisa que se tornou um objeto de percepção para nós. Assim, o que é um objeto de familiaridade para nós é um objeto de descrição para ela – um objeto que ela é capaz de imaginar como resultado de uma descrição verbal que damos a ela. Agora vamos supor que nosso amigo nunca teve um conhecimento direto com um objeto particular e que seu vocabulário não inclui o nome desse objeto. Descrevendo-o para ele, contamos o nome que usamos para designá-lo. O que era uma notação sem significado antes da nossa descrição do objeto agora pode se tornar uma notação com significado, pois nosso amigo pode impor tal significado ao objeto descrito e usá-lo como o nome para esse objeto.

O ritual familiar das apresentações sociais fornece um exemplo de nomeação por familiaridade, no qual uma prévia notação sem significado se torna um nome próprio com significado. Encontro um estranho numa festa que, até ser apresentado a ele, é um objeto percebido mas anônimo. Alguém diz: "Este é fulano, autor do romance que está sobre a mesa". Essa apresentação me permite impor "fulano" a um objeto de que eu estava ciente antes de ouvir seu nome, e isso me permite, daí em diante, usar "Fulano" como nome próprio para o indivíduo em que estou dando um aperto de mão.

Compare isso a um exemplo de nomeação por descrição nas seguintes circunstâncias: ouço uma conversa na qual é mencionado o que reconheço ser um nome próprio, embora eu não conheça a pessoa que está sendo nomeada. Ela nunca se apresentou na minha experiência como um objeto de conhecimento. Percebo do contexto que a pessoa nomeada não está mais viva e, além disso, que se trata de uma pessoa que teve alguma importância enquanto viva. Tento alguma informação inicial sobre ela ao ouvir a conversa, vou a algum dicionário biográfico e procuro pelo nome próprio e leio uma descrição verbal da pessoa mencionada. Essa descrição verbal me permite imaginar um objeto que nunca percebi. Minha imaginação foi instigada por uma descrição verbal que li em um dicionário de biografia, e agora posso impor o que era anteriormente uma notação sem significado a um objeto de descrição e usá-lo como um nome próprio. Visto que a significância referencial que aquela notação sem significado adquiriu foi mediada por uma descrição verbal, o que temos é um caso de nomeação por descrição.

Exemplos similares podem ser dados no caso de substantivos comuns, como "homem" ou "árvore", "justiça" ou "méson". Seres humanos são objetos de conhecimento por meio de atos de percepção, memória e entendimento ou concepção, pelo qual apreendemos seres humanos individuais como particulares de certa espécie. Quando uma criança aprende a usar o substantivo "homem" como designador de todo e qualquer exemplo dessa espécie percebida, ou aprende como usá-lo para se referir à própria espécie, mesmo quando nenhum exemplo é percebido, normalmente faz isso ouvindo a palavra "homem" ser imposta a objetos a que ela é diretamente exposta, e normalmente, embora nem sempre, sem a mediação de descrições verbais.

A descrição verbal deve ser usada se a criança cai no erro de usar a palavra "homem" para nomear algo que não seja um ser humano. Então palavras com significado serão usadas para definir a espécie ou delimitar a classe, para que a criança não passe a aplicar a palavra de forma errada, em casos nos quais não convém ser usada. Homem, como um objeto conceitual ou objeto de pensamento, será então, pelo menos em parte, um objeto de descrição. Consequentemente, o significado adquirido pela palavra "homem" resultará parcialmente da nomeação por familiaridade e parcialmente da nomeação por descrição.

Se trocarmos a palavra "homem" pela palavra "méson" teremos uma palavra que consta no dicionário, mas que é uma notação sem significados para a maioria das pessoas que não a procuraram no dicionário ou que nunca estudaram física nuclear. Quando elas ouvem o som, podem não saber que se trata do som de um termo técnico de uma ciência; podem confundir esse som com uma palavra sem significado, como "trilop". Como a notação sem significado "méson" adquire a significância referencial para aqueles que não são físicos nucleares, ou mesmo algum significado que se aproxime remotamente dessa significância?

A única resposta possível é que ela adquire significado para os não iniciados pela mediação da descrição verbal. Na verdade, a partir do momento em que méson não é um objeto de percepção familiar para qualquer um, a notação "méson" deve ter adquirido sua significância como um termo técnico na física nuclear ao ser imposto por cientistas a um objeto de pensamento que eles são capazes de conceber apenas por instigação da descrição verbal. Para um cientista nuclear, assim como para um leigo, o méson é um objeto de descrição; e para ambos o uso da notação inicial sem significado "méson" como um nome comum com significado implica nomeação por descrição, e não por familiaridade.

*Questão 6. Como as notações sem significado que se tornam palavras sincategoremáticas adquirem significância sintática e como esse modo de significado difere da significância referencial das palavras categoremáticas ou nominativas?*

Preocupamos-nos aqui com o grupo de palavras que vêm sendo chamadas de partículas ou sincategoremáticas e que temos chamado de operadores linguísticos: palavras como artigos ("o" e "um"); preposições ("de", "para", "por", "com", etc.); conjunções e disjunções ("e", "ou/ou", "se/então", etc.); e cópulas, positivas e negativas ("é" e "não é").

Já apontei que, diferentemente das palavras categoremáticas ou nominativas, que têm significância referencial, as sincategoremáticas têm apenas significância sintática (ver Capítulo II, Questão 4). Como já vimos, dizer isso é caracterizar tais palavras das seguintes maneiras: (i) elas têm significado somente quando qualificam, modificam ou relacionam os significados de outras palavras; (ii) elas não têm significados fora do papel sintático que elas exercem; ou seja, as operações gramaticais e lógicas nas quais as usamos, ou as formas pelas quais as usamos para construir frases e sentenças e formular proposições. Elas são palavras secundárias, auxiliares ou adjuntas. Palavras nominativas categoremáticas são as palavras principais de qualquer língua, palavras que têm um ou mais significados definidos ou determinados em si e por si, e não como modificadores ou adjuntos de outras palavras.

Nas respostas às questões anteriores deste capítulo, mantive nossa atenção exclusivamente na solução do problema de aquisição de significado por notações sem significado que se tornam uma palavra nominativa categoremática com significância referencial. Procuramos olhar para soluções diferentes para o problema quando consideramos notações sem significado que se tornam palavras sincategoremáticas ou operadores sintáticos.

Como então as notações sem significado que se tornam essas palavras secundárias, auxiliares ou adjuntas adquirem suas significâncias sintáticas se não for por imposição aos objetos de percepção, memória, imaginação e pensamento? Esta é uma das questões a serem respondidas aqui. Outra questão é: o que essas palavras significam, ou o que é significado por elas, se não significam objetos que somos capazes de apreender por nossos atos de percepção, memória, imaginação e pensamento ou a eles não se referem? Vamos começar por essa segunda, porque facilitará o entendimento da primeira.

Para começar, sejamos claros sobre um ponto negativo: palavras sincategoremáticas ou operadores linguísticos certamente *não* significam objetos de percepção, memória e imaginação ou não se referem a eles. Mas porque palavras como "e", "de", "o", "logo" não podem significar objetos de pensamento?

Se palavras sincategoremáticas significarem objetos de pensamento, os objetos que significam são de um tipo especial, radicalmente diferente de todos os outros objetos do pensamento conceitual – objetos que, no que diz respeito à diferença que estamos observando, são comparáveis aos objetos de percepção, memória e imaginação. Considerando essa diferença, entendemos o porquê de ser certo distinguir a significância referencial das palavras categoremáticas, ou palavras que nomeiam objetos, da significância sintática das palavras sincategoremáticas ou operadores linguísticos.

Com poucas exceções que notaremos mais tarde (no Capítulo VII, Questão 3), objetos de pensamento conceitual, como os de persuasão, memória e imaginação, caem nas categorias de existência real, atual ou possível; e esta é a razão pela qual as palavras que significam ou se referem a eles são chamadas categoremáticas. Em nítido contraste, o tipo especial de objetos significados por palavras sincategoremáticas ou operadores linguísticos é operação da mente humana – ou as operações gramaticais implicadas na formação de frases e sentenças ou a operação lógica na construção de proposições.

A mente individual é reflexivamente consciente de seus próprios atos, como os de apreensão, juízo e razão, e também das operações gramaticais e lógicas; e é com base nessa consciência reflexiva que a mente é capaz de chegar ao entendimento conceitual desses atos e operações. Assim, os conceitos formados devem ser chamados de reflexivos para diferenciá-los, assim como seus objetos, de todos os outros conceitos e objetos conceituais. Explicados esses pontos, podemos dizer que palavras sincategoremáticas simbolizam objetos de pensamento reflexivo, e esses objetos são operações gramaticais e lógicas da mente; enquanto, ao contrário, palavras categoremáticas (com exceções a ser observadas) simbolizam objetos de percepção, memória, imaginação ou a eles se referem e também àqueles objetos conceituais que *não são* objetos do pensamento reflexivo.

Outra forma de fazer a mesma consideração é dizendo que palavras categoremáticas nomeiam, simbolizam ou referem-se a objetos que somos capazes de apreender, enquanto as sincategoremáticas ou operadores linguísticos simbolizam as operações gramaticais que usamos para construir frases ou sentenças e as operações lógicas que usamos quando construímos proposições. É pelo nosso entendimento dessas operações que compreendemos o significado das palavras sincategoremáticas. Entender essas operações é entender como palavras sincategoremáticas são usadas, gramatical e logicamente. Seus significados (ou mais precisamente sua significância sintática) derivam de um entendimento de seu uso como operadores linguísticos.

É mais fácil ver isso no caso dos operadores lógicos do que nos operadores gramáticos. A significância da palavra "e" é a operação lógica da conjunção; de "ou/ou", a disjunção; de "não é", a operação lógica de se formular uma proposição negativa ou uma negação. Onde estamos lidando com uma sintaxe lógica das proposições, a significância das palavras sincategoremáticas que são operadores linguísticos implica não apenas um entendimento de como tais palavras devem ser usadas como operadores mas também uma consciência reflexiva dos atos de julgamento e de razão que estão por trás da formulação verbal de proposições e silogismos. Entender a significância das palavras desse tipo é estar reflexivamente consciente de como uma mente trabalha quando julga ou raciocina e expressa seus julgamentos e raciocínios em proposição ou silogismo formulado verbalmente.

Convenções gramaticais são menos claramente intelectuais que as regras lógicas. Ainda assim, nosso entendimento de como usar artigos definidos e indefinidos (o, a, os, as, um, uma, uns, umas) implica a compreensão da diferença entre denotar um particular como distinto de todos os outros e referir-se a qualquer um dos inúmeros particulares. Usamos o artigo definido "o" para construir frases que são descrições definitivas e sinônimos com substantivos próprios em suas denotações existenciais. Já o artigo indefinido "um", na construção de frases que são descrições indefinidas com sinônimos com substantivos comuns na sua significância referencial. Os artigos definidos e indefinidos são vistos, portanto, como funções, não apenas como operadores gramáticos na construção de frases mas também como operadores lógicos na construção de descrições definidas ou indefinidas, cuja denotação existencial, ou sua falta, afeta a verdade das proposições nas quais essas expressões ocupam a posição de termo sujeito.

Quando chegamos a preposições – "de", "para", "por", "na", etc. –, que provavelmente formam o maior grupo de palavras sincategoremáticas, tudo o que podemos dizer é que sua significância sintática consiste em nosso entendimento de como usá-las para construir frases que relacionam uma palavra categoremática com a outra. Subjacentes às relações gramaticais estão as relações entre objetos apreendidos – relações de direção, possessão, lugar, tempo, posição, etc. Embora as relações entre objetos apreendidos sejam, por si mesmas, objetos que apreendemos, preposições usadas como operadores linguísticos não se referem a elas. Temos palavras categoremáticas ou frases à nossa disposição para esse propósito. Preposições meramente cumprem uma função gramatical na construção da frase, e seus sentidos – ou significância sintática – derivam de nosso entendimento de como usá-los para esse propósito.

Nesta última afirmação encontra-se a resposta para a questão de como notações sem significado adquirem significância sintática que as transforma em palavras sincategoremáticas ou operadores sintáticos: por imposição voluntária aos objetos do tipo especial que agora foi definido – os próprios atos e operações da mente como objetos do pensamento reflexivo. Isso implica um entendimento de como usar tais palavras de acordo com as convenções da linguagem ou com regras da lógica. Anteriormente apontei, no caso das palavras categoremáticas, que seus significados referenciais ou significância designativa determinam seu uso (ver Capítulo II, Questão 5). A relação de significado e uso é exatamente o oposto no caso de palavras sincategoremáticas: seu uso determina seus significados (ou seja, sua significância sintática). Aqui, para descobrir o significado, é apropriado observar o uso.

Agora estou em condições de fazer uma declaração mais abrangente sobre a aquisição de significado pelas notações sem significado, que compreende o surgimento tanto das palavras categoremáticas quanto das sincategoremáticas. Para uma notação vir a ter significado, duas condições devem ser satisfeitas: (i) deve ser um objeto de percepção; e (ii) a percepção da notação deve vir acompanhada de um ato de entendimento, ou um discernimento de objetos (no caso de palavras categoremáticas), ou um entendimento reflexivo das operações da mente (no caso de palavras sincategoremáticas). No caso de palavras categoremáticas, a notação sem significado adquire significância referencial pela imposição a um objeto discernido, se esse objeto é meramente um objeto de pensamento ou também um objeto de percepção, memória ou imaginação. No caso de palavras sincategoremáticas, a notação sem significado adquire significância sintática a partir do entendimento do seu uso, de acordo com as convenções gramaticais ou regras da lógica, fundamentando o que é um entendimento das operações da mente humana da maneira como elas afetam o emprego da linguagem.

Afirmo que a teoria exposta no ato de responder à questão levantada neste capítulo oferece a única solução sustentada dos problemas básicos da filosofia da linguagem – o problema de como o significado é adquirido por uma notação sem significado e o problema de como é significado pelas palavras com significado de uma linguagem, sejam categoremáticas, sejam sincategoremáticas. Também afirmo que essa solução adiantada não apenas resolve esses problemas mas também resolve de um modo que explica o uso da linguagem como um instrumento de comunicação.

Exposta a teoria, o que permanece para ser desenvolvido é um exame dos seus fundamentos e uma defesa deles. Além disso, preciso lidar com problemas específicos que esses fundamentos criam, assim como com as dificuldades que eles geram. Isso será feito nos próximos capítulos.

# CAPÍTULO IV

# OS FUNDAMENTOS DA TEORIA

## PREÂMBULO

A solução do problema de significado proposto no Capítulo III permanece em pontos subjacentes da teoria. Alguns deles já foram tocados enquanto se formulava a solução; agora ela precisa se tornar mais explícita. Alguns outros que ainda não ficaram evidentes devem ser explicados de uma forma melhor.

O fundamento básico da teoria está em postulados – afirmações da existência de entes ou construtos teóricos –, assim chamados porque a teoria os exige para resolver o problema em questão. Eles devem ser entes não observadores, ou mesmo não observáveis, que a teoria deve postular para explicar o que deve ser explicado; ou devem ser distinções ou relações para que a teoria possa apelar ao mesmo propósito.

O procedimento *a posteriori* que estou seguindo é algo comum nas investigações científicas, e deve ser também comum no pensamento filosófico, embora, na verdade, seja algo raro na filosofia. Consiste em postular o que for necessário para explicar o fenômeno estudado, e, com o rigor apropriado, postular nada mais que é necessário. Esses postulados devem ser ou sugeridos ou evidenciados na afirmação já feita da teoria explicativa, mas o papel do procedimento é que todos os postulados devem ser totalmente explícitos, de modo que nenhum deles, teoricamente indispensáveis, permaneçam desconhecidos ou ocultos. Por fim, os postulados necessários para os propósitos de uma teoria explicativa devem ser, por si mesmos, tão razoáveis quanto possíveis. Além disso, para justificá-los como pré-requisito teórico indispensável, devo tentar responder a qualquer questão que possa ser suscitada ao considerá-los. Farei isso no Capítulo V.

Já toquei nesses pontos na resposta à Questão 3 do Capítulo I, mas vale a pena retornar a eles aqui, especialmente o ponto em que a teoria que temos proposto não trata de nenhum esforço ontológico, epistemológico ou psicológico antecedente.

Seguindo as análises e argumentos estabelecidos no capítulo anterior, o leitor certamente poderá notar – e talvez até tenha objeções – uma série de asserções que parecem ter um caráter de comprometimento sobre os atos e os processos de cognição e sobre a forma como a mente funciona. É possível reconhecer que tais asserções e compromissos foram feitos, mas agora estamos preparados para mostrar que todos eles são, na verdade, compromissos posteriores, e não anteriores. São todos postulados que necessitam do desenvolvimento de uma teoria explicativa que foi proposta, não postulados feitos antes de – ou sem – considerar uma tentativa de solucionar o problema de significado na filosofia da linguagem.

Devemos chamar a atenção para um ponto que ainda não foi mencionado. E é um ponto negativo. É que os postulados requeridos não implicam compromissos em relação à estrutura ou a componentes da realidade, sobre o que existe ou não existe, sobre como os componentes da realidade se enquadram em certas categorias da existência ou sobre como reais existentes estão relacionados entre si. Não há uma exceção à afirmação anterior. Tenho postulado a existência da mente humana como um fator indispensável na solução do problema do significado. No entanto, isso não nos prende em nenhum compromisso com uma ou outra teoria da relação da mente com o corpo, além da asserção de que a mente é pelo menos analiticamente distinta do corpo.

Neste capítulo enumerarei todos os postulados requeridos. Então tentarei responder às questões sobre o caráter de certos entes que têm sido postulados; e finalmente lidarei com distinções e relações no âmbito desses entes postulados. Farei isso na seguinte ordem: 1. Quais postulados são requeridos para a solução do problema de significado? 2. Em comparação com coisas realmente existentes, que modo de existência as ideias subjetivas têm? 3. Em comparação com coisas e ideias, que modo de existência têm os objetos apreendidos? 4. Quais relações são obtidas entre coisas e ideias? 5. A distinção entre três modos de ser apropriada para coisas, ideias e objetos exige uma distinção entre modos de cognição? 6. A experiência humana é o todo de uma parte ou pode ser dividida em experiência objetiva e subjetiva? 7. Como o discurso humano lida com questões de experiência subjetiva ou com o que não é, de todo, experienciável?

As respostas dadas às Questões 6 e 7 não tratarão dos fundamentos da teoria oferecida como solução do problema básico do significado. Elas tratarão com certas consequências dos pontos levantados nas respostas às Questões 1 a 5, consequências necessárias ao uso sempre inequívoco das palavras.

*

*Questão 1. Quais postulados são requeridos para a solução do problema de significado?*

Deixe-me começar enumerando-os sem comentar, e depois fazer alguns comentários que serão necessários para esclarecer o que está implicado nesses postulados. Enquanto faço os comentários, também farei algumas considerações sobre terminologia que podem ser úteis ao responder às questões subsequentes.

*No que diz respeito às considerações da existência*, tenho proposto (i) a existência da mente como, pelo menos, analiticamente distinta do corpo; (ii) a existência de certos atos da mente, como os de apreensão – como percepção, memória, imaginação e concepção –, assim como os atos de juízo e de razão; (iii) a existência de produtos de tais atos, particularmente os produtos dos atos de apreensão, os quais agrupei sob o título de ideias subjetivas; e (iv) a existência de objetos apreendidos por ideias subjetivas como distintas tanto da existência subjetiva das ideias quanto da real existência das coisas. Note-se que o exposto acima no que diz respeito à existência também implica postulados relativos às operações da mente humana.

Nem todas as postulações anteriores precisam de mais elaboração ou defesa. Por exemplo, as respostas às Questões 1 e 2 do Capítulo III são suficientes para mostrar por que a mente humana, seus atos e produtos são fatores indispensáveis na solução do problema de significado; e também por que os atos e produtos da mente devem ser pelo menos analiticamente distintos – isto é, não completamente reduzidos ou identificados – dos estados e processos cerebrais. Nem há necessidade alguma de explicar ou defender a distinção entre percepção e memória ou entre memória e imaginação. Ninguém que é familiarizado com o discurso humano contestaria a afirmação de que às vezes somos envolvidos numa conversa uns com os outros sobre aquilo que estamos percebendo ou sobre aquilo de que estamos nos lembrando ou ainda o que estamos imaginando. Posteriormente lidarei com um problema específico com relação a um objeto que é percebido por uma pessoa, lembrado por uma segunda e imaginado por uma terceira. Mas existe uma diferença entre perceber, relembrar e imaginar, que provavelmente não é questionada por ninguém, nem provavelmente será mal compreendida.

A resposta à Questão 3 do Capítulo III também é suficiente para mostrar por que as próprias ideias subjetivas da mente não podem ser objetos que apreendemos no ato de perceber, lembrar, imaginar ou pensar. Como já observei, isso equivale a dizer que as ideias subjetivas são inapreensíveis, inexamináveis e inexperienciáveis pelo indivíduo que as usa como meios ou instrumentos de apreensão, e são apenas aquilo pelo qual ele apreende. Isso também seria verdadeiro se os estados e processos cerebrais fossem os meios pelos quais nós apreendemos o que quer que seja: o indivíduo não pode apreender seus próprios estados cerebrais ao mesmo tempo que está apreendendo o que permite torná-los apreensíveis. A distinção analítica entre mente e corpo, ou entre ideias subjetivas e estados cerebrais, repousa na alegação de que as ideias são totalmente inapreensíveis por qualquer um; ao passo que os estados cerebrais, enquanto inapreensíveis pelo indivíduo que os tem, pois eles estão funcionando como seu meio de apreensão, podem ser objetos de apreensão pelos neurofisiologistas, e sob circunstâncias muito especiais até mesmo pelo indivíduo dotado dos estados cerebrais. Tratarei mais profundamente desse assunto na minha resposta à Questão 2, quando falar da existência subjetiva das ideias.

*No que diz respeito à consideração da cognição*, há um postulado menor epistemológico e um postulado maior psicológico. O primeiro, a distinção entre os atos de apreensão e de juízo, já foi esboçado no Capítulo III (ver Questão 3), em que vimos que as ideias pelas quais apreendemos os objetos não são nem verdadeiras nem falsas; nossa apreensão também não são nem corretas nem incorretas, embora uma apreensão possa levar a juízos corretos ou incorretos – um juízo que é verdadeiro ou falso.

O que deve ser observado aqui é o porquê de ser preciso expor essa distinção. É que isso nos permite distinguir entre (i) a significância referencial das palavras nominativas, quando seus significados designativos são considerados, e (ii) a denotação existencial de tais palavras, quando elas ocupam a posição de sujeito nas sentenças construídas como proposições existenciais. Significância referencial não requer a preocupação com a verdade e a falsidade; denotações existenciais, ao contrário, devem ser consideradas no contexto das questões sobre a verdade e a falsidade das proposições ou juízos. As análises de denotação existencial pertencem à lógica, não à filosofia da linguagem. Além disso, sem a distinção entre apreender e julgar, não podemos explicar que nomear não é afirmar.

Ainda no âmbito da cognição, o postulado maior da psicologia é a distinção entre os tipos de objeto que podem ser apreendidos pela percepção, pela memória e pela imaginação, por um lado, e os tipos de objeto que podem ser apreendidos pela concepção, pelo entendimento ou pelo pensamento, por outro. Tratamos dessa distinção anteriormente, quando chamamos a atenção para o fato de que nunca apreendemos indivíduos-em-si, mas sempre indivíduos em particular, um exemplar de um tipo. Porém, apreender indivíduos essencialmente é impossível, a menos que possamos apreender os tipos ou gêneros aos quais os particulares pertencem. Portanto, segue que os atos de percepção, memória ou imaginação pelos quais apreendemos os particulares devem ser conjuntos com atos de concepção ou entendimento pelos quais apreendemos os tipos ou gêneros (ver Capítulo III, Questão 2). Além disso, nossa experiência comum do discurso humano revela que frequentemente conversamos sobre os tipos, mesmo quando não estamos apreendendo exemplos particulares deles, e mesmo quando se questiona se exemplos particulares podem ser apreendidos. No Capítulo VII haverá melhor elaboração dessa distinção entre pensamento conceitual e perceptivo, ou entre atos de entendimento e atos de percepção, memória e imaginação, quando trataremos do famoso problema dos universais no que se refere à filosofia da linguagem.

Aqui também deve ser observado o porquê de ser preciso expor essa distinção. É que sem isso não podemos explicar a diferença entre significância referencial dos substantivos próprios e descrições definitivas, de um lado, e significância referencial dos substantivos comuns e descrições indefinidas, de outro. Nem podemos explicar a diferença entre significância sintática do artigo definido "o" e a significância sintática do artigo indefinido "um" (ver Capítulo III, Questão 6).

O que resta a ser comentado são postulados no âmbito da existência, que implica uma tripla distinção: (i) o modo de ser que pertence às coisas que existem independentemente dos atos da mente humana; (ii) o modo de ser das ideias subjetivas; e (iii) o modo de ser dos objetos que as ideias subjetivas servem para apreender. Trataremos dessas distinções nas próximas questões, 2 e 3, e as relações que elas obtêm entre os entes que possuem modos de existência distintos serão discutidas na questão 4. Aqui, em primeiro lugar, é necessário explicar o porquê de essas distinções de modos de existência serem necessárias para a solução do problema de significado; e, depois disso, será útil apontar algo específico desses postulados ontológicos e estabelecer algumas especificações terminológicas que peço para o leitor observar e aceitar para ser possível garantir clareza e precisão no que tange aos pontos que serão levantados nos capítulos seguintes.

Na solução do problema de significado que venho elaborando, notações sem significado adquirem significância referencial ao serem impostas aos objetos de percepção, memória, imaginação e pensamento; e razões foram dadas porque nenhuma das alternativas propostas – imposição às coisas realmente existentes ou às ideias subjetivas – oferece uma solução satisfatória para o problema. Também foi apontado que, aquele que, como um objeto apreendido, é o referente ou significante de uma palavra nominativa, deve ser um ente que não existe na realidade, ou que deve não ter instanciação na realidade. Além disso, foi apontado que as ideias pelas quais um indivíduo apreende os objetos existe apenas em sua própria mente. A existência subjetiva dessas ideias é mental. A solução do problema do significado, que requer a distinção de objetos das coisas e ideias, também requer que postulemos o modo de existência distinto da existência real das coisas e a existência mental das ideias.

Esse postulado ontológico de três modos de existência tem um caráter específico. Não pressupõe nada sobre a própria estrutura da realidade nem sobre a natureza daquilo que a constitui. Mesmo a palavra "coisa", que normalmente usamos para designar qualquer ente real existente, está sendo usada aqui sem prejuízo a uma ou outra teoria sobre os componentes da realidade – se são todos eventos, se são todos continuantes com uma identidade duradoura, se eles podem ser divididos em substâncias e atributos das substâncias, se são todos corpos físicos ou forças físicas, e assim por diante.

Realidade, como normalmente usamos o termo, é aquilo que existe para além da mente humana e sem nenhuma necessidade de relação com ela. Mesmo a relação entre realidade e mente humana, na qual realidade é conhecível e a mente humana a conhecedora, não afeta a estrutura ou os componentes da realidade. Eles são o que são, ainda que não sejam conhecidos. Se a mente humana fosse apagada, eles permaneceriam exatamente os mesmos. Estas considerações deveriam nos permitir ver que os diferentes modos de existência, apropriados respectivamente às ideias e a seus objetos, devem ser introduzidos somente quando a mente humana é vista como mero agente cognitivo.

Dos três modos de existência de que estamos nos ocupando, dois – os dois que são distintos da real (ou extramental) existência – devem ser postulados por uma teoria do significado que é explicativa do discurso humano, porque a mente humana e seus atos devem ser postulados a fim de explicar como notações sem significado se tornam palavras com significado. Se a mente humana e seus atos não fossem fatores necessários para a explicação do significado, não seria necessário postular a existência das ideias ou a existência dos objetos como distintos da existência das coisas.

Nas afirmações acima, três palavras – "coisas, "ideias" e "objetos" – são obviamente empregadas como termos críticos de análise, cada um com uma importância teórica muito específica. No nosso vocabulário analítico elas nunca são intercambiáveis ou substituíveis umas pelas outras. Uma ideia nunca é uma coisa ou um objeto; um objeto, nunca uma coisa ou ideia; uma coisa, nunca um objeto ou ideia. Porém, deve-se chamar a atenção para o fato de que, tanto no discurso comum quanto no filosófico, essas três palavras são frequentemente usadas de outras formas – que contrariam as condições que penso ser necessárias no que diz respeito a como pretendo usá-las.

As palavras "objeto" e "coisa" são frequentemente usadas de forma intercambiável, como quando homens comuns ou filósofos falam de uma ou outra coisa física como se fossem objetos físicos. Ideias são expressas por alguns filósofos para serem objetos que apreendemos; e expressas por outros filósofos como objetos que têm existência real; às vezes são vistas como se fossem proposições ou julgamentos, como na expressão "a ideia de que Marte é inabitado" ou na teoria das ideias claras e distintas. Os homens parecem se envolver frequentemente nas suas conversas sobre ideias, como se suas ideias subjetivas fossem objetos do discurso; e a palavra "ideia" é frequentemente usada, em frases como "a ideia de liberdade" ou "a ideia de justiça", para se referir a objetos que os homens são capazes de pensar e discutir uns com os outros, e não para pensamentos que cada um deles deve ter sobre tais objetos.

Em vista da prevalência desses usos contrários e conflituosos, acho necessário estabelecer, da forma mais clara possível, como vou usar essas três palavras críticas nas páginas a seguir. Meu objetivo é usá-las de forma consistente e estritamente inequívoca – cada termo crítico em um sentido claramente definido.

1. Usarei a palavra "ideia" sempre e somente para as percepções, memórias, imaginações e concepções e pensamentos individuais – exclusiva e unicamente produtos de atos de sua própria mente. Não usarei a palavra "ideia" para objetos que podem ser apreendidos de alguma maneira, referidos por palavras ou comentados, e certamente também não usarei para aquilo que pode ter existência real, isto é, uma existência independentemente dos atos da mente humana.

2. Usarei a palavra "objeto" sempre e somente para o que a mente humana apreende por suas ideias. Não usarei a palavra para aquilo que realmente existe independentemente dos atos da mente humana ou para os sentimentos de que estamos diretamente conscientes.

3. Usarei a palavra "coisa" sempre e somente para aquilo que realmente existe e poderia existir exatamente como é, mesmo que a mente humana não existisse e não fosse operativa. Esta condição sobre o uso da palavra

"coisa" pode ser mais onerosa que as condições anteriores para o uso das palavras "ideia" e "objeto", porque a palavra "coisa" tem sido amplamente usada, tanto no discurso filosófico quanto no discurso comum, para designar o que quer que se possa pensar ou falar sobre, e até mencionar. E usada assim, a palavra "ente" não implica um ou outro modo de existência. Uma ideia é um ente; um objeto é um ente; uma coisa é um ente; e o mesmo ente pode ser tanto um objeto quanto uma coisa, mas nunca um objeto e uma ideia, ou uma ideia e um objeto. Achei isso necessário para restringir a palavra "coisa" como um nome para uma classe de entes, aqueles que existem independentemente da mente e da consciência humanas.

*

Questão 2. *Em comparação com coisas realmente existentes, que modo de existência as ideias subjetivas têm?*

Ideias subjetivas, como venho dizendo, são aquelas pelas quais apreendemos o que quer que apreendemos, e nunca aquilo que apreendemos. Também tenho dito que elas são os produtos de certos atos mentais – como percepção, lembrança, imaginação e concepção ou entendimento. Antes de lidar com a resposta à questão do modo de existência que pertence aos produtos desses atos mentais (isto é, perceptos, memórias imagens e conceitos), primeiro é necessário responder a uma pergunta. Considerando que são totalmente inapreensíveis, como sabemos que as ideias existem?

A resposta segue para a distinção entre julgar e apreender, distinção que já mencionei e à qual retornarei mais tarde na Questão 5. Existem muitos objetos de pensamento a respeito do qual levantamos questões de existência. As partículas elementares postas por um físico nuclear, por exemplo, são objetos conceituais; é parte da concepção desses objetos que são impossíveis para nós apreendermos exemplos perceptíveis deles; são considerados imperceptíveis pelos nossos órgãos sensíveis, embora traços de seus movimentos possam ser observados. O fato de que as partículas nucleares, e até mesmo átomos, sejam imperceptíveis para nós, não impede que possamos obter evidência que pode fundamentar uma dedução sobre a sua existência real.

Quando a questão sobre a existência de partículas elementares é levantada, e quando a resposta é afirmativa, os seguintes fundamentos são oferecidos como suporte: (i) que evidência empírica justifica a inferência de que tais partículas existem; e (ii) que devem ser postuladas como construtos teoréticos, a fim de explicar o fenômeno a ser estudado por físicos nucleares. De qualquer maneira, não seria impróprio dizer, com certa cautela, que sabemos que as partículas elementares existem, ainda que nenhuma partícula elementar seja ou possa ser objeto de percepção.

Este exemplo, daquilo que é imperceptível, mas que se sabe da existência, fornece-nos um paralelo a seguir na resposta à questão sobre a existência de nossas ideias subjetivas inapreensíveis. Embora não possamos perceber o percepto particular pelo qual apreendemos um objeto de percepção particular, podemos conceber o que os perceptos são. Fazemos isso quando entendemos que um percepto é um produto do ato de se perceber, e o meio ou instrumentalidade pela qual somos capazes de apreender objetos de certo tipo. A palavra "percepto" significa um objeto conceitual ou um objeto de pensamento, da mesma forma que a palavra "íon" ou "méson". Assim como no caso de "íon" ou "méson", "percepto" designa um objeto conceitual; e exatamente da mesma forma que "íon" ou "méson", esse objeto conceitual não tem exemplos particulares de objetos de percepção. Em outras palavras, nenhum percepto particular é apreensível pela percepção, pela memória, pela imaginação ou pelo pensamento, embora a classe de entes à qual os perceptos particulares pertencem possa ser apreendida pelo pensamento como um objeto conceitual.

Como então sabemos que a classe de entes concebida não é uma classe nula ou vazia? Como sabemos que os perceptos particulares existem? A resposta é paralela à resposta dada acima para a mesma questão sobre partículas particulares elementares. Neste caso, a evidência empírica que pode ser oferecida como uma base para deduzir a existência de perceptos particulares é a consciência reflexiva que temos dos nossos próprios atos de percepção. Cada ato singular é numericamente distinto de outros atos singulares do mesmo tipo.

Esses atos numericamente distintos têm às vezes o mesmo objeto, e às vezes objetos distintos. Em último caso, sendo os próprios atos do mesmo tipo, a única forma de explicar a diferença em seus objetos é dizendo que os produtos desses atos – os perceptos – são diferentes. Se dois atos de percepção que eram apenas numericamente distintos também tivessem produtos (perceptos) numericamente distintos, seria impossível explicar a diferença em seus objetos que fosse mais que uma distinção numérica.

Além disso, a fim de deduzir a existência de uma variedade de perceptos particulares, embora nenhum seja apreensível de forma alguma, podemos dizer, como dissemos das partículas elementares da física nuclear, que a explicação do fenômeno a ser explicado (no caso, o fenômeno da percepção) justifica nosso postulado de existência de uma variedade de perceptos particulares. Usamos palavras para nos referir a uma grande variedade de objetos perceptivos. E se eles não são apenas perceptíveis, mas também preferencialmente designados por palavras, é necessário postular aquilo pelo qual os apreendemos. Como vimos, aquilo pelo qual apreendemos uma variedade de objetos perceptivos não pode ser um número de atos de percepção que são apenas numericamente distintos, mas, não obstante, essencialmente o mesmo. Logo, é necessário postular produtos desses atos – perceptos – com uma variedade proporcionada pela variedade de objetos apreendidos pelos atos da percepção.

O que acabamos de dizer sobre atos de percepção e sobre a variedade de perceptos aplica-se também aos atos de lembrança e a variedade de memórias, aos atos de imaginação e a variedade de imagens, aos atos de pensamento e a variedade de conceitos. Assim como no caso dos perceptos, também no caso das memórias, das imagens e dos conceitos podemos apreender, como um objeto do pensamento conceitual, a classe de entes à qual pertencem as memórias, imagens e conceitos particulares. Mas não podemos apreender, *de maneira alguma*, uma memória particular, uma imagem particular ou um conceito particular mais do que podemos apreender um percepto particular.

Agora estou pronto para responder à questão sobre o modo de existência das ideias subjetivas. A princípio essa resposta pode parecer muito sutil. Mas espero que, depois de refletir, ela não se torne mais complicada do que deve ser. Ela parte de dois pontos distintos. (i) Por um lado, se a existência real é o modo de existência completamente independente da mente humana individual e seus atos, então as ideias, como produtos desses atos, não têm existência real. Uma vez que elas dependem, para sua existência, dos atos mentais de um indivíduo ou objeto particular, parece que seria apropriado caracterizar sua existência como subjetiva e também mental. As ideias de um indivíduo existem nele e somente nele. (ii) Por outro lado, se a existência real é o modo de existência em que qualquer coisa que exista realmente é o que é indiferentemente de ser apreendido ou apenas apreensível, então também pode-se dizer que as ideias subjetivas de um indivíduo têm existência real, assim como a existência subjetiva. Assim como um ser humano particular pode realmente existir, não importando se ele é apreendido por outro ser humano ou se é conhecida sua existência por ele, também sua mente, seus atos e seus produtos – ideias – podem realmente existir nas mesmas condições. A partir deste ponto de vista, sua mente, seus atos e suas ideias não têm existência subjetiva mais que seu corpo e seus aspectos, partes e movimentos. Mas de outro ponto de vista, suas ideias têm existência exclusivamente mental, como distinta da existência real, quando é concebida como existência completamente independente dos atos mentais.

Mencionar o corpo humano, seus aspectos, partes e movimentos leva-nos a reconhecer o fato de que o aspecto de um homem particular existe nele e somente nele. A esse respeito, seu aspecto não difere de suas ideias, que também existem nele e somente nele. E por essa razão pode-se dizer que tanto seu aspecto quanto suas ideias têm existência subjetiva: uma, a existência corporal subjetiva; a outra, a experiência mental subjetiva. Já que para os propósitos desta discussão estamos considerando apenas a existência subjetiva das ideias de um homem, e não a existência subjetiva de seus atributos corporais, vamos usar, daqui por diante, o termo "existência mental" como abreviação de "existência mental subjetiva". Dizer que as ideias particulares de um homem têm existência mental é dizer que elas existem na sua mente e apenas na sua mente como produtos da atividade dessa mente.

Duas outras observações devem ser adicionadas para completar esta discussão sobre a existência mental das ideias como meios ou instrumentalidades de apreensão. Um microscópio ou um telescópio são meios ou instrumentalidades de apreensão. Enquanto os estamos usando como instrumentos de apreensão, não podemos, ao mesmo tempo, fazê-los objetos de apreensão. Mas eles podem, certamente, tornar-se objetos de apreensão para nós quando passamos a examiná-los em vez de usá-los. Ideias diferem de microscópios, de telescópios ou de outros instrumentos físicos de apreensão que nunca podemos deixar de usar para examiná-los. Eles são intrinsecamente inexamináveis ou não inspecionáveis, e também contradistinguido de todos as instrumentalidades físicas de apreensão.

Isso levanta uma questão sobre o cérebro em relação à mente, ou sobre os estados cerebrais em relação às ideias. Sabemos que cérebros e estados cerebrais são observáveis por neurofisiologistas, e, por meio de algum artifício elaborado, talvez até a própria pessoa possa observar seu cérebro ou seus estados cerebrais. Isso, por si só, é suficiente para fundamentar a proposição de que ideias e estados cerebrais são pelo menos analiticamente distintos, pois diferem ao menos em uma coisa importante: na capacidade de serem examinados. A distinção analítica então estabelecida entre mente e cérebro, ou entre ideias e estados mentais, deixa em aberto a questão básica sobre se estados mentais são somente a condição necessária, ou mesmo suficiente, para a existência das ideias. A resposta a essa questão é compatível com a solução do problema do significado que postula a existência mental das ideias e as considera como analiticamente distinta dos estados cerebrais, porque são intrinsecamente inexamináveis ou não inspecionáveis.

*

*Questão 3. Em comparação com coisas e ideias, que modo de existência têm os objetos apreendidos?*

Uma ligeira reformulação da questão facilitará a resposta. Vimos na questão anterior que a existência real é existência em completa independência da mente humana; e que existência mental é existência que depende de uma mente humana particular. Aquilo que existe, o que quer que seja, apartado da mente e de seus atos, existe na realidade. Aquilo que existe somente como um produto dos atos de uma mente humana particular existe mentalmente. Portanto, somos levados a perguntar: qual o meio-termo entre a completa independência da mente humana e a dependência nos atos de uma mente humana particular?

Não tivesse um meio-termo ou uma terceira alternativa, seria difícil caracterizar o modo de existência distinto da existência real e da existência mental. Mas existe uma alternativa e um meio-termo. Negativamente declarado, consiste (i) em não ser dependente dos atos de qualquer mente humana particular, e nesse aspecto é diferente da existência mental; e (ii) em não ser independente da mente humana em geral, ou de toda mente particular, e nesse aspecto é diferente da existência real. É um modo de existência que depende de haver algumas mentes funcionando, mas não dos atos de uma mente particular. Se não existissem mentes em todo o universo, ainda haveria coisas com existência real, mas não seriam apreendidas como objetos. Se alguma mente particular não existisse ou não operasse, suas ideias subjetivas não existiriam, mas ainda seriam objetos apreendidos por outras mentes.

Três homens estão olhando para a Lua e falando sobre ela. A Lua que eles olham é a mesma que sempre existiu no universo físico. O conteúdo da conversa indica que eles falam do mesmo objeto percebido. É um objeto para cada um deles porque cada um tem um percepto disso. Três homens; três perceptos; três existências mentais distintas, mas os três perceptos se igualam na intenção. Enquanto três em número, são sinais naturais que têm a mesma significância, e consequentemente o mesmo significado – a Lua como objeto. Se não fosse assim, três homens que estivessem olhando para a Lua não poderiam ter a mesma apreensão do objeto como um objeto comum de referência para a conversa.

Continuando com o exemplo, deixe-nos agora supor que um desses três homens vá embora. A Lua, que existe na realidade, não é afetada. E a mesma Lua apreendida continua sendo a referência para a conversa dos dois homens que ali permaneceram. Mesmo que mais um deles resolvesse ir embora e a conversa terminasse, a Lua não seria afetada e continuaria a ser um objeto de percepção para o homem que ficou; ela ainda seria um objeto sobre o qual ele poderia falar com um quarto homem que poderia chegar algum tempo depois e reiniciasse a conversa. O fato de a Lua apreendida ser um objeto comum do discurso a dois homens em determinado momento indica que ela pode tornar a ser objeto comum do discurso para outros dois homens que venham a conversar a respeito dela. Se não houvesse homens na Terra, a Lua ainda existiria na realidade, mas não poderia ser apreendida. Ela, como objeto perceptual, depende, para esse modo específico de existência, da operação de uma ou mais mentes, mas nenhuma em particular.

O que este exemplo ensina vale para qualquer outro objeto que pode ser um objeto comum de apreensão e de referência verbal para duas ou mais mentes. Vale para Hamlet e Júlio César, para cavalos e centauros, para anjos e elétrons, para eventos lembrados e também para eventos percebidos, e para objetos da imaginação e do pensamento, assim como para objetos de percepção.

Vamos considerar outro exemplo que implica um objeto lembrado sobre o qual três homens estão falando. Um tempo atrás os três estavam entre os que carregaram um caixão no funeral de um amigo em comum. Estão agora discutindo os enfeites do caixão que carregaram. Estão de acordo que eram de bronze. O caixão, como uma coisa física, é algo que os três carregaram. Era uma só e a mesma coisa para os três. Agora, como um objeto de lembrança, também é algo comum – uma só e a mesma coisa para os três. Se durante o funeral um deles largasse a alça do caixão e fosse embora, aquela coisa física seria considerada afetada pelo seu afastamento físico, enquanto a lembrança do aspecto do caixão não seria afetada se um dos três homens da conversa deixasse o grupo e a conversa continuasse com os dois que ficaram.

Tenho caracterizado o modo de existência que pertence aos objetos apreendidos, que também são objetos de discurso, mas ainda não atribuí um nome para isso. Em vista do fato de que ideias são sinais naturais que simbolizam, referem-se a ou denotam objetos como seus referentes naturais ou significantes, parece apropriado falar do modo de existência dos objetos como existência *intencional*. O que foi dito anteriormente sobre as ideias subjetivas (que elas *são* significados; que sua real natureza *é* significar) pode agora ser reafirmado dizendo que ideias são intenções da mente. Sua intencionalidade consiste em ter significantes ou objetos. Objetos, como denotados ou significados, têm existência intencional.

Deixe-me resumir a tripla distinção nos modos de existência que emergiram das respostas dadas para as Questões 2 e 3. I. Existência *real* (a existência que as coisas têm) é o modo de ser que é totalmente independente da mente. II. Existência *mental* (a existência que as ideias subjetivas têm) é o modo de ser que é totalmente dependente dos atos de uma mente particular. III. Existência *intencional* (a existência que objetos apreendidos ou objetos de discurso têm) é o modo de ser que é dependente da mente em geral – dependente dos atos de algumas mentes particulares, mas não dependente de atos de qualquer mente particular.

O campo da existência real inclui coisas que são apreensíveis ou conhecíveis, mas que não são, de fato, apreendidas ou conhecidas. O campo da existência intencional inclui entes que existem como objetos mas não como coisas, assim como entes que têm ambas as existências: real e intencional. Isto é, existem tanto como coisas quanto como objetos (a Lua vista e percebida; o caixão carregado e lembrado). Além disso, pode-se incluir entes que existem apenas como objetos e nunca como coisas; ou seja, entes que têm existência intencional mas não existência real.

Na declaração anterior, usei a palavra "ente" como um termo completamente natural, prescindindo da distinção entre existência real e existência intencional. Poderia ser incorreto e enganoso falar de uma coisa que é também um objeto, ou de um objeto que é também uma coisa. Aquilo que uma coisa é nunca é, como tal, um objeto. Aquilo que um objeto é nunca é, como tal, uma coisa. Mas um e o mesmo ente – a Lua ou o caixão dos exemplos que usamos – podem ser ambos uma coisa vista ou carregada, e também um objeto percebido ou lembrado. O mesmo ente pode ter a existência tanto real quanto intencional. Ou pode ter um ou outro modo de existência, mas não ambos. Existência mental deve ser omitida dessa discussão porque entes que têm existência real ou intencional, ou ambas, não têm existência mental alguma. A Lua ou o caixão, que existem, um como coisa, e outro como objeto, não existem como uma ideia subjetiva, embora a percepção da Lua ou a memória do caixão seja aquilo que confere existência intencional ou um ente que também tem ou já teve uma existência real.

O mesmo ponto pode ser declarado de uma maneira diferente. Podemos definir uma coisa como um ente que, para ser uma coisa, deve ter existência real e pode ou não ter existência intencional. Também podemos definir um objeto como um ente que, para ser um objeto, deve ter existência intencional e pode ou não ter existência real. Ainda existe outra forma de afirmar o ponto: a coisa-em-si, tendo experiência real, é a coisa de forma apreensível. A coisa-como-apreendida é um objeto com existência intencional. A coisa-em-si e a coisa-como-apreendida são o mesmo ente com dois modos de existência. Uma vez que um objeto com existência intencional depende dos atos da mente humana para existir – embora não de atos de uma mente particular –, objetos que têm existência intencional podem ser entes que não têm existência real, embora possam ter, caso os objetos venham a ser coisas-como-apreendidas.

A importância crucial desse ponto que acabamos de expor de diversas maneiras repousa na negação enfática de que objetos apreendidos são representações (cópias, contradições ou semelhanças) das coisas, mesmo quando elas nos colocam numa relação cognitiva com coisas que realmente existem. Nem as ideias subjetivas nem seus objetos são representações da realidade. Elaborarei essa negativa na Questão 4 a seguir. Por enquanto, deixe-me concluir enfatizando, mais uma vez, a indispensabilidade dessa tripla distinção de modos de ser para uma solução do problema de significado que explica o uso da linguagem como um instrumento de comunicação.

Se uma completa e adequada descrição do mundo fosse limitada a experiências reais e mentais, não seriam objetos comuns de referência para o discurso humano nem palavras referencialmente significantes. Um mundo sem mentes não seria apenas um mundo sem o mental, em oposição às existências físicas; seria também um mundo sem objetos – sem entes que tenham existência intencional, independentemente de terem ou não existência real. Palavras referencialmente significantes não podem nomear aquilo que é totalmente inapreensível (ideias subjetivas) nem podem nomear aquilo que, de fato, não é apreendido (coisas-em-si). Portanto, não restou nada para elas nomearem, a não ser objetos apreendidos ou experimentados.

Se as palavras fossem nomear perceptos ou conceitos (renunciando no momento a absoluta impossibilidade de nomear o inapreensível), nenhuma comunicação entre os homens seria possível pelo uso de palavras nominativas, pois o que seria assim chamado seriam ideias totalmente subjetivas ou privadas e não poderiam ser termos de referência para dois ou mais indivíduos. Além disso, se palavras pudessem nomear somente objetos perceptivos que são entes que também têm existência real, a maior parte do discurso humano seria ininteligível. Seria sobre nada, pois sem a existência intencional de objetos conceituais, que podem ou não ter instanciação na realidade, os substantivos comuns de qualquer língua não teriam nenhuma significância referencial. Seriam ou notações sem significado ou, se tivessem significado, seriam não referenciais, caso em que as palavras só teriam aparência de nomes, considerando que, de fato, elas teriam algum outro tipo de função.

*

*Questão 4. Quais relações são obtidas entre coisas e ideias?*

Exceto nas obras de arte, em que os produtos do trabalho humano implicam a ação tanto da mente quanto do corpo, as coisas não são, de forma alguma, causadas por ideias ou objetos. As coisas são, portanto, ao menos parcialmente, a causa de termos algumas de nossas ideias – nossas percepções e seus resíduos na memória e na imaginação. O fato importante sobre a percepção é o *input* sensorial que é o seu núcleo, coberto pelos produtos da memória, da imaginação e do pensamento. Aqui está a diferença entre perceber e alucinar (neste último, não há *input* sensorial).

Para os nossos propósitos, não há necessidade de explicar isso por uma elaboração detalhada dos meios pelos quais as coisas fisicamente se chocam com órgãos sensoriais corporais e estabelecer linhas de eventos neurofisiológicos que resultam em estados cerebrais subjacentes aos atos de percepção da mente e subsequentes atos de memória ou imaginação. Também para os nossos propósitos, não há nenhuma necessidade de considerar várias teorias de como os conceitos são formados, a não ser dizer que eles não são formados pelo impacto físico das coisas nos órgãos dos sentidos corporais, da mesma maneira que os perceptos são formados. É suficiente acrescentar que a formação dos conceitos depende de atos prévios de percepção, memória e imaginação, embora a formação do conceito nunca possa ser totalmente resolvida nesses atos. Sem alguma experiência perceptiva, e sem alguma memória ou imaginação, não seríamos capazes de formar nenhum conceito. Porém, uma vez que temos um repertório de conceitos à nossa disposição, somos capazes de formar conceitos adicionais, sem a dependência direta da experiência perceptiva ou seus residuais. Se esse não fosse o caso, não poderíamos formar conceitos que nos permitem apreender objetos que não tenham exemplos perceptíveis, ou dos quais exemplos perceptíveis são impossíveis.

Ideias, diretamente ou não causadas por coisas, funcionam como causas produtivas de objetos. Podem ser coisas que, por alguma razão, não criam ideias em nós. Podem ser ideias que não são diretamente criadas por coisas. Mas não podem ser objetos criados por ideias. Este ponto apenas repete, em outros termos, o que já foi dito antes. As ideias, sendo aquilo pelo qual apreendemos o que apreendemos, funcionam necessariamente como as causas produtivas dos objetos da nossa apreensão. A causalidade produtiva das ideias é sua intencionalidade – o fato do que, por sua verdadeira natureza e ser, simboliza. Dizer que ideias, como existências mentais, têm intencionalidade é, portanto, dizer que elas têm o poder de produzir objetos; e dizer que os objetos produzidos por nossas ideias têm existência intencional é dizer que seu ser consiste em seu ser declarado ou significado por ideias.

O poder da mente, por ter ideias, de conceber seus próprios objetos é triplo. (i) É um poder de conceber objetos de entes que também existem na realidade, ou classes de entes que têm instanciação na realidade. (ii) É um poder de conceber objetos de entes que podem realmente existir, mas não existem, ou classes de entes que podem ou não ter instanciação na realidade. (iii) É o poder de conceber objetos de entes que não podem realmente existir, ou classes de entes que não podem ter instanciação no mundo das coisas realmente existentes.

Então, tanto pela relação entre coisas e ideias, por um lado, quanto pela relação entre ideias e objetos, por outro. E sobre a relação entre objetos e coisas? Na nossa resposta à Questão 3, chamamos a atenção para o ponto em que os objetos de nossa apreensão *não* são representações das coisas, mesmo quando objetos apreendidos são elementos que entram em nosso conhecimento das coisas – nossos juízos sobre o que realmente existe ou não, ou sobre as características das coisas realmente existentes ou suas relações mútuas.

Por todo o pensamento moderno é dito reiteradamente que os objetos apreendidos (ou são identificados com nossas ideias subjetivas ou distintos delas) representam ou, de alguma forma, simbolizam as realidades sobre as quais nos esforçamos para alcançar o conhecimento. Esta noção de representação ou simbolização surgiria para converter os objetos que apreendemos nos sinais das coisas realmente existentes que não apreendemos. No entanto, este não pode ser o caso. Quando X, o que quer que seja, é um sinal de Y, de alguma forma funciona para fazer Y – algo diferente de si próprio – presente. Mas quando se diz que objetos apreendidos representam ou simbolizam coisas inapreensíveis, não fazem e não podem tornar as coisas inapreensíveis presentes no lugar delas mesmas. Pelo contrário: longe de fazer com que representem o presente, elas teriam dificuldades de se tornar presentes; funcionariam como substitutos – não símbolos – daquilo que representam.

Considerar os objetos de apreensão (se identificados com nossas ideias subjetivas ou distintas delas) como representações – cópias, contradições ou semelhanças – da realidade é um erro fatal que a filosofia moderna tem cometido desde seu início. A raiz do erro está na negligência ou ignorância do modo intencional da existência que pertence aos objetos apreendidos pela mente. No entanto, o erro pode ser evitado por um entendimento preciso da relação entre intencionalidade dos objetos existentes apreendidos e a realidade das coisas existentes. Ou seja, o mesmo ente pode ter ambos os modos de existência. Uma vez que as coisas-em-si e os objetos que apreendemos têm modos de existência distintos (real e intencional), como podemos evitar vê-los como dois e o último como representação do primeiro? A resposta, mais uma vez, é aquela em que o mesmo ente pode ser (i) uma coisa-em-si e, como tal, também apreensível, e (ii) uma coisa-como-apreendida e, como tal, também um objeto.

O que foi exposto se aplica unicamente às coisas físicas perceptíveis e objetos percebidos. Somente no caso do objeto percebido e da coisa perceptível estamos preocupados com eles serem numericamente dois e, ainda assim, um – parcialmente, e não completamente, idêntico. Sua identificação parcial é de início realizada pelo reconhecimento de que um ente singular pode ter dois modos de existência – existência real como uma coisa e existência intencional como um objeto. Ainda resta muito a dizer sobre esse assunto, que iremos retomar no Capítulo V, Questão 2.

*

*Questão 5. A distinção entre três modos de ser apropriada para coisas, ideias e objetos exige uma distinção entre modos de cognição?*

Já tratei da distinção entre apreensão e juízo como atos cognitivos da mente (ver Capítulo II, Questão 3). Essa distinção, à primeira vista, parece corresponder à distinção entre objetos que têm existência intencional e coisas que têm existência real. Mas, se examinarmos bem, o atual estado das coisas é um pouco mais complicado.

O ato de apreensão que não implica afirmações ou reivindicações de verdade é sempre e apenas uma apreensão de objetos. Nossa apreensão deles, se perceptual ou conceitual, não é nem falsa nem verdadeira.

Tenho chamado o ato de apreensão de "o primeiro ato da mente" porque os objetos apreendidos entram como elementos em todos os atos cognitivos subsequentes. Esses atos subsequentes são todos os atos de juízo, mas alguns desses juízos feitos podem ser julgamentos imediatos, não baseados em raciocínio ou dedução Esses atos subsequentes de juízo sempre implicam afirmativas sobre os objetos que apreendemos; e como tal eles também implicam reivindicações a respeito da verdade daquilo que é afirmado.

Os juízos da mente, imediatos ou mediados, podem ser divididos em dois grupos. (i) Em juízos existenciais; isto é, podem consistir em afirmações com o sentido de que um ou outro objeto apreendido também é um ente que pode ou não existir; ou, se o objeto em questão for um objeto conceitual, o juízo existencial pode tomar a forma de afirmação, em que o objeto é um tipo de ente que tem ou não tem instâncias perceptivas ou instanciação na realidade. Ou ainda que o objeto é um tipo de ente que pode ou não ter instâncias perceptivas ou instanciação na realidade. Eles também podem consistir em afirmações sobre as características das coisas realmente existentes ou sobre os modos como elas são relatadas. A verdade ou a falsidade de todo tipo de afirmação repousa em sua concordância ou não concordância com a realidade – do que existe ou não, do que pode ou não pode realmente existir. Essas verdades também são chamadas verdades descritivas ou verdades sobre questões de fato e existência real. Se o julgamento afirma que aquilo que é é, e aquilo que não é não é, sua reivindicação de ser verdadeira é válida; e quando é o caso, nossos julgamentos são os meios pelos quais temos conhecimento da realidade – o reino das realidades existentes. Assim como as ideias são aquilo *pelo qual* apreendemos, e não *o que* apreendemos, os julgamentos são aquilo pelo qual conhecemos, e não o que conhecemos.

(ii) O segundo grupo de julgamentos é caracterizado como não existencial. Eles não afirmam nada sobre o que realmente existe ou não existe, ou sobre o que pode ou não pode existir ou ter instanciação na realidade. Em vez disso, consistem em afirmações sobre a característica de certos objetos ou sobre suas relações com outros objetos. A verdade ou a falsidade de tais afirmações não pode estar na sua correspondência ou não correspondência com o que realmente existe; pelo contrário, deve ser inteiramente baseada no critério de consistência ou coerência com todo o conjunto de afirmações sobre as características de objetos apreendidos ou sobre suas relações mútuas. Em alguns poucos casos, tão surpreendente quanto são estimados, a verdade de tais afirmações pode ser vista simultaneamente no fato de serem opostas às afirmações autocontraditórias.

À luz da análise exposta até aqui, o ato de julgamento, dando origem a afirmações que podem ser falsas ou verdadeiras, às vezes parece nos dar conhecimento das coisas como elas realmente existem e, às vezes, o conhecimento sobre objetos apreendidos. Ocorre a primeira, conhecimento das coisas, quando nossos julgamentos são existenciais; e a última quando não são existenciais. As verdades matemáticas caem neste último tipo, e são às vezes chamadas verdades de entendimento, em distinção às verdades sobre questões de fato ou existência real.

E as ideias subjetivas no reino da existência mental? São totalmente inapreensíveis como objetos. Podemos, portanto, em qualquer sentido do termo, ter conhecimento sobre elas? A resposta é obviamente afirmativa, pelo menos na medida em que temos conhecimento, por inferência, de que as ideias subjetivas existem (ver a resposta à Questão 2). Além disso, podemos ter conhecimento das características de toda a classe de entes que são ideias subjetivas, a própria classe como um objeto de pensamento conceitual. Sabemos, por exemplo, que as ideias subjetivas como existências mentais são totalmente inapreensíveis; sabemos que elas são produtoras dos objetos que são seus significantes ou referentes naturais – e assim por diante. São todos julgamentos de um tipo não existencial, ou seja, julgamentos sobre as características ou propriedades de certa classe de entes, neste caso entes que têm apenas existência mental.

*

Questão 6. *A experiência humana é o todo de uma parte ou pode ser dividida em experiência objetiva e subjetiva?*

A experiência objetiva compreende a experiência de todos os objetos que apreendemos, sejam objetos de percepção, memória, imaginação ou pensamento. É uma experiência de objetos que são ou podem ser comuns a duas ou mais mentes, e podem ser visto como públicos, e não privados.

Se o que quer que apreendemos é um objeto, e se todos os objetos são públicos, como pode haver alguma experiência subjetiva ou privada, experiência que pertence exclusivamente a apenas um indivíduo?

Para responder a esta questão precisamos ir para fora do âmbito das atividades cognitivas da mente, apreendendo objetos e sabendo tudo o que é possível saber. Devemos nos voltar ao âmbito dos afetos e das emoções, tais como nossos sentimentos de prazer e dor, fome e sede, medo e raiva. Como tenho usado a palavra "ideia" para fazer referência a perceptos, memórias, imagens e conceitos, usarei "sensações corporais" para uma variedade de afetos e emoções. Faz parte da experiência humana ter essas sensações corporais, mas são muito diferentes da experiência objetiva que resulta da apreensão de objetos. A experiência do indivíduo com suas próprias sensações corporais não pode ser partilhada com terceiros, pois é exclusivamente sua; ou seja, é uma experiência privada, e não pública.

Permita-me voltar um pouco à distinção entre o público e o privado. No âmbito da ação, coisas que têm existência real são públicas quando partilhadas de algum modo entre duas ou mais pessoas, ou pelo menos tenha a capacidade de ser partilhada. A corda que puxamos juntos, a mesa à qual estamos sentados, a foto que estamos olhando são coisas públicas. No âmbito da ação, todas as coisas que realmente existem são, pelo menos em princípio, públicas, embora todas as coisas possam não ser, de fato, públicas. No âmbito da cognição, todos os objetos da nossa apreensão são igualmente públicos em princípio: cada um deles pode ser um objeto de apreensão para duas ou mais mentes, mesmo que cada uma delas não seja, de fato, pública. Contrapondo-se ao (i) âmbito de ação público, que consiste nas coisas que existem realmente e que podemos partilhar, e (ii) ao âmbito de cognição público, que consiste nos objetos que existem intencionalmente, e podem ser comuns para a nossa apreensão e discurso, existe o (iii) âmbito privado de cada uma das sensações corporais individuais, o âmbito da experiência subjetiva, que é exclusivamente sua; e (iv) o âmbito igualmente privado de cada consciência reflexiva individual dos atos dessa mesma mente, na medida em que ocorrem.

Não haveria dificuldade para entender essa distinção quádrupla não fosse o fato de que o discurso coloquial usa frequentemente as palavras "sentir" e "sensação" como se elas se referissem a atos de cognição. Estamos acostumados a dizer "sinto que é assim" ou "tenho a sensação de que isto é assim", usando essas palavras como se fossem substitutas de "opinar", "acreditar", "pensar" ou mesmo "considerar", e nenhuma delas têm o peso de "conhecer". Se eliminássemos todas essas expressões como imprecisões coloquiais da fala, ficaríamos com afirmações no sentido de que "sinto fome" ou "sinto dor no dedo". Assim como "eu sinto que é assim" parece ser uma declaração de conhecimento, "eu tenho fome" ou "sinto dor no dedo" parecem ser declarações de apreensão, comparáveis às afirmações: "percebo a Lua" ou " lembro-me do pôr do sol da noite passada". Se for o caso, então a sensação corporal de fome ou de dor seria um objeto de apreensão, e toda a experiência seria de um só tipo. Seria totalmente subjetiva; não haveria experiências subjetivas nem privadas que pudessem pertencer a um único indivíduo, e não poderia ser partilhado com os outros.

Essa suposição é obviamente contrária ao fato. No entanto, pretendo fazer a negação disso da forma mais explícita possível. Sensações não são nem atos cognitivos nem seus objetos de apreensão. Não apreendemos nada quando sentimos. A experiência da sensação não implica em apreender alguma coisa. Aquilo que é experienciável consiste em (i) objetos que *apreendemos*, (ii) sensações que *temos* e, como apontamos anteriormente, (iii) atos de nossa própria mente, pelos quais cada um de nós somos *reflexivamente conscientes* no momento em que ocorrem. Ter uma sensação corporal não implica um ato de apreensão, embora em sentido amplo do termo "consciência", que inclui mais que apreensão, ter uma sensação é estar consciente disso.

O que estou tentando dizer aqui é tão contrário ao que normalmente se diz, e tão contrário a uma aceitação crítica de suas implicações, que é preciso observar mais uma vez o ponto que quero expor. Não pretendemos as sensações de dor e de fome; nós a sentimos diretamente como elementos da experiência subjetiva. Expressões familiares podem reforçar esse ponto. Em vez de dizer "eu sinto dor no dedo", podemos dizer "tenho dor no dedo", assim como dizemos "tenho dor de dente" em vez de "sinto dor no dente". Da mesma forma, alguém poderia dizer "tenho fome" ou "tenho raiva" em vez de "sinto fome" ou "sinto raiva".

Como observei antes, a importância de não usar as palavras "apreender" e "juízo" de forma equivalente, aqui chamo a atenção para a importância de também não usar as palavras "apreender" e "sentir" de forma equivalente. As afirmações a seguir resumem as quatro distinções que devem ser observadas: (i) nós *apreendemos* objetos; (ii) nós *temos* sensações corporais e estamos cientes de que elas constituem um tipo de experiência subjetiva; (iii) cada um de nós está *reflexivamente ciente* dos atos de nossa própria mente, e essa consciência constitui outro tipo de experiência subjetiva; e (iv) nós *sabemos* que tal é o caso do âmbito das experiências reais, ou das características e relações dos objetos que apreendemos.

Uma consequência desse ponto ao qual chegamos é o reconhecimento de uma nítida divisão entre a esfera das sensações corporais e a das ideias. Dizer que temos (mas não apreendemos) sensações que fazem parte de nossa experiência subjetiva é dizer que não temos ideias dessas sensações. Uma vez que uma sensação corporal particular que experimentamos não é apreendida por nós como objeto, não precisamos ter uma ideia dessas sensações. É claro que isso não impede que tenhamos um conceito da classe de entes à qual todas as sensações corporais pertençam. Sensações corporais, assim como a classe, podem ser objetos de pensamento. Se este não for o caso, não podemos mais continuar essa discussão sobre elas nem reivindicar como verdadeira a afirmação de que nenhuma sensação corporal que experimentamos é um objeto que podemos apreender.

Para o leitor que está intrigado com a discussão anterior porque ela parte de noções geralmente aceitas e de uso comum, pode ser útil uma explicação adicional. Escritores não têm o privilégio de criar as regras de como as palavras deveriam ser usadas, mas têm o privilégio de adotar uma forma de uso clara e consistente para seus termos críticos. Esta é a forma que tenho seguido ao escrever este livro. É precisamente o esforço para seguir um uso estritamente claro e inequívoco das palavras (especialmente aquelas que expressam termos críticos nesta análise e argumentação), que exige afastamentos problemáticos ou perturbadores das noções predominantes e do discurso comum.

Os pontos a seguir têm sido centrais para esta análise e argumentação: (i) atos de apreensão produzem ideias; (ii) ideias produzem objetos; (iii) normalmente objetos estão ou podem estar presentes na mente de duas ou mais pessoas. À luz desses pontos, segue-se de maneira inescapável que, uma vez que a dor de dente que sinto agora não pode ser sentida por mais ninguém, ela não pode ser um objeto; portanto, não se pode ter nenhuma ideia disso; consequentemente, não se pode ter nenhuma apreensão. No entanto, não se segue ao que acabamos de dizer que eu não esteja totalmente ciente de minha dor de dente, ou que não posso ter uma ideia (isto é, um conceito) sobre dores de dente em geral, assim esse tipo de dor pode ser um objeto conceitual, comum a duas ou mais pessoas, um objeto ao qual podem se referir e sobre ele discutir mesmo quando nenhuma dessas pessoas está sentindo dor de dente.

O que acabamos de dizer se aplica à consciência reflexiva do indivíduo diante dos atos de sua mente da maneira como eles ocorrem. Somente esse indivíduo pode estar ciente deles; portanto, eles – os atos particulares que ocorrem na mente de uma pessoa em particular e num momento particular – não são objetos, não podem ser uma ideia deles e são inapreensíveis. Além disso, porque cada um de nós é reflexivamente ciente dos atos da própria mente, podemos formar ideias (isto é, conceitos) referentes aos atos mentais em geral, e um tipo ou outro de ato mental pode se tornar um objeto conceitual, capaz de ser apreendido e discutido por uma ou mais pessoas.

Por fim, é necessário chamar a atenção para o uso da palavra "subjetivo" em dois contextos distintos. Costumo usar como um adjetivo descritivo (i) de existências mentais que são ideias e (ii) de experiências privadas que temos quando temos sensações corporais. O que é comum para esses dois usos da palavra é sua negação do objetivo em ambos os casos. Ideias nunca são objetos de apreensão; nem sensações corporais. Mas embora nem as ideias nem as sensações corporais sejam objetos de apreensão, as sensações corporais subjetivas são experienciáveis, ainda que as ideias não sejam. Então somos confrontados por uma tripla distinção: (i) o âmbito do totalmente inexplicável – das ideias subjetivas; (ii) o âmbito do privado ou da experiência subjetiva – as sensações corporais que temos mas não apreendemos, assim como os atos mentais de que todos nós somos reflexivamente conscientes; e (iii) o âmbito do público ou da experiência objetiva – os objetos apreendidos da percepção, da memória, da imaginação e do pensamento.

*

*Questão 7. Como o discurso humano lida com questões de experiência subjetiva ou com o que não é, de todo, experienciável?*

A tripla distinção com que nos confrontamos no final da resposta da questão anterior propõe um problema singular que diz respeito à significância referencial das palavras que usamos quando parece que estamos discutindo tanto assuntos que não são experienciáveis quanto os que são elementos da experiência subjetiva.

Vamos começar considerando uma experiência individual subjetiva de dor e raiva. A dor e a fome que um indivíduo sente é experienciável somente por ele. Como então ele pode falar sobre isso com alguém, como ele pode comunicar sua dor de dente ao seu dentista, ou reclamar do atraso do jantar para a sua mulher? Se o uso comunicativo da linguagem numa conversa tem como referência objetos comuns do discurso, uma expressão individual de dor ou de raiva pareceria um uso não comunicativo da linguagem.

Na tentativa de resolver este problema, a primeira coisa que se deve notar é algo que já observamos. Não há dificuldade para falar de dor ou raiva em geral. As palavras "dor" e "fome" nomeiam objetos conceituais – cada um de classes particulares, concebidos de certa maneira. No nível do pensamento conceitual, entendemos o que é a dor e o que a diferencia de prazer; entendemos o que é a fome e o que a diferencia de sede ou raiva. Esses objetos universais que somos capazes de apreender não diferem de nenhum outro objeto universal, como justiça ou liberdade, elétron ou anjo e até mesmo percepto e conceito. O fato de que perceptos e conceitos particulares são totalmente inapreensíveis não exclui nossa apreensão conceitual da classe de entes a que todos os perceptos ou todos os conceitos particulares pertencem. Da mesma forma, o fato de que fome e dor particulares são experiências subjetivas não impede que fome e dor em geral sejam objetos conceituais, ou seja, classes conceitualmente apreendidas de entes a que pertencem todas as dores e toda fome particulares. Assim sendo, o uso de substantivos comuns " dor" e "fome" com significância referencial é exatamente o mesmo como o uso dos substantivos comuns "elétron" e "anjo", ou "percepto" e "conceito".

Porém, a pessoa que fala com o dentista sobre sua dor de dente não quer se engajar numa discussão sobre dores em geral, nem mesmo sobre dores de dente. Ela está tentando falar ao dentista sobre a dor de dente que está sentindo naquele exato momento – qual dente está doendo, que tipo de dor está sentindo, qual a intensidade, etc. Uma vez que as palavras que essa pessoa usa podem se referir estritamente a uma experiência subjetiva que ela não pode partilhar com o dentista, ela está comunicando? Se sim, como?

Que a pessoa na cadeira do dentista tem uma dor de dente o próprio dentista pode saber com uma boa medida de probabilidade, seja acreditando no testemunho do seu paciente, seja por dedução ao ver o paciente, sua expressão facial, suas queixas e seus gemidos. No entanto, o dentista não pode apreender a dor de dente do paciente. O que, então, ele deve ter em mente quando escuta o paciente falar sobre sua dor dente? Uma resposta a esta questão é que tudo que ele tem em mente é seu conhecimento ou concepção das dores de dente em geral, pelas quais ele apreende um objeto universal ou classe de entes à qual pertencem todas as dores de dente em particular. Algo além disso? Poderia ser apenas as lembranças do dentista de uma dor de dente que ele mesmo teve um dia. A sensação corporal da dor de dente anterior não pode ser um objeto da memória do dentista, assim como agora a dor de dente do paciente é um objeto da sua percepção. Dizer que a lembrança do dentista de uma dor de dente anterior é dizer que uma experiência subjetiva anterior é restabelecida. Mas como pode ser esse o caso? Se o dente do dentista não está doendo agora, ele não pode ter uma experiência subjetiva de dor de dente. Isso não impede sua lembrança de ter tido uma dor de dente um dia, ainda que ele não possa se lembrar de uma dor de dente específica que teve; nem impede que afirme, por causa de seu conhecimento, que aquela dor de dente que teve realmente ocorreu em certo dia, ou pelo menos em algum tempo.

Portanto, se é impossível, como sustentamos, restabelecer no presente as sensações corporais experimentadas em algum tempo passado, a conversa entre o paciente e o dentista é eficientemente comunicativa apenas no nível conceitual da existência subjetiva, e não em todos os planos da experiência subjetiva. Isso quer dizer que se aplica igualmente a todos os elementos da experiência subjetiva – a outras dores particulares sentidas, como as dores de dente, aos prazeres particulares, às sensações corporais de fome, raiva, medo, etc.

Tudo isso pode ser resumido dizendo-se que as experiências subjetivas são, como tal ou em sua particularidade, não comunicáveis. Quando parece que estamos engajados na conversa sobre elas, como por exemplo a fala do paciente com seu dentista sobre sua dor de dente, a aparência é enganosa. A conversa é comunicativa apenas no plano universal, em que há objetos comuns conceituais a que substantivos comuns podem se referir; mas não é comunicativo no plano particular, em que a sensação corporal é experienciada subjetivamente apenas por uma de duas pessoas envolvidas.

Se as próprias sensações corporais não podem ser assunto num discurso comunicativo, segue-se que, *a fortiori*, a linguagem não pode ser usada comunicativamente para discutir as ideias particulares que um indivíduo tem em mente. Sensações corporais são elementos da experiência subjetiva ou privada, e é isso que as exclui da esfera dos assuntos que podem ser publicamente discutidos. Ideias subjetivas são totalmente inexperienciáveis, e assim são retiradas da esfera do discurso comunicativo.

Quando indivíduos parecem conversar um com o outro sobre suas ideias disso ou daquilo, o que de fato estão fazendo é falando sobre objetos dessas ideias. Três homens que olham para a Lua não estão falando sobre perceptos numericamente distintos que tem cada um dos três, mas sobre a Lua que é o objeto comum de suas apreensões perceptivas; da mesma forma, os três homens que se lembram dos detalhes do caixão que eles ajudaram a carregar num enterro não estão falando sobre memórias numericamente distintas, mas de um objeto que todos eles se lembram.

# CAPÍTULO V

# DUAS QUESTÕES DIFÍCEIS

## PREÂMBULO

No Capítulo III apresentei uma teoria da linguagem que vejo como a única solução sustentável para explicar o uso da linguagem como um instrumento de comunicação. No Capítulo IV tentei expor explicitamente os fundamentos dessa teoria, nenhum deles compromisso filosófico anterior, porém todos implícitos no desenvolvimento da própria teoria. Os fundamentos incluem certo número de postulados que não precisam de outra justificação a não ser a de serem requisitados pela teoria, tal como o postulado da existência da mente humana – pelo menos como analiticamente distinta do corpo humano –, a existência mental das ideias subjetivas, a existência intencional dos objetos dessas ideias, da distinção entre a existência existencial dos objetos e da real existência das coisas, etc.

Como os pontos teóricos fundamentais discutidos no Capítulo IV estão implícitos na teoria que apresentamos no Capítulo III, devemos agora nos voltar para dois problemas que devem ter ficado subentendidos nos postulados expostos no Capítulo IV. Esses dois problemas devem se tornar explícitos. Devo confessar, antes de minha tentativa de lidar com eles neste capítulo, que os vejo como problemas muito espinhosos, que implicam dificuldades para as quais não estou plenamente seguro de que possam ser superadas.

Os problemas a ser encarados podem ser apresentados nas seguintes questões: 1. Como duas ou mais ideias distintas podem ser os meios pelos quais um único objeto é apreendido? 2. Como é um objeto de percepção relacionado a uma coisa realmente existente que causa nossa percepção do objeto?

*

*Questão 1. Como duas ou mais ideias numericamente distintas são meios pelos quais o mesmo objeto é apreendido?*

É importante afirmar, logo de início, a proposição que dá origem ao problema. A teoria que estamos apresentando mantém firmemente a proposição de que duas ou mais pessoas são capazes de conversar sobre o mesmo objeto que apreendem em comum e ao qual as palavras nominativas se referem. Esta proposição, de fato, é o ponto de partida da teoria. Tomando isso como um dado inquestionável, a teoria se propõe a explicar o uso comunicativo da linguagem pelo que diz sobre o papel das ideias subjetivas como meios pelos quais os objetos são apreendidos e pelo que diz sobre o papel dos objetos como significantes ou referenciais das palavras nominativas, que adquirem suas significâncias referenciais e são impostas voluntariamente aos objetos de percepção, memória, imaginação e pensamento.

No entanto, a teoria também afirma que as ideias de cada um dos homens existem apenas na mente deles. Por isso que quando duas pessoas parecem estar falando sobre o mesmo objeto que apreenderam cada uma deve ter uma ideia pela qual apreende esse objeto, ideia que é numericamente distinta da ideia na mente de outro. Se uma das pessoas deixasse de existir, a ideia que existe apenas na mente dela também poderia deixar de existir; mas esse deixar de existir manteria totalmente inalterada a ideia existente na mente de outra pessoa.

Sendo assim, é razoável – na verdade, obrigatório – perguntar como duas ideias numericamente distintas podem ser meios pelos quais o mesmo objeto é apreendido. Uma vez que as ideias são intrinsecamente inapreensíveis, ou seja, inexamináveis, não podemos responder à questão examinando as próprias ideias; nem assegurando-nos, de várias maneiras, que as duas pessoas estão, de fato, falando sobre o mesmo objeto. Quando examinamos exemplos de discurso humano em que as pessoas parecem falar sobre o mesmo objeto, descobrimos que o que parece ser o caso nem sempre o é, de fato. Às vezes o curso de uma conversa conduzida e sustentada de forma crítica revelará que os seus participantes estão operando com diferentes ideias e têm diferentes objetos em mente, que às vezes coincidem e às vezes se distinguem. Por outro lado, as etapas de uma conversação que tentam verificar a identidade do objeto da discussão às vezes confirmam, sem deixar dúvidas, que as duas pessoas estão usando palavras para se referir a um mesmo objeto que ambas podem apreender.

Isso nos leva a reafirmar o problema a ser resolvido. A tarefa não é mostrar que duas pessoas com ideias numericamente distintas estão necessariamente se referindo ao um mesmo objeto, quando o uso que fazem das palavras sugere que estão falando sobre um objeto específico comum a ambas. Pelo contrário, a tarefa é mostrar como é possível ocorrer uma conversa sobre o mesmo objeto considerando o fato de que as pessoas que se envolvem numa conversa têm, necessariamente, ideias numericamente distintas pelas quais apreendem os objetos sobre os quais elas parecem estar discutindo.

Aproximamo-nos de uma solução do problema. A pluralidade das ideias, quando duas ou mais pessoas se envolvem numa conversa, é uma pluralidade existencial que pode ser, mas não é necessariamente, combinada com uma unidade de intenção. Suas ideias e as minhas ideias, pelas quais apreendemos um dado objeto, podem ser duas em número existencialmente, apesar de serem idênticas na intenção, cada uma é uma ideia que funciona como meio de apreensão desse mesmo objeto.

Quando duas pessoas proferem a mesma palavra, o fato de que as duas expressões são numericamente distintas não impede que o som que proferiram seja a mesma palavra; nem impede que essa palavra tenha a mesma significância referencial. O caso de duas ideias numericamente distintas não parece diferente. Embora sejam numericamente distintas, podem ser a mesma ideia em intenção, assim como a palavra proferida duas vezes pode ser a mesma palavra e ter o mesmo significado. Em suma, não há nada de intrinsecamente impossível no fato de uma ideia que está na mente de duas pessoas funcionando como um símbolo natural ter a mesma significância ou referência natural. Cada pessoa tem um exemplo numericamente distinto da mesma ideia – é de uma mesma ideia precisamente porque significa ou pretende significar a mesma coisa, ou seja, o objeto que é o meio de apreensão. Portanto, parecemos capazes de chegar à conclusão de que, quando a ideia na mente de uma pessoa é apenas numericamente distinta da ideia da mente de outra e idêntica em todos os outros aspectos, as duas ideias podem ser os meios pelos quais as duas pessoas apreendem o mesmo objeto.

Uma análise física rudimentar pode ajudar a ilustrar isso. Do negativo de um filme fotográfico é possível fazer duas cópias. Se as cópias do filme forem feitas corretamente, serão numericamente distintas, mas idênticas em todos os outros aspectos. E se forem colocadas em dois projetores, as imagens podem ser focalizadas para ficarem sobrepostas na mesma tela, ou seja, a mesma imagem projetada de dois filmes. Mas as imagens também podem ser projetadas em telas colocadas lado a lado, e observando-as cuidadosamente poderíamos constatar que não há diferenças entre elas, a não ser o fato de serem duas.

A identidade de um objeto discutido por duas pessoas, cada uma com sua própria ideia como um meio de apreensão, é estabelecida pela descoberta de que não há diferença discernível entre o objeto que uma pessoa está apreendendo e o objeto apreendido pela outra. Há duas ideias numericamente distintas em jogo aqui, assim como os dois filmes projetados por dois projetores; mas da mesma forma que existe apenas uma imagem projetada nas duas telas, ou duas imagens que são apenas numericamente diferentes, então há apenas um objeto ao qual as pessoas estão se referindo; ou, se há dois objetos, eles são só numericamente diferentes, mas são idênticos nos outros aspectos.

Se alguém perguntar por que duas ideias podem ter um objeto mas uma ideia não pode ter dois objetos, a resposta deve ser como a explicação de por que duas crianças podem ter um pai, mas uma criança não pode ter dois pais. No caso das crianças e dos pais, o fato de que um pai pode ter vários filhos mas a criança não pode ter mais de um pai baseia-se na própria natureza da relação criadora. Também no caso das ideias e dos objetos, o fato de que um mesmo objeto pode ser apreendido por diversas ideias numericamente distintas mas uma ideia não pode ser o meio de apreensão de mais de um objeto é baseada na própria natureza da relação cognitiva que há entre uma ideia pela qual um objeto é apreendido e um objeto pelo qual uma ideia é apreendida.

Mas permanece uma dúvida que desafia a solução oferecida até aqui. Na minha resposta à Questão 4, no Capítulo IV, disse que ideias, que são produtos da atividade da mente, produzem os objetos que apreendemos. Sem o ato de percepção, e o percepto então produzido, não haveria nenhum objeto perceptual; sem o ato de entendimento, e o conceito então produzido, não haveria o objeto conceitual, e assim por diante. Considerando a relação causal entre uma ideia e o objeto que ela produz, somos forçados a dizer que, se duas ideias numericamente distintas podem ser meios pelos quais duas pessoas apreendem o mesmo objeto, segue-se que duas causas numericamente distintas podem ser produtoras de um mesmo efeito.

É em geral aceito que isso não pode acontecer no mundo físico. No âmbito das existências reais, a operação de causas numericamente distintas resultaria necessariamente na produção de efeitos numericamente distintos. Se duas causas forem apenas numericamente distintas, e idênticas em todos os outros sentidos (por exemplo, acender duas fogueiras), os dois efeitos (por exemplo, duas chamas) podem ser apenas numericamente distintos, embora idênticos em todos os outros sentidos, mas de qualquer modo seriam pelo menos numericamente distintos. Como então podemos dizer que duas ideias são produtoras de um mesmo efeito, um objeto apreendido?

Duas respostas se oferecem, a primeira menos satisfatória que a segunda. Admitindo-se isso, na esfera da cognição, a casualidade opera exatamente como deve, no âmbito das coisas físicas, uma será conduzida para a conclusão de que, quando cada uma das duas pessoas tem uma ideia que é apenas numericamente distinta da ideia que está na mente de outra, os objetos produzidos por essas ideias também devem ser numericamente distintos. Para isso devemos adicionar que, se são distintos apenas numericamente, e diferentes em aspectos que não são discerníveis, seu dualismo numérico pode ser negligenciado para que eles tenham a identidade dos indiscerníveis em todos os outros sentidos. As duas pessoas têm um objeto diante delas.

No entanto, isto não é necessário para fazer a concessão indicada. Objetos apreendidos são entes que existem intencionalmente. Não são entes físicos que possuem existência real. A diferença entre existência real e intencional, e talvez com isso a diferença entre o modo de existência que é apropriado às coisas ou eventos físicos, e o modo de existência que é apropriado para apreender objetos, devem explicar por que, no âmbito da intencionalidade dos objetos existentes, o mesmo objeto pode ser um único efeito produzido pela operação causal de ideias numericamente distintas, enquanto no âmbito das coisas realmente existentes pode ser que nunca seja o caso (isto é, um único efeito não pode ser produzido pela operação de causas numericamente distintas).

Entender completamente a força do que foi dito requer um entendimento do papel da matéria na determinação da diversidade numérica de duas coisas físicas que são duas apenas em número ou no espaçotempo, e idênticas em todos os outros aspectos. Se uma pode compreender totalmente como a matéria é o princípio de individuação, fazendo com que duas coisas físicas que, de uma maneira, são idênticas, sejam distintas em número ou espaçotempo, também pode, então, compreender totalmente por que a individuação não pode ocorrer no caso de objetos que não têm existência física e não têm matéria.

Em outras palavras, se dois objetos forem idênticos em todos os aspectos, exceto no número, não haverá nada que os individue e os faça dois em número. Portanto, duas ideias numericamente distintas que são idênticas na intenção podem ser os meios de apreensão do mesmo objeto, embora este objeto seja causalmente produzido por duas ideias numericamente distintas. A diversidade numérica das ideias resulta da diversidade numérica das pessoas que pensam tais ideias; mas desde que os objetos apreendidos por duas mentes não existem nas duas mentes que os apreenderam, a dualidade das mentes não resulta numa diversificação numérica do objeto apreendido. Nem qualquer outro fator pode ser pensado de maneira que possa resultar em tal diversificação.

Isto é o mais longe que posso avançar na solução do problema que estamos confrontando. Essa solução chama a atenção para um número de pontos que merecem consideração. Isso nos faz superar certas dificuldades ao mesmo tempo que cria outras. Ela só funciona para resolver o problema na medida em que é capaz de entender as questões que estão no cerne do problema sobre o qual repousa a solução, como por exemplo a fonte ou raiz da diversificação numérica.

*

*Questão 2. Como o objeto de percepção se relaciona com a coisa que realmente existe e causa nossa percepção de tal objeto?*

A questão se aplica somente ao objeto de percepção, e não a qualquer outro objeto de apreensão – da memória, da imaginação e do pensamento. Apenas no caso da percepção de que temos a impressão difundida e quase incorrigível de que aquilo que estamos percebendo é uma coisa realmente existente e não um objeto com existência intencional. Somente neste tipo de apreensão aplicamos, nas coisas, a distinção entre apreensível e apreendido: falamos das coisas que agora não estamos percebendo como perceptíveis, e isso nos leva a falar de coisas como percebidas quando a percepção delas ocorre. Então tendemos a identificar as coisas tal como percebidas com o objeto perceptual, embora a coisa, seja perceptível ou percebida, exista na realidade, enquanto o objeto perceptual existe apenas intencionalmente. A nítida distinção entre coisas e objetos parece desaparecer no caso da percepção, e com ela a igualmente nítida distinção entre apreender e conhecer; pois se na percepção estamos apreendendo coisas, não meros objetos, então a percepção parece ser um ato de juízo que implica, pelo menos implicitamente, uma declaração existencial.

Somos assim colocados diante de um número de dificuldades inerente à teoria que expusemos nos capítulos anteriores. Eles surgem como uma série de exceções aparentes a pontos importantes da teoria afirmada anteriormente como sem exceções. Esses empecilhos só serão removidos na medida em que eu consiga ir mostrando que essas exceções são mais aparentes do que reais.

Vamos começar encarando a questão exatamente nos termos em que ela foi colocada. Ela questiona a relação entre o objeto perceptual e a coisa perceptível que, quando age de uma forma adequada sobre nossos órgãos sensitivos, leva-nos a perceber isso. Parece haver apenas as seguintes respostas alternativas para a questão: se (i) a coisa perceptível e o objeto perceptual são idênticos, ou seja, são iguais em todos os aspectos; ou (ii) são não idênticos, ou seja, a coisa perceptível e o objeto perceptual são dois entes distintos, cada um com seu próprio modo de existência. Adotar qualquer parte desse dilema leva-nos a consequências insatisfatórias.

Se a coisa perceptível for, em todos os aspectos, idêntica ao objeto perceptual, então a coisa física perceptível não existirá quando não percebida como um objeto. Sabemos que o objeto perceptual só existe como um resultado do ato de percepção. Portanto, quando não estamos percebendo, não há objeto perceptual. Se a coisa perceptível for idêntica ao objeto perceptual, seria preciso concluir que quando não estamos percebendo não há coisa perceptível. Sabemos que isso é falso com tanta segurança quanto sabemos que, quando não estamos percebendo, não há objeto perceptual. Portanto, somos obrigados a concluir que a coisa perceptível não pode ser, em todos os aspectos, idêntica ao objeto perceptual.

A outra possibilidade também é insatisfatória. Se a coisa perceptível e o objeto perceptual são dois entes distintos, cada um com seu próprio modo de existência (um real, outro intencional), um deles pode deixar de existir, enquanto o outro continua a existir. A coisa perceptível que pensamos estar percebendo pode deixar de existir, enquanto, ao mesmo tempo, o objeto perceptual continua existente. A conversão também pode ser o caso: podemos estar percebendo a coisa perceptível enquanto, ao mesmo tempo, o objeto perceptual pode deixar de existir. Não podemos aceitar essas disjunções entre a coisa perceptiva e o objeto perceptual, disjunções que resultam necessariamente da suposição de que a coisa perceptível e o objeto perceptual são dois entes distintos, cada um com seu próprio modo de existência.

Contra a suposição de que a coisa perceptível e o objeto perceptual são idênticos, sabemos que coisas físicas perceptíveis existem independentemente de serem percebidas. Elas existem e são perceptíveis sendo ou não realmente percebidas. Contra a suposição de que a coisa perceptível e o objeto perceptual são dois entes, cada um com seu modo de existência independente um do outro, sabemos que a existência de um (o objeto perceptual) depende da existência do outro (a coisa perceptível). Objetos perceptuais não existem a não ser que as coisas perceptíveis sejam realmente percebidas. Além disso, sabemos que a coisa perceptível e o objeto perceptual não podem ser idênticos, nem totalmente distintos. Que meio-termo pode existir entre (i) identidade completa e (ii) a não identidade de dois entes que não podem existir um sem o outro? A solução do nosso problema parece estar na resposta a esta questão, se houver alguma.

Permita-me expor a resposta primeiro e tentar explicá-la depois. Embora a coisa perceptível e o objeto perceptual não sejam idênticos, guardam semelhanças suficientes para ser um ente com dois modos de existência. Se isto for verdade, também seria verdade dizer que a coisa perceptível pode existir mesmo quando o objeto perceptual não existe, mas que o objeto perceptual não pode existir quando a coisa perceptível não existe. Observamos aqui certa assimetria na relação entre a coisa perceptível e o objeto perceptual, mas é exatamente essa assimetria que está de acordo com os fatos tais como os conhecemos, fatos que são incompatíveis com ambas as suposições que achamos necessário rejeitar.

Para explicar isso é preciso mostrar que pode haver uma relação que esteja entre a completa identidade e a não identidade – um grau de identidade que, embora incompleta, seja suficiente para impedir a não identidade. A explicação é a seguinte: duas coisas ou, para ser mais preciso, dois aspectos de uma coisa são existencialmente inseparáveis de uma forma simétrica se uma não pode existir sem a outra, como no caso das duas faces de uma moeda. Embora as duas faces de uma moeda sejam aspectos de algo analiticamente distinto, assim como cabeças e pregos, as faces da moeda são existencialmente inseparáveis.

O mesmo ente pode ter aspectos analiticamente distinguíveis (no caso, dois modos de ser) que são existencialmente inseparáveis, mas apenas de uma forma assimétrica – jamais de uma forma simétrica. No caso das duas faces de uma moeda, uma não pode existir sem a outra; portanto, sua inseparabilidade existencial é simétrica. No entanto, a inseparabilidade é assimétrica, ao invés de simétrica, quando o que estamos considerando é um ente singular com dois modos de ser – existência real como uma coisa física perceptível e existência intencional como um objeto perceptual. Por um lado, desde que o ente possa ter existência real como uma coisa física perceptível, ainda que não percebida, pode ter existência real sem ter também existência intencional como um objeto perceptual. Por outro lado, o ente não pode ter existência intencional como um objeto perceptual, a menos que tenha também existência real como uma coisa física perceptível. Sua existência intencional é inseparável de sua existência real, enquanto sua existência real não é inseparável da sua existência intencional. Esta é apenas outra maneira de dizer que esses dois modos de existir de um ente singular são existencialmente inseparáveis de uma forma assimétrica.

Mas podemos dizer algo a mais da relação entre a coisa perceptível e o objeto perceptual para explicar melhor o que está envolvido na identidade parcial, mas suficiente, de ambas? Além de serem o mesmo ente com dois modos de existência, inseparáveis de uma forma assimétrica, é uma relação de dependência em diversos aspectos, mas não em todos os aspectos. Novamente temos de reconhecer uma identidade parcial, mas suficiente, em ambas.

Considere uma coisa móvel e perceptível e dois observadores. Eles têm o mesmo objeto perceptual. Um movimento dessa coisa será acompanhado pelo movimento percebido do objeto perceptual de um local percebido para outro local percebido. Se um dos dois observadores pegasse uma pedra e a jogasse para cima e depois perguntasse a seu parceiro se ele viu a pedra voando, mas recebesse uma resposta negativa, a pessoa que jogou a pedra saberia que a coisa móvel e perceptível não correspondia exatamente a um objeto perceptual que era comum a ele e a seu parceiro. Por outro lado, se a resposta fosse positiva, indicaria uma relação correspondente entre a coisa perceptível e um objeto perceptual, que seria um mesmo objeto para os dois observadores.

É claro que pode haver mudanças inobserváveis ou imperceptíveis numa coisa física que podem não corresponder às mudanças no objeto perceptual. A conversão não parece ser verdadeira. Mudanças no objeto perceptual sempre corresponderão às mudanças na coisa perceptível ou nas condições de observação sob as quais a coisa perceptível está sendo observada. Assim, a relação intrínseca é vista tanto como assimétrica quanto parcial. Mesmo assim há uma correspondência entre a coisa perceptível e o objeto perceptual em todos os aspectos nos quais as mudanças na coisa física são perceptíveis; isso, junto com o ponto anteriormente levantado sobre a inseparabilidade assimétrica da coisa perceptível e o objeto perceptual, fornecem uma base para dizer que são suficientemente idênticos para serem um só ente, com dois modos de existência – por um lado, existência real, e por outro, existência intencional. Em outras palavras, um ente singular é também uma coisa perceptível e um objeto apreendido, e de tal maneira que sua existência como uma coisa perceptível não depende da sua existência como um objeto apreendido.

A questão sobre o caráter preciso da relação entre a coisa perceptível e o objeto perceptual agora parece que poderá ser respondida de forma satisfatória – uma resposta que esteja de acordo com todo os fatos como os conhecemos. No entanto a resposta carrega certas dificuldades que tentaremos agora superar.

A primeira e mais importante diz respeito às exceções num ponto da teoria no qual insistimos que não há exceção. Venho dizendo repetidamente que a apreensão não é juízo e não implica afirmações ou negações da existência real do objeto apreendido. (i) Quando um filósofo concebe Deus como aquilo do qual nada maior pode ser concebido, está meramente apreendendo Deus como um objeto do pensamento, e sua apreensão não é verdadeira nem falsa. Permanece aberta a questão se Deus, como um objeto assim concebido, realmente existe ou não. Se uma resposta afirmativa a esta pergunta pode ser demonstrada como verdadeira, então temos o conhecimento de que Deus existe; mas se não pode ser demonstrada como verdadeira, então não temos o conhecimento de que Deus existe. A mera concepção de Deus como aquilo do qual nada maior pode ser concebido não nos dá esse tipo de conhecimento; nem essa concepção é afetada se podemos ou não atingir esse conhecimento. (ii) Quando um poeta imagina o imponente domo de prazer do Kubla Kahn, está apreendendo um objeto imaginário que talvez conheça como um ente que de fato não existe. Tal conhecimento da sua inexistência não afeta de maneira alguma o objeto da sua imaginação. Sua apreensão não é nem verdadeira nem falsa, independentemente da verdade ou da falsidade de qualquer opinião que possa ter sobre a real existência do ente que está imaginando. (iii) Quando uma testemunha num tribunal, sob interrogatório, lembra-se de um ou outro detalhe de um acidente de automóvel que presenciou, seu testemunho sobre a velocidade em que um dos carros se movia expressa o que para ela é um objeto de memória. Outra testemunha, no mesmo processo, pode expressar o que para ela é um objeto de memória diferente – uma velocidade diferente para o carro em questão. Quando o interrogatório tenta determinar a credibilidade dos testemunhos conflitantes, está buscando a verdade factual do que realmente aconteceu. Se o júri decide a favor de alguma testemunha, o objeto que cada uma delas lembrou permanece o mesmo, embora o que uma testemunha afirma saber à luz de sua memória possa estar mais próximo da verdade do que a afirmação da outra testemunha diz saber com base em sua memória.

Esses três exemplos representam perfeitamente a nítida distinção entre apreensão e juízo nos campos da concepção, da imaginação e da memória. Em cada caso, o ente concebido, imaginado ou lembrado é distinto das respostas às perguntas sobre a existência real do ente que é um objeto conceitual, imaginado ou lembrado. O objeto apreendido não é nem verdadeiro nem falso; verdade e falsidade pertencem somente aos juízos existenciais – declarações da real existência ou inexistência do ente que é um objeto concebido, imaginado ou lembrado.

No entanto, quando chegamos ao quarto patamar de apreensão, o da percepção, a relação entre apreensão e juízo parece ser radicalmente diferente. Quando um observador diz que percebe certo objeto, ele não está julgando, ao mesmo tempo, que seu objeto perceptual é um ente que tem existência intencional como objeto mas também existência real como uma coisa perceptível? Enquanto é relativamente fácil separar o conceber, o imaginar e o lembrar de um objeto de fazer afirmações sobre a existência real de um ente que tem existência intencional como um objeto de concepção, memória ou imaginação, é relativamente difícil, se não impossível, fazer essa separação na esfera da percepção. Se não podemos fazer isso, não seríamos obrigados a admitir que a percepção é uma curiosa exceção para um princípio importante da nossa teoria? Ou seja, que a apreensão não é juízo e que apreensões desse tipo não são nem verdadeiras nem falsas?

Para superar essa dificuldade, mostrando que não existe exceção alguma, devo recorrer mais uma vez à compatibilidade da distinção analítica com a inseparabilidade existencial. No âmbito da percepção, (i) o ato de apreender um objeto e (ii) o ato de julgar que ele é um ente que existe na realidade são, na maior parte, existencialmente inseparáveis e, ao mesmo tempo, analiticamente distintos. Se o juízo que sempre tendemos a fazer sobre a existência real do ente que existe intencionalmente como um objeto de percepção passa a ser verdadeiro, então estamos, ao mesmo tempo, engajados no ato de conhecer a existência de uma coisa perceptível e no ato de apreensão de um objeto perceptual. Mantendo a distinção analítica entre esses dois atos, podemos dizer que perceptos, assim como conceitos, imagens e memórias, não são nem verdadeiros nem falsos; no entanto, também podemos dizer que, ao contrário dos atos de conceber, imaginar e lembrar, os atos de perceber são existencialmente inseparáveis dos atos de juízo, cujos produtos podem ser juízos verdadeiros (conhecimento) ou falsos (erro).

O uso habitual da palavra "perceber" confirma esse ponto. Quando alguém diz "eu percebo X", está, de fato, fazendo duas afirmações distintas, embora dificilmente as mantenha distintas na mente. Está dizendo (i) que *apreende* o objeto X, e (ii) que *julga* que X é um ente que existe não apenas como um objeto mas também como coisa. Se a pessoa não estivesse convicta de que X é um ente que realmente existe, não poderia usar a palavra "perceber". Como indicado acima, o ato de julgar, que é existencialmente inseparável do ato de apreensão, não produz necessariamente juízos verdadeiros quando é um ato de percepção. Tais juízos perceptuais podem ser falsos. Nesse caso, a opinião da pessoa de que ela está percebendo, e portanto conhecendo, está errada.

Experiências alucinatórias nos trazem casos em que um indivíduo mantém a opinião errada de que está percebendo quando, na realidade, não está percebendo, mas imaginando. Se o indivíduo estivesse convicto de que estava imaginando em vez de percebendo, não estaria sofrendo de alucinação. Suas alucinações consistem na sua apreensão de um objeto sobre o qual ele forma simultaneamente o juízo de que o ente apreendido de fato existe. Pode ser difícil, talvez impossível, mostrar a ele a tempo que seu juízo está errado e que está imaginando em vez de percebendo. Mas pessoas normais numa sala com o paciente que sofre de alucinação não têm dúvidas de que os objetos que ele diz perceber não são objetos perceptuais, mas objetos da sua imaginação.

Pode-se perguntar que razão temos para acreditar que não estamos sempre nos alucinando em vez de percebendo. A resposta, pelo menos em parte, ativa nossa capacidade de traçar uma linha bastante clara entre normal e anormal. Alucinação, por definição, é um fenômeno anormal – que pode ser chamado de "percepção aberrante", isto é, percepção que aparenta ser mas não é uma percepção. Nossa convicção de que estamos percebendo em vez de nos alucinando ganha força simplesmente com o número de outras pessoas que percebem, em relação a um objeto perceptual comum, e têm a mesma convicção que temos, ou seja, quem, percebendo o mesmo objeto, simultaneamente julga que é um ente que também existe de fato. Um único juízo em contrário nos desafiaria a reexaminar nossa opinião. Um número considerável de juízos contrários nos colocaria em um sério estado de dúvida.

A distinção analítica no âmbito da percepção entre apreensão e juízo, acompanhada pela inseparabilidade existencial do ato de apreensão e do ato de juízo, existe simultaneamente com a distinção analítica entre a existência intencional e real do ente que é tanto objeto como coisa, acompanhada pela inseparabilidade da existência intencional do objeto e da existência da coisa real. A alucinação, como distinta da percepção verídica, nos fornece a prova de que o juízo que acompanha a apreensão é falso, assim como o objeto considerado como perceptual é na verdade imaginário. Neste caso, o ente apreendido (pela imaginação) tem existência existencial, mas não existência real. É a falsidade do juízo que faz o ato de apreensão, e não um ato de percepção. Mas para uma pessoa que sofre de alucinação, isso permanece como uma falsificação não detectada da percepção até que seu juízo possa corrigir e mudar. Ela continua a pensar que está percebendo um elefante rosa no canto da sala, mesmo que lhe seja mostrado de alguma forma que elefante rosa não existe e que não há nada no canto da sala.

Outro exemplo pode nos trazer uma ilustração instrutiva da distinção analítica entre apreender e julgar no âmbito da percepção, combinado com a inseparabilidade existencial desses dois atos. O que um ser humano observa a um quilômetro de distância é um objeto percebido de um tamanho bem pequeno. O observador pode pensar em dizer que é um "grão de areia", mas seu juízo afirmará que se fosse de fato um grão de areia ele não poderia enxergar de tão longe. No entanto, o objeto é uma pessoa, e se ela caminha em direção ao observador, a distância diminui e o objeto perceptual vai se tornando maior. A coisa observada (no caso, a pessoa) não está se tornando maior, nem mudando, mas as condições (distância) de observação (a distância cada vez menor) são mudanças no tamanho do objeto perceptual. Ao longo dessas mudanças o observador está constantemente julgando que está percebendo um homem de tamanho normal, e não um grão de areia que vai crescendo gradualmente até se tornar um homem. Quando o ente observado estava a uma grande distância do observador, poderia ser um erro julgar que se estava percebendo uma pessoa; mas não haveria erro algum em relação ao tamanho do objeto perceptual se, correta ou incorretamente, o observador julgasse estar vendo um homem de longe. Ao longo dessas séries de objetos perceptuais em mudança, acompanhadas por uma coisa imutável em variáveis distâncias, o objeto perceptual em cada momento é sempre o que é, nem verdadeiro nem falso, mas o juízo sobre ele pode ser falso em algum momento, se o observador tem a opinião de que o ponto que enxerga não é um homem; e verdadeiro em outro momento, no caso de o observador mudar de opinião e julgar que o objeto perceptual, já percebido de um tamanho maior, é na verdade um homem.

Outro exemplo pode ter também o mesmo efeito ilustrativo. A famosa ilusão de um bastão parecer torto quando imerso num copo com água. Apreendido visualmente, o bastão, como um objeto perceptual, está torto. Mas apreendido de forma táctil, o mesmo bastão, como um objeto perceptual, está reto. Ao tirar o bastão da água, vemos que nossa percepção tátil é verídica e que a nossa percepção visual é ilusória; também sabemos que o ente que de fato existe como um bastão reto é, sob certas condições de observação (isto é, quando imerso na água), um objeto perceptual que existe intencionalmente como um bastão torto. Mudando as condições de observação, também podemos mudar o caráter do objeto perceptual sem mudar o caráter da coisa que existe na realidade.

Somos capazes de fazer gravuras com apenas uma configuração, mas construídas de uma forma que, sem nenhuma mudança nas condições de observação, passamos de um objeto perceptual para outro – como aquela na qual podemos perceber um pato e, num jogo de olhar, também um coelho. Nenhum é ilusório, ou ambos são; para essas gravuras que são feitas de forma tão inteligente, ou se delineia igualmente um pato e um coelho ou não se delineia nada.

Outra dificuldade permanece. É paralela a essa que tratamos e, acredito, dispensável. Na exposição da teoria nos capítulos anteriores, um ponto levantado repetidas vezes é o de que nomear não é afirmar. E fazendo esse ponto ficar na distinção entre apreensão e juízo (ou conhecimento, nesses casos em que o juízo é verdadeiro). Assim como uma apreensão não é verdadeira nem falsa, independentemente de qualquer juízo que possa ser feito sobre os objetos apreendidos, também as palavras ou frases que nomeiam os objetos apreendidos não são nem verdadeiras nem falsas, independentemente do fato de qualquer sentença que possa ser construída para fazer afirmações que sejam verdadeiras ou falsas.

A afirmação que acabamos de fazer vale para palavras ou frases descritivas que nomeiam objetos conceituais ou objetos de memória e imaginação. Mas vale para palavras ou frases descritivas que nomeiam objetos perceptuais? Ou seja, vale para o nome próprio ou descrição definida aplicada a um particular, designando-o não apenas como um tipo mas como um único exemplar desse tipo? Podemos usar um nome próprio ou descrição definida sem, ao mesmo tempo, afirmar que o objeto perceptual singular nomeado é um ente que também existe na realidade?

A solução para esse problema é, em princípio, a mesma já desenvolvida. Assim como no âmbito da percepção a solução consiste em verificar que apreensão e juízo, enquanto existencialmente inseparáveis, são analiticamente distintos, então aqui, no âmbito da linguagem, a solução consiste em verificar que nomear e afirmar, enquanto existencialmente inseparáveis em nosso uso de substantivos próprios e descrições definitivas, são, no entanto, analiticamente distintos. É possível inventar pseudosubstantivos próprios ou descrição definida enganosa, assim como é possível sofrer alucinações e, consequentemente, se deixar levar por juízos falsos sobre o que realmente existe.

Um pseudonome próprio ou descrição definida enganosa pode induzir alguém ao erro de pensar que um objeto particular nomeado ou descrito era um ente que de fato existiu, mas o erro poderia ser um erro na afirmação que acompanha o uso do nome ou descrição, não um erro no próprio nome ou descrição. Um escritor pode inventar um personagem fictício e dar a ele um nome próprio, mas então construir sua narrativa de uma forma que dê a impressão de que a história contada é histórica, não ficcional, e assim, poderá levar o leitor ao engano de pensar que um pseudonome próprio refere-se a um indivíduo real. No entanto essa denotação existencial poderia ser expressa numa proposição que afirmasse a existência de um termo subjetivo, expresso verbalmente por um nome próprio, falso ou autêntico. Se falso, a proposição existencial poderia ser falsa; se autêntico, verdadeira. Mas em ambos os casos é a sentença, não o nome, que expressa a afirmativa e é ou verdadeira ou falsa.

Esta análise vale para as descrições definitivas enganosas, por exemplo "o atual rei da França". Esta frase nomeia um particular concebível e, além disso, exclusivo. No entanto, se este particular exclusivo não pode ser um objeto perceptual porque não existe um atual rei da França, também são falsas as proposições que tentam qualificar o atual rei da França como careca, gordo ou estúpido. A conjunção – (i) Há um atual rei da França *e* (ii) ele (o atual rei da França) é careca – é falsa porque a primeira proposição é falsa. Mas se a segunda proposição puder ser separada da primeira e se referir a uma pessoa imaginária, ou seja, o atual rei da França imaginado como careca, então a segunda proposição não é falsa. Por si mesma, não faz afirmação existencial, particularmente se a pessoa que profere o juízo se antecipa dizendo: "Não estou afirmando que existe ou não um atual rei da França; apenas estou falando sobre um objeto da minha imaginação". À luz do exposto, deve ficar claro que o que sabemos ser uma descrição definida enganosa não é falsa por si mesma, pois pode ter denotação existencial somente quando desempenha o papel de sujeito numa proposição existencial afirmativa; e somente a última é falsa quando seu termo sujeito é uma descrição definida enganosa.

# CAPÍTULO VI

# DISCURSOS SOBRE OBJETOS DE PERCEPÇÃO, MEMÓRIA E IMAGINAÇÃO

## PREÂMBULO

A preparação estabelecida nos capítulos anteriores me permitirá responder, de forma sucinta, as questões que seria levantadas neste capítulo e no capítulo seguinte.

Neste capítulo nos ocuparemos com questões específicas sobre o uso da linguagem para falarmos de assuntos relativos à percepção, memória e imaginação. No capítulo seguinte, iremos lidar com assuntos relativos ao pensamento conceitual. No primeiro caso, abordaremos o discurso sobre os particulares; já no segundo, o discurso sobre os universais.

Como já apontei anteriormente, o particular nunca é um indivíduo sem classificação ou sem caracterização, mas sempre um exemplar de um tipo ou de vários tipos; universais são sempre presenças implícitas nos objetos particulares de percepção, memória e imaginação; pensamento conceitual é sempre operativo nos atos de percepção, memória e imaginação.

Por outro lado, objetos universais podem ser apreendidos, independentemente da apreensão dos objetos particulares atuais ou possíveis que são ou podem ser instanciados, mesmo porque, podem existir objetos universais incapazes de instanciação.

As questões que iremos abordar aqui são: 1. Nas nossas conversas sobre objetos da percepção também estamos falando mutualmente sobre coisas existentes? 2. Um mesmo objeto do discurso pode ser um objeto perceptual para uma pessoa, um objeto da memória para outra e um objeto imaginado para uma terceira? 3. Podemos falar sobre objetos imaginários que nunca são objetos da percepção ou da memória?

*Questão 1. Nas nossas conversas sobre objetos da percepção também estamos falando mutuamente sobre coisas existentes?*

Na minha resposta à Questão 2 do capítulo V, comecei dizendo que, apenas no caso da percepção, temos uma impressão difusa e quase incorrigível de que aquilo que estamos percebendo é uma coisa que realmente existe e não um objeto que tem existência intencional. Como na resposta desenvolvida para a Questão 2, duas coisas ficaram claras: 1) como a coisa física e o objeto percebido são analiticamente distintos, o objeto perceptual é existencialmente inseparável da coisa física; 2) no âmbito da percepção, os atos de apreensão e juízo, como analiticamente distintos, também são existencialmente inseparáveis.

Considerando o primeiro ponto, é preciso lembrar que a inseparabilidade existencial da coisa física e o objeto perceptual não chegam a ter identidade completa: ambos não são idênticos em todos os aspectos. A inseparabilidade é assimétrica, a existência do objeto perceptual depende da existência da coisa física, e não o contrário. A distinção analítica é uma distinção nos aspectos de um ente singular que tem um modo de ser como coisa física (existência real), e outro como objeto perceptual (existência intencional).

Considerando o segundo ponto, basta lembrar que, embora nomear não seja afirmar, o nome de um objeto perceptual não pode estar separado da constatação de que o objeto nomeado é um ente que também possui uma existência real. O fenômeno anormal da alucinação confirma isso. O paciente com *delirium tremens* julga que aquilo que imagina existe na realidade e, portanto, vê a si mesmo percebendo em vez de apenas imaginando. Em outras palavras, considerar alguém percebendo algo, mesmo quando não está, é atribuir existência real ao ente que é o objeto sendo apreendido. Esse objeto permanece exatamente o mesmo se o juízo que o acompanha é verdadeiro, como no caso normal, ou falso no caso da pessoa que sofre de alucinação.

A pessoa alucinada pode ter a ilusão de estar percebendo algo em vez de imaginando. Porém, isso parece não ocorrer conosco. Mas ainda existe um aspecto em que todos nós sofremos uma ilusão, que é geral e quase incorrigível. Não se refere a vermos o objeto de percepção como um ente que existe na realidade, mas a suprimir a distinção entre a existência intencional do ente como um objeto perceptual e sua existência real como uma coisa física. Quando nos vemos percebendo, somos fortemente persuadidos da existência real do ente que está sendo percebido, e então supomos estar diretamente em contato com uma realidade não objetivada. A ilusão que sofremos é que, quando percebemos o livro que temos nas mãos, nossa percepção, não menos do que nossas mãos, nos coloca em contato direto com a coisa-em-si. A ilusão termina quando se restabelece o objeto perceptual como o modo de existência que o ente que está sendo percebido possui quando, e somente quando, está sendo percebido; então, não se trata da coisa-em-si, mas da coisa como foi apreendida. Mas sempre permanece o caso de que a coisa ao ser apreendida também existe como coisa-em-si, pois sua existência real não depende do fato de ser apreendida.

Segue-se, portanto, que nas nossas conversas sobre objetos de percepção, falamos sobre entes que não são apenas objetos perceptuais, mas também de coisas que realmente existem. Dizer que falamos apenas sobre entes que são objetos perceptuais seria tão errado quanto dizer que estamos falando somente de entes que são coisas que existem realmente. Estamos falando ao mesmo tempo das duas coisas, afinal, elas são aspectos inseparáveis de um ente singular. Contudo, ainda que sejam inseparáveis, são analiticamente distintos. Na maioria das vezes, a nossa tendência é esquecer disso, o que é apenas uma outra maneira de dizer que geralmente persistimos em permitir que a ilusão perceptiva não seja corrigida. No entanto, existem casos excepcionais que nos lembram que o objeto perceptual não é idêntico à coisa física.

Consideremos o caso de dois homens que conversam sobre uma régua que imergiram em um copo com água. Um passa a régua para o outro. A régua, passada de um para o outro é exatamente a mesma coisa física, manuseada fisicamente por ambos. Uma coisa comum para ambos, no âmbito da ação. A régua foi imersa em um copo com água por um deles. Os dois agora conversam sobre a sua aparência e concordam que a régua parece estar torta quando se observa sob as condições ópticas criadas pela imersão. Eles também concordam que a régua retirada do copo com água, ou percebida pelo toque em vez de pela visão, parece estar reta. Finalmente concordam que a aparência da régua fora do copo com água está de acordo com a maneira como a régua realmente existe como uma coisa física, porque (i) eles sabem que ela foi manufaturada para ser uma régua, um instrumento de medida e (ii) sabem que existe uma distorção óptica produzida por certas condições de observação.

Os dois homens engajados na conversa não podem ajudar, a não ser reconhecendo que a régua – o mesmo ente para ambos – tem dois modos de ser analiticamente distintos: por um lado, é uma coisa que existe na realidade; por outro, é um objeto perceptual intencionalmente existente quando é observado no copo com água. Se um dos homens for um cego congênito, a régua torta como um objeto perceptual para um homem com visão pode não ser um objeto perceptual para um homem cego, que, no entanto, escutando a descrição verbal dada a ele, poderá ser capaz de imaginar a regra torta em termos táteis. Com o prosseguimento da conversa, eles certamente reconheceriam que o mesmo ente, a régua, é uma coisa física comum para ambos e também um objeto perceptual para cada um; o mesmo objeto perceptual para ambos pela apreensão tátil, mas não o mesmo objeto perceptual pela apreensão tátil de um e a apreensão visual de outro. Em todo caso, fica claro para os dois homens que é preciso fazer uma distinção analítica entre a régua como uma coisa realmente existente e a régua como um objeto perceptual, sendo a régua o mesmo ente sob dois aspectos.

Quando, no discurso, usamos substantivos próprios ou descrições definitivas que colocarmos em seres particulares no âmbito dos objetos perceptuais, essas palavras ou frases não apenas referem-se ao objeto percebido mas também denota simultaneamente uma coisa existente. Assim como, no âmbito da percepção, os atos de apreensão e juízo, ou de nomear e afirmar, são inseparáveis, embora permaneçam analiticamente distintos, então, pela mesma razão, a significância referencial dos substantivos próprios ou da descrição definida é inseparável de suas denotações existenciais.

No entanto, elas são sempre analiticamente distintas, como podemos notar no caso dos equívocos no uso do que apenas *parece* ser substantivos próprios ou descrições definitivas. Quando notamos esses equívocos, a significância do pseudonome próprio ou da descrição cripto-definitiva permanece inalterada: ainda significam ou referem-se a um objeto apreendido. A descoberta do equívoco deixa a significância referencial inalterada, mas remove a denotação existencial da palavra ou frase. A palavra ou frase em questão ainda nomeia o mesmo objeto, mas a afirmação existencial que acompanha o nomear é agora conhecida por ser falsa, e não verdadeira.

Um nome próprio ou descrição definida sempre significa ou refere-se a um ser particular, não apenas qualquer um de um tipo, mas a este um sozinho. Este ser particular pode ser um objeto de percepção, mas não é necessário que seja. Seres particulares podem ser objetos de memória ou de imaginação – e também de percepção. A questão de saber se um nome próprio ou descrição definida é autêntica ou enganosa (isto é, se tem denotação existencial e também significância referencial; se nomeia um ente que não apenas existe intencionalmente como um objeto apreendido mas também tem ou pode ter existência real) é a questão a ser enfrentada no âmbito da memória e da imaginação, assim como no âmbito da percepção.

Há mais a ser dito sobre este ponto nas respostas às questões 2 e 3. Aqui, desejo apenas chamar a atenção para a significância especial dos pronomes demonstrativos "isto" e "aquilo". Quando eles ocorrem nas descrições definitivas como, por exemplo, "esta cadeira na qual estou sentando agora" ou "aquela mesa ali, que estou apontando agora", assim construídas, essas descrições definitivas sempre se referem a objetos perceptuais, nunca a objetos da memória ou imaginação. É equivalente a dizer que o uso de "isto" e "aquilo", acompanhado por uma ação física da parte do usuário, como sentar-se ou apontar, sempre combina denotação existencial com significância referencial. O objeto perceptual referido também é sempre um ente que realmente existe aqui e agora; a nomeação do objeto com uma frase descritiva é inseparável da atribuição da real existência do ente que é um objeto perceptual.

*

Questão 2. *Um objeto singular do discurso pode ser um objeto perceptual para uma pessoa, um objeto de lembrança para outra e um objeto imaginado para uma terceira?*

Para responder a esta questão, é necessário esclarecer dois pontos. O primeiro é que as ideias que são produtos de atos da percepção, lembrança e imaginação devem ser distintas no que se refere ao caráter e aos próprios atos. Um percepto não é uma memória, uma imagem não é um percepto, e assim por diante. Portanto, a questão pode ser reformulada da seguinte maneira: podem ideias tão distintas em caráter, como um percepto, uma memória e uma imagem presentes na mente de três pessoas como um mesmo objeto, de modo que as palavras que usam numa conversa refiram-se a um objeto, ser comum a todos eles?

O segundo ponto assume uma resposta afirmativa para essa questão reformulada e ainda pergunta se o objeto que é de percepção para uma pessoa, de memória para a segunda e de imaginação para a terceira também é um ente que existe na realidade. Obviamente que não pode ser um objeto de percepção autêntico se não existir de fato; mas sabemos que um objeto de memória ou de imaginação pode ser um ente que não existe na realidade. No entanto, a menos que o objeto seja um objeto comum na conversa das três pessoas – cada um apreendendo-o de maneira diferente – também seja um ente que existe na realidade, essa conversa não poderia ocorrer, uma vez que uma das três pessoas está apreendendo esse objeto de forma perceptiva.

Um exemplo é suficiente para sustentar uma resposta afirmativa para a questão que agora temos bem elaborada. A coisa física em questão pode ser o papel de parede do quarto de uma mulher. Ela está sentada na cama olhando para o papel de parede enquanto fala com seu marido. Para ela, o papel de parede é um objeto perceptual; para ele, um objeto de lembrança. Embora a mulher e seu marido estejam operando com ideias que não são apenas numericamente distintas mas também distintas em caráter (ela um percepto; ele uma memória), as duas ideias podem ser a mesma em intenção e, portanto, apresentar o mesmo objeto para a mente deles. Além disso, se ambos estão apreendendo o mesmo objeto, embora por modos de apreensão diferentes, então, também deve seguir que o objeto que o marido está lembrando deve ser um ente que existe na realidade, desde que o mesmo objeto seja o que a sua mulher está percebendo. Se o objeto não fosse um ente que existe na realidade, ela não poderia percebê-lo. Então, até agora, podemos dizer que o papel de parede tem dois modos de existência: a real, na parede; e a intencional, tanto como perceptual quanto como um objeto da lembrança.

Mais tarde a mulher telefona a uma amiga para lhe pedir uma opinião sobre colocar o mesmo papel de parede no quarto de hóspedes. A amiga diz a ela que nunca viu o papel de parede em questão. Ela diz que é igual ao que a amiga tem na parede do seu quarto, mudando apenas a cor das listras, que são vermelhas no fundo branco, em vez de azuis. Nesse momento a amiga diz que consegue imaginar o papel de parede e recomenda colocá-lo no quarto de hóspedes.

Para a amiga, o papel de parede não é nem um objeto percebido nem um objeto de lembrança, mas um objeto imaginado. Embora uma imagem seja diferente de um percepto ou de uma memória, ela pode ser a mesma em intenção, sendo capaz de apresentar, para a mente da amiga, o mesmo objeto que está presente para a mulher por meio da percepção, e ao seu marido por meio da memória. Isto é, portanto, o mesmo objeto de discurso para todos os três. Além disso, por ser um objeto de percepção para um deles, aquilo que é comum para todos eles, embora apreendido de forma diferente, deve ser um ente que também tem existência física na parede do quarto. Isso equivale dizer que é perfeitamente possível não apenas lembrar mas também imaginar um objeto que é um ente que também existe na realidade.

Se duas pessoas estão falando de um objeto que compartilham a memória, um objeto de imaginação para ambos ou um objeto de memória para um e de imaginação para outro, fica difícil sabermos se este objeto comum é um ente que pode existir, que já existiu ou ainda pode existir na realidade.

Primeiro vamos considerar o caso de duas pessoas que se lembram de um mesmo objeto que pode ser um ente que existe agora na realidade e, por isso, é passível de ser percebido por uma terceira pessoa. Se essa terceira pessoa não participa da conversa sobre o que, a princípio, parece ser um objeto comum da memória, temos de ter duas precauções. A primeira é que eles devem fazer um esforço discursivo para ter certeza de que suas memórias numericamente distintas são iguais em intenção, tendo como resultado o fato de que o objeto que cada um está lembrando está presente a eles como um objeto comum sobre o qual eles podem falar. Podem fazer isso simplesmente perguntando, um ao outro, sobre o objeto que está sendo lembrado, até terem razoável segurança de que se referem ao mesmo objeto. A segunda precaução é que não devem ser precipitados em julgar se o objeto lembrado é um ente que de fato existe agora, ou já existiu um dia e deixou de existir. Estar seguros de que se lembram do mesmo objeto dificilmente garante que o objeto lembrado é um ente que tem ou teve existência real. Ambos poderiam estar totalmente enganados neste ponto, ou estarem errados em algum aspecto.

Se não estão enganados ou errados, e se o objeto de que ambos estão se lembrando é um ente que existiu mas não existe mais, podemos dizer que o mesmo ente tem existência intencional como um objeto apreendido, e existência real como coisa? A resposta deve ser negativa, já que sabemos que o objeto lembrado é um ente que não existe mais. No entanto, uma vez realmente existiu. O fato de seus dois modelos de existência *não serem simultâneos*, como no caso da percepção, não alteram o princípio fundamental. No caso da percepção, o objeto perceptual é um ente que tem, ao mesmo tempo, existência intencional e existência real. Ou seja, existe na realidade ao mesmo tempo que está sendo percebido; enquanto que no caso da memória, o objeto lembrado pode ser um ente que tem existência real num momento anterior, mas agora não possui, e tem agora somente existência intencional para aqueles que se lembram dele.

Isso também se aplica no caso de duas pessoas que estão imaginando o mesmo objeto. Eles devem ter a mesma precaução para assegurar que o objeto que cada um está imaginando é comum para ambos; e para saber se esse objeto comum é um ente que também pode ter existência real em algum momento no futuro. Tal discussão pode ocorrer, por exemplo, sobre uma invenção que eles estão imaginando em conjunto. Se concordarem com o julgamento de que a peça específica do aparelho que inventaram com a imaginação é um objeto imaginado que também é capaz de ter existência real no futuro, o princípio já estabelecido se aplica; ou seja, que um ente que tem agora apenas existência intencional como objeto de imaginação pode, em algum momento, também ter existência real como coisa física.

O caso de uma conversa entre duas pessoas sobre um objeto que uma delas está lembrando e a outra imaginando não suscita novas considerações. As mesmas precauções são necessárias; o mesmo princípio se aplica.

*

*Questão 3. Podemos discursar sobre objetos imaginários que nunca são objetos de percepção ou memória?*

O poder da imaginação não é limitado a criar objetos com base em entes que existiram, existem ou podem existir na realidade. Pode construir e produzir objetos que ninguém pode lembrar ou perceber porque são entes que não existiram, não existem nem podem existir. Vamos chamá-los de "objetos imaginários" para distingui-los de objetos imaginados, incluindo não apenas objetos como o papel de parede que uma pessoa percebe, outra se lembra e uma terceira imagina, mas também o aparelho imaginado que terá existência real no futuro, quando for produzido pelo seu inventor.

Objetos imaginários, que também podemos chamar de "ficções da imaginação", são entes que têm somente um modo de existência – intencional. Isso por si só não os impede de ser objetos comuns do discurso. O que é um objeto imaginário para uma pessoa pode ser também para outra, se o poder da descrição verbal é capaz de despertar no outro os atos construtivos de imaginação necessários para produzir tal objeto. A única pessoa para quem o objeto imaginário é um objeto de conhecimento, em vez de um objeto de descrição, é o seu autor – a pessoa cuja imaginação originalmente construiu o objeto imaginário. Ninguém dependerá mais da descrição verbal do autor do objeto imaginário para produzi-lo para si mesmo; e quando produzido, será um objeto de descrição, em vez de um objeto de conhecimento.

Primeiro vamos considerar um exemplo que cheguei a mencionar em outra conexão – o caso do paciente que sofre de *delirium tremens* e tem alucinações de que tem um elefante rosa ou um tigre roxo no canto da sala. O psiquiatra ouve o paciente descrever o objeto imaginário produzido involuntariamente pela alucinação. Dependendo da vivacidade e dos detalhes da descrição, o psiquiatra pode ser capaz de compor o mesmo objeto imaginário ou um bem parecido, suficiente para possibilitar uma conversa com o paciente sobre o elefante rosa ou o tigre roxo. Claro que a conversa não pode ir além da referência a esta ou aquela característica do objeto imaginário sobre o qual estão conversando. Enquanto durar a alucinação, o psiquiatra não poderá ser capaz de convencer o paciente que o elefante rosa e o tigre roxo são apenas objetos imaginários e não objetos perceptuais.

De todas as artes criativas, somente a literatura, porque a linguagem é o seu meio, produz objetos imaginários ou ficções da imaginação que podem ser comunicadas de forma descritiva. O poeta, o romancista ou o dramaturgo descrevem um personagem fictício que é produto da imaginação (Capitão Ahab, por exemplo, em *Moby Dick*, ou então a própria baleia branca); ou um lugar (o imponente domo de prazer do Kubla Kahn em Xanadu)[1] que sua imaginação produziu. Dependendo dos poderes da imaginação e da assiduidade de seus esforços, os leitores do seu trabalho poderão ser capazes de produzir por si próprios os mesmos objetos imaginários, ou pelo menos aproximar-se bastante deles, o que é suficiente para os propósitos de uma conversa.

Essa conversa ocorre, de várias formas, sempre que os seres humanos falam entre si sobre livros que leram. O fato de o Capitão Ahab e a peculiar baleia branca não existirem, e de que nem existirão, não impede que as pessoas falem sobre eles como objetos de referência, assim como falam do atual presidente dos Estados Unidos, ou sobre Abraham Lincoln ou do cavalo branco que George Washington montava, cruzando Delaware pelo Vale Forge. Se fosse impossível para as pessoas conversarem sobre objetos imaginários produzidos inicialmente por poetas e escritores de ficção, alguém seria forçado a uma conclusão contrafactual[2] de que um professor de literatura e seus alunos não podem se envolver numa discussão de uma obra que todos tenham lido. Basta pensar nas inúmeras horas dedicadas por alunos, professores, críticos literários e outros tantos na discussão sobre as personagens e ações de Hamlet, de Shakespeare, para descartar como absurda até mesmo a menor sugestão de que objetos imaginários não podem ser objetos do discurso comum.

---

[1] Poema de Samuel Taylor Coleridge. (N. T.)

[2] O discurso modal refere-se a formas alternativas de como as coisas podem ser; na modalidade contrafactual, diz respeito ao que não é, mas poderia ter ou teria sido em situações diversas e específicas que não ocorreram, mas que poderiam ter ocorrido. (N. T)

A menção a Hamlet, de Shakespeare, levanta para nós uma última questão sobre os objetos no âmbito do imaginário. Alguns deles, como as ficções da mitologia (por exemplo, Cérbero ou Caronte), carregam substantivos próprios que não aparecem nas páginas da história, mas alguns, como Hamlet e Júlio César, aparecem nas peças de Shakespeare e também em escritos que normalmente não são vistos como ficcionais. O nome próprio "Hamlet" pode ser usado para se referir não apenas ao personagem criado por Shakespeare, mas também para o que pode ser visto como o seu protótipo na *Historiae Danicae*, de Saxão Gramático, um historiador dinamarquês do século XII. Além disso, se o relato de Saxão Gramático é confiável, "Hamlet" foi o nome próprio de um príncipe da Dinamarca que viveu numa certa época e se envolveu num regicídio com usurpação de poder, incesto, estupro e tudo o mais.

Também "Júlio César", como um nome próprio, refere-se pelo menos a três diferentes objetos: (i) o protagonista da peça de Shakespeare, (ii) uma figura histórica descrita por Plutarco em *Vida dos Homens Ilustres* e (iii) o general romano que viveu em certa época, que conquistou a Gália, escreveu a história de suas batalhas, cruzou o Rubicão, etc.

Substantivos próprios, como "Hamlet" e "Júlio César", usados de maneira triplicada como vimos acima, referem-se a um ou três objetos singulares? O fato de que a mesma palavra está sendo usada como um nome próprio em todos os três casos não nos dá uma resposta. As mesmas palavras, funcionando como substantivos próprios, são frequentemente em uma lista telefônica, e sabemos que denotam pessoas reais diferentes, pelo fato de que, existem diferentes endereços e números de telefones designados a cada um dos setenta e cinco John Smith que encontramos listados. Assim como usamos um endereço conhecido para selecionar o John Smith certo para quem desejamos ligar, devemos usar a descrição definida para identificar um objeto específico do qual desejamos falar quando o nome próprio desse objeto é também capaz de ser usado por outros bastante distintos e singulares.

Se desejamos falar sobre o caráter e as ações de Júlio César como retratadas na peça de Shakespeare, devemos identificar o objeto imaginário do nosso discurso pela descrição definida como "o personagem que tem esse nome numa peça de Shakespeare com o título, '*Júlio César*', que foi encenada pela primeira vez numa certa data, etc.". É certo que haveria confusão se uma das pessoas, na conversa, usasse Júlio César como nome próprio para se referir ao personagem de Shakespeare, e outra para se referir ao personagem histórico descrito por Plutarco. Podem chegar ao ponto de fazerem afirmações contraditórias sobre um objeto aparentemente comum da conversa, até descobrirem que não têm um objeto comum, mas estão, na verdade, falando de objetos diferentes – que são semelhantes em alguns aspectos, mas bem diferentes em outros.

Não há dúvidas de que o *Júlio César* de Shakespeare é um objeto imaginário do discurso. O fato de haver certas semelhanças entre o *Júlio César* de Shakespeare e o de Plutarco, e também o *Júlio César* de Plutarco com o Júlio César de Roma, que foi general, cônsul e ditador nos anos 49 a.C. e 44 a.C., não altera o *status* da invenção de Shakespeare. Seu Júlio César é uma ficção da imaginação tal como Cérbero e Caronte. Mas diante desse argumento podemos chegar à mesma conclusão sobre o *Júlio César* de Plutarco – e, portanto, sobre todas as personalidades históricas descritas por historiadores e biógrafos?

Existe a mesma diferença entre o Júlio César de Roma e o de Plutarco, assim como entre o Júlio César de Roma e o de Shakespeare. Se acreditamos que um homem específico, chamado Júlio César, que na realidade viveu em Roma em certa época, realizou certas ações e ocupou certos cargos, então também acreditamos que o Júlio César de Roma já foi um objeto de percepção. Outros homens se relacionavam diretamente com ele, e o objeto com o qual se relacionavam também era um ente com existência real. Mas o *Júlio César* de Plutarco, assim como o de Shakespeare, só pode ser apreendido pela descrição, nunca por conhecimento. Em certa medida, são parecidos com objetos imaginários – ficções da imaginação. No entanto, são também parecidos com Capitão Ahab do *Moby Dick*, de Melville, ou com Raskolnikov de *Crime e Castigo*, de Dostoiévski, embora sejam ficções da imaginação e não tenham protótipos em personagens históricos, enquanto o *Júlio César* de Shakespeare e o de Plutarco têm.

Levantando este último ponto, passo da consideração do caráter dos objetos apreendidos para o estado do nosso conhecimento sobre os objetos em questão. Visto estritamente como objetos de apreensão, a mitologia grega de Cérbero e Caronte, o *Júlio César* de Plutarco e de Shakespeare, O Capitão Ahab de Melville e o Raskolnikov de Dostoiévski são todos objetos imaginários – ficções da imaginação. Nenhum, precisamente como descrito, jamais foi ou pode ser um objeto de percepção. Mas afirmamos, por uma questão de conhecimento histórico, que houve um personagem histórico específico com o nome próprio de "Júlio César", que foi um objeto de percepção em certa época na cidade de Roma. Por outro lado, não afirmamos, por uma questão de conhecimento histórico, que alguma vez existiram personagens como Capitão Ahab ou Rascolnikov. Aí está a diferença entre os dois tipos de objeto imaginário. Não é uma diferença no objeto como apreendido, mas no juízo que fazemos sobre eles. Por exemplo: o *Júlio César* de Shakespeare parece, em certos aspectos, com o *Júlio César* de Plutarco; e nesses pontos de semelhança incluem-se características que a melhor evidência histórica disponível estabeleceu como questões de fato.

Uma outra diferença entre o poeta e o historiador pode ser notada. Shakespeare inventou um personagem dramático a quem deu o nome de "Júlio César", e a quem retratou de uma forma definida. Entendendo o seu trabalho como poesia em vez de história, Shakespeare jamais fez afirmações existenciais sobre seu *Júlio César*, nem ofereceu alguma evidência para sustentar a verdade das afirmações feitas sobre ele. Na sua peça, o nome próprio "Júlio César" tem apenas significado referencial, não denotação existencial: funciona apenas para significar uma ficção da imaginação do poeta. Mas Plutarco, quando escreveu sobre a vida de Júlio César, ofereceu evidência de verdade para as afirmações de fatos históricos sobre o homem de quem estava escrevendo uma biografia. E ainda, explícita ou efetivamente, Plutarco fez afirmações existenciais sobre Júlio César. Além disso, na biografia escrita por Plutarco, o nome próprio "Júlio César" significa um objeto simbólico e imaginário construído por Plutarco, mas não meramente uma ficção da sua imaginação; e uma denotação existencial quando é usado como sujeito nas proposições, tendo o sentido existencial que Plutarco afirma.

Não houve dificuldade em mostrar que objetos imaginários podem ser objetos comuns do discurso. No entanto, durante o estabelecimento desse ponto, descobrimos certas dificuldades que precisam ser superadas no discurso sobre tais objetos, particularmente naqueles casos em que se usa a mesma palavra ou conjunto de palavras como um nome próprio para um número de objetos imaginários diferentes, tanto para um objeto imaginário quanto para um objeto que já foi objeto de percepção.

# CAPÍTULO VII

# DISCURSO SOBRE OBJETOS DO PENSAMENTO

## PREÂMBULO

A resposta à Questão 1 do capítulo IV enumera os postulados requeridos para a solução do problema do significado. Junto a eles estava a distinção entre atos de percepção, memória e imaginação de um lado, e atos de concepção, entendimento e pensamento de outro. Os objetos apreendidos pelos atos do primeiro tipo são todos particulares; já os apreendidos pelos atos do segundo tipo são universais – tipos ou classes em que particulares participam como membros, ou dos quais são exemplos.

A solução geral do problema de significado implica a imposição voluntária de notações sem significação sobre objetos apreendidos por atos da mente, com o resultado de que as notações sem significação adquirem significância referencial e, assim, tornam-se palavras nominativas que simbolizam objetos sobre os quais foram impostas ou a eles se referem. Se os objetos que são os referentes de palavras nominativas fossem todos do mesmo tipo, seria impossível explicar a diferença entre a significância referencial dos substantivos próprios e descrições definidas de um lado, e substantivos comuns ou gerais e descrições indefinidas de outro.

A consideração mais superficial do discurso comum revelará que os homens usam substantivos próprios ou descrições definidas para se referir a características específicas, não apenas de um de cada tipo, mas de um único específico. Por outro lado, substantivos comuns ou descrições indefinidas são usados para se referir a tipos ou classes – universais. Por isso a razão apresentada para distinguir (i) os objetos de percepção, memória e imaginação e (ii) os objetos de concepção, entendimento ou pensamento era indispensável para explicar a diferença na significância referencial dos (i) substantivos próprios e dos (ii) substantivos comuns. A distinção postulada era estritamente *a posteriori*, isto é, feita somente com o propósito de explicar o que exige explicação, e não feita por motivos independentes de qualquer consideração do fenômeno da linguagem e do discurso humano.

A distinção postulada, no entanto, é negada por filósofos que consideram a linguagem como um compromisso definido com uma visão oposta da mente humana – que a veem como mais homogênea em caráter, todas essas ideias ou objetos apreendidos são particulares de um tipo ou de outro: particulares percebidos, particulares lembrados, particulares imaginados. Os filósofos que fazem esse comprometimento antecipado então ocupam-se de examinar a linguagem e o discurso humano para tentar explicar o significado dos nomes comuns ou gerais sem apelarem às ideias universais ou objetos como os referentes dessas palavras. Se eles pudessem ter sucesso nesse esforço, nossa posição neste assunto poderia ser refutada, pois seria demonstrado que não é necessário postular a distinção entre atos da mente que apreendem objetos particulares e atos da mente que apreendem objetos universais a fim de explicar a diferença entre a significância referencial dos substantivos próprios e dos comuns.

No extremo oposto, outros filósofos têm defendido a visão de que a própria realidade é dividida em dois âmbitos – o do sensível ou particulares perceptíveis de um lado, e o dos universais inteligíveis de outro. É difícil determinar se os que defendem essa visão o fazem totalmente à parte da consideração da linguagem e do discurso humano. Em qualquer caso, essa visão – se do ponto de vista da filosofia da linguagem isso se dá *a posteriori* ou *a priori* – parecia fornecer uma explicação alternativa da diferença na significância referencial entre os substantivos próprios e os comuns. Portanto, deve ser considerado em relação à posição que mantemos nesse assunto.

Essas visões alternativas serão consideradas nas respostas às questões 1 e 2. Uma terceira alternativa que pode ser mencionada não precisa ser levada em consideração, pois implica uma solução proposta para o problema do significado que já se mostrou insustentável – que notações sem significação adquirem significância referencial impostas por um indivíduo com base em suas ideias subjetivas (ver Capítulo III, questão 3). Já que os filósofos que têm essa visão do assunto não podem explicar o uso comunicativo da linguagem, não precisamos considerar sua teoria de significância referencial de nomes comuns ou gerais, de que eles se referem às ideias gerais ou – como chamam às vezes – abstratas. Isto não é negar que exista uma diferença entre (i) ideias produzidas por atos de percepção, memória ou imaginação e (ii) ideias produzidas por atos de concepção, entendimento ou pensamento; essa diferença pode ser medida com base na diferença entre seus objetos – (i) objetos particulares, por um lado, e (ii) objetos universais, por outro. Deve haver essa diferença; mas não é a diferença entre perceptos e conceitos que explica a diferença entre substantivos próprios e comuns, mas a diferença entre objetos perceptuais e conceituais.

Com a rejeição das soluções alternativas desenvolvidas nas questões 1 e 2, passarei a abordar outros problemas relativos a objetos do pensamento como objetos de discurso. Tratarei desses problemas na seguinte ordem: 1. O significado de um nome comum pode ser explicado de outra maneira que não seja por um objeto universal do pensamento como o seu referente? 2. Os objetos de pensamento são entes que também têm existência real? 3. Todos os objetos do pensamento podem ser instanciados por particulares percebidos ou perceptíveis? 4. Como duas ou mais pessoas podem se assegurar de que o objeto conceitual significado substantivo comum que estão usando é o mesmo objeto para todas elas?

*

*Questão 1. O significado de um nome comum pode ser explicado de outra maneira que não seja por um objeto universal do pensamento como seu referente?*

Já deixei suficientemente claro que o significado de um nome próprio (ou seu equivalente, uma descrição definida) reside na sua referência, não apenas a um particular – qualquer um de um número ou variedade de particulares –, mas para um único que podemos chamar de particular específico para enfatizar sua singularidade. Essa é a significância referencial que cada pessoa tem no seu próprio nome, dos substantivos próprios de seus parentes e amigos e daqueles substantivos próprios como "Júlio César" e "Hamlet", ou de descrições definidas como "o presidente em exercício dos Estados Unidos em 1943" ou "a cadeira na qual estou sentado agora".

Como mostrarei na resposta às Questões 3 e 4, nomes comuns se dividem de várias maneiras: (i) alguns, como "homem", "cachorro", "árvore" ou "cadeira" significam tipos ou classes que podem ser diretamente instanciados por objetos perceptuais; (ii) outros, como "justiça", "liberdade", "méson" e "infinito" significam objetos universais que não podem ser instanciados da mesma forma; e (iii) há os que, como "centauro" e "sereia", significam tipos ou classes que jamais podem ser instanciados. Os objetos significados ou referidos por esses diferentes tipos de nome comum são igualmente objetos do discurso – objetos sobre os quais os homens falam entre si, concordando ou discordando sobre eles de várias maneiras.

Para nossos propósitos, será melhor concentrar nossa atenção nos substantivos próprios do primeiro tipo, pois é com relação a eles que o argumento relativo a explicações alternativas de sua significância referencial pode ser mais bem esclarecido. No discurso habitual, um nome comum como "homem", "cachorro" ou "cadeira" é usado de duas maneiras: (i) na presença de um homem, cachorro ou cadeira particular como um objeto perceptual; e (ii) quando nenhum exemplo particular está sendo porcentualmente apreendido. Quando dizemos "eu vejo um homem descendo a rua", estamos usando o nome comum "homem" da primeira maneira; quando dizemos "homens diferem tanto em inteligência quanto em altura", estamos usando a forma plural da palavra "homem" da segunda maneira.

A mesma distinção é feita para descrições indefinidas. Na afirmação: "eu vejo um cachorro que parece um *poodle* descendo a rua", a descrição indefinida "um cachorro que parece um *poodle*" está sendo usada na primeira maneira para simbolizar um particular de certo tipo que foi percebido. Na afirmação "*poodle* é uma raça de cachorro que não solta pelos", a descrição indefinida "raça de cachorro que não solta pelos" está sendo usada na segunda maneira para simbolizar um tipo de cachorro, mas sem se referir a um particular percebido.

Como os filósofos que negam que a mente humana apreende objetos universais por seus atos de pensamento conceitual fazem para explicar a significância referencial dos nomes comuns ou descrições indefinidas, considerando agora apenas os nomes comuns do primeiro tipo e somente como usados na primeira maneira para designar os particulares percebidos? Os filósofos em questão admitem a distinção entre substantivos próprios e comuns, às vezes chamando este último de "nomes gerais" para indicar que se aplicam a mais de um único particular. Admitem que palavras como "cachorro" ou "*poodle*" se aplicam a um total de particulares percebidos; mas negam que a palavra inclui entre seus componentes quaisquer entes que podem ser caracterizados como universais em vez de individuais singulares; e também negam que, entre as ideias da mente ou seus objetos, existe algum que pode ser caracterizado como geral ou universal em vez de particular. Se o contraste entre uma ideia geral e uma particular é declarado numa diferença entre ideias abstratas e não abstratas, esses filósofos negam a existência de ideias abstratas; se é declarada numa grande diferença entre conceitos, por um lado, e por perceptos e imagens por outro, eles negam que tal diferença existe. Como, então, eles podem explicar a significância referencial de palavras como "cachorro", quando ela é usada na afirmação "eu vejo um cachorro descendo a rua"?

A explicação oferecida por tais filósofos é a seguinte: dizem que o nome comum, como "cachorro", é um nome geral, ou um nome que é geral na sua referência, porque aplicamos isso indiferentemente a qualquer um do total de particulares, isto é, sem discriminação entre esse particular e aquele que tornaria a palavra "cachorro" inaplicável para ambos. Eles asseguram que a significância geral da palavra "cachorro" é tal que posso usá-la hoje quando vejo um *poodle* descendo a rua, e amanhã quando vir um *yorkshire* descendo a rua. Nas duas ocasiões posso dizer "Eu vi um cachorro descendo a rua". Se em ambas as ocasiões outra pessoa está presente e ouve minha afirmação, mas não está olhando na mesma direção, iria entender que estou me referindo a um cachorro particular, mas se não olhar não saberá se estou falando do mesmo cachorro de ontem ou de um cachorro diferente. Ambas são possíveis.

A explicação oferecida, após um exame, reduz à afirmação de que um nome comum ou geral é aquele que pode ser aplicado a dois ou mais indivíduos que, em certo aspecto, são iguais (e não diferentes), ou têm alguma característica ou características em comum. É claro que fazer essa afirmação equivale a reconhecer que duas ou mais instâncias perceptuais às quais um nome comum pode ser aplicado são chamadas impropriamente de "individuais". Individuais são particulares, cada um único ou singular, no entanto cada um particular na medida em que tem algo em comum com os outros particulares aos quais se aplicam os nomes comuns ou gerais. Se todos esses particulares não tivessem algo em comum, nem fossem os mesmos em certos aspectos, então, o mesmo nome comum ou geral não poderia ser corretamente aplicado a todos eles *indiferentemente*, como insistem os filósofos que adotam esse ponto de vista.

Se, neste ponto, os filósofos em questão negarem que dois ou mais entes (que sejam chamados por eles de "individuais" ou "singulares") podem ser iguais em algum aspecto, ou ter algo em comum, então, a única explicação que têm a oferecer pode tornar-se inválida, e não teríamos mais nenhuma explicação.

Vamos supor que os filósofos em questão não cheguem ao extremo de negar que dois entes podem ter algo em comum ou serem iguais em algum aspecto. Seríamos obrigados a perguntar a eles se somos capazes de apreender os aspectos nos quais são iguais. Se responderem de forma negativa, novamente invalidarão por completo suas próprias explicações sobre o significado dos nomes comuns como aplicáveis a duas ou mais coisas *indiferentemente* (isto é, em relação a algum ponto em que não são *diferentes*); pois se não podemos apreender nenhum aspecto em que duas ou mais coisas são iguais, não podemos aplicar o mesmo nome para elas indiferentemente. A única alternativa que resta a esses filósofos é uma resposta afirmativa para a questão: somos capazes de apreender o que é comum a dois ou mais entes ou de apreender aspectos nos quais eles são iguais?

Os filósofos em questão darem essa resposta de modo afirmativo, porque, caso contrário, eles terão de admitir que não têm explicação a oferecer, equivale a uma refutação de suas posições originais. Afirmar que o que é comum a um ou mais entes – ou o que têm de igual – pode ser apreendido, é postular um objeto de apreensão que é bem distinto do objeto apreendido quando percebemos esse ou aquele singular particular como tal. Mas isso é precisamente a posição que defendemos ser a solução correta do problema; ou seja, que existem objetos de apreensão que não sejam particulares percebidos. No entanto, é precisamente isso que os filósofos em questão inicialmente negaram ao afirmar que não existe nada geral no mundo, exceto palavras.

Tenho considerado o único uso de nomes comuns que parece mais fácil explicar – em que eles são aplicados para perceber particulares que são, indiferentemente, exemplos de certo tipo ou classe de entes. Se os filósofos em questão não podem explicar esse uso de nomes comuns sem refutarem-se a si mesmos, *a fortiori*, ficará mais difícil quando enfrentarem o problema da explicação do uso dos nomes comuns para simbolizar tipos ou classes bem distantes dos particulares percebidos, e mais ainda quando a referência é a tipos ou classes que não têm ou não podem ter instâncias perceptuais.

Antes de deixar a análise da posição que considero insustentável numa filosofia da linguagem que pretende explicar o significado das palavras, quero comentar brevemente a estranha persistência de uma visão filosófica que é claramente autorrefutável. Num capítulo anterior chamei a atenção para o erro persistente no pensamento moderno de considerar tanto as ideias como seus objetos como representações da realidade – de coisas como elas realmente existem em total independência da mente humana (ver Capítulo IV, Questões 3 e 4). Em vista das desastrosas consequências às quais este erro leva, é difícil entender o porquê de se insistir no erro. Mas é ainda mais difícil entender a persistência na visão errada de que não existe nada geral no mundo, exceto palavras. Tal visão, que tem origem na Idade Média, ressurgiu nos tempos modernos e tornou-se uma visão predominante, apesar do fato de, examinando-a com atenção, ela se revelar autorrefutável.

Uma observação adicional é relevante. A visão que tem sido rejeitada como insustentável não se origina em uma filosofia da linguagem que toma a explicação do significado como seu problema principal. Origina-se no contexto das doutrinas ontológicas e psicológicas que são elaboradas à parte das considerações sobre a linguagem. Assim, a reflexão sobre a linguagem é realizada à luz desses compromissos ontológicos e psicológicos prévios, cujos resultados só podem ser descritos como arbitrários. Consideramos que se esses compromissos ontológicos e psicológicos prévios tivessem sido evitados, e se a questão sobre as ideias universais (isto é, conceitos) – ou sobre os objetos universais apreendidos por tais ideias – fosse inicialmente levantada no contexto de uma filosofia da linguagem, o resultado seria a visão apontada aqui, ou seja, que objetos universais, apreendidos conceitualmente, devem ser postulados exclusivamente para explicar a significância referencial dos nomes comuns.

Este último ponto que mencionamos tem relação direta com outra visão alternativa que devemos considerar: a de que entes universais inteligíveis (às vezes chamados de "ideias" ou "formas" autossubsistentes) existem na realidade, como um campo distinto daquele dos particulares percebidos que também são entes que existem na realidade. Ou (i) essa visão é desenvolvida no contexto de uma filosofia da linguagem e, portanto, com um postulado *a posteriori* necessário para explicar o significado dos nomes comuns; ou (ii) é desenvolvida como uma doutrina ontológica à parte das considerações sobre a linguagem e o significado das palavras.

Observado de ambos os modos, é altamente questionável, embora não seja autorrefutável. Mas se examinarmos o primeiro modo, é questionável porque viola o princípio da parcimônia: *postula mais que o necessário* para a solução do problema do significado dos nomes comuns. A postulação de objetos universais de pensamento como referentes de tais palavras é suficiente para esse propósito. O postulado adicional da real existência dos entes universais, portanto, não pode ser justificado nesse contexto; e por isso é altamente questionado.

Já no segundo modo, como uma doutrina ontológica independente da consideração da linguagem e do significado, é questionável por causa das suas consequências psicológicas. Se entes perceptíveis que existem na realidade são as causas dos atos de percepção pelos quais apreendemos esses mesmos entes como objetos perceptuais, então não deveria ser o caso de esses entes perceptíveis que existem na realidade serem as causas dos atos de entendimento ou pensamento pelos quais apreendemos esses entes como objetos conceituais? Por que, do contrário, fazemos nossos atos de pensamento conceitual parecerem dependentes de nossa experiência de objetos perceptuais, da memória que temos deles, e até mesmo da imaginação? Por que, além disso, no caso dos mais simples nomes comuns, como "homem", "cachorro" ou "árvore", eles parecem adquirir significância referencial primeiramente por serem aplicados a um número de particulares percebidos, entendidos como pertencente a um único tipo, em vez de pertencentes diretamente a um tipo universal que de fato existe por si só?

Quando digo que a doutrina filosófica analisada é altamente questionável, estou apenas dizendo que as perguntas anteriores são extremamente difíceis de responder – no caso de serem, de fato, passíveis de resposta. Além disso, suponho que essa doutrina filosófica questionável nunca teria se originado se não fosse pelo significado geral ou universal dos nomes comuns, especialmente palavras como "justiça", "verdade", "ser" e "bem". Se esse é o caso, historicamente, então, nosso primeiro argumento contra a teoria das ideias ou formas autossubsistentes torna-se mais sólido. A teoria afirma a existência do âmbito dos entes que não necessitam ser postulados para explicar o significado de tais palavras, ou de quaisquer outros nomes comuns que simbolizam objetos comuns do discurso humano.

Se rejeitarmos uma teoria alternativa como insustentável porque é autorrefutável, outra (que postula as próprias ideias abstratas do indivíduo como referentes dos nomes comuns que ele usa) como incapaz de explicar o uso comunicativo da linguagem e permanecer uma terceira alternativa, apenas considerada como injustificada ou altamente questionável, restar-nos-á a única solução para o problema que pode ser observado como sustentável por si mesmo, e também capaz de explicar como os homens usam nomes comuns para conversarem entre si sobre objetos do pensamento. Essa solução consiste em afirmar que objetos universais apreendidos pelo pensamento conceitual são referentes dos nomes comuns.

*

*Questão 2. Os objetos de pensamento são entes que também têm existência real?*

Tendo rejeitado a visão de que a realidade contém um âmbito de entes universais autossubsistentes, assim como um âmbito de coisas individuais, devemos perguntar: existe alguma outra maneira em que os objetos universais do pensamento, aos quais nossos nomes comuns se referem, podem ter um fundamento na realidade? Os entes conceituais universais, ao contrário dos objetos perceptuais, são entes que existem somente intencionalmente como objetos de apreensão?

Já sabemos que particulares perceptuais são entes que existem simultaneamente como coisas e como objetos apreendidos – ou seja, realmente e intencionalmente. Muitos dos objetos de que nos lembramos são entes que não existem mais na realidade, mas já existiram. Imaginamos objetos que são entes que não existem e às vezes nem sequer podem existir. Em todos esses casos, a existência intencional do objeto apreendido, de alguma maneira, basta para explicar a significância referencial das palavras nominativas e para o uso comunicativo da linguagem. No entanto, porque não é suficiente para afirmar a existência intencional dos objetos universais apreendidos pelo pensamento conceitual? E qual o motivo de uma preocupação adicional por sua relação com a realidade, ou seja, sua relação com as coisas no âmbito das existências reais?

Essa preocupação adicional concentra-se nos atos de conhecimento que envolvem objetos universais. As proposições existenciais que afirmamos ou negamos não consistem exclusivamente em afirmações em que os termos dos assuntos são expressos por substantivos próprios ou descrições definidas que se referem a particulares perceptuais. Incluem uma grande variedade de afirmações sobre tipos ou classes de entes que, implícita ou explicitamente, envolve afirmações ou negações da real existência de exemplos particulares de tipos ou membros particulares da classe referida.

Os lógicos distinguem as proposições que têm importe existencial, como "alguns cisnes são brancos", de proposições que não têm importe existencial, como "anjos são mensageiros de Deus", ou "todos os homens são mortais". No primeiro caso, está sendo afirmado duas coisas: (i) cisnes particulares existem e (ii) alguns deles são brancos. No segundo caso, o que está sendo afirmado é que ser um anjo é ser um mensageiro de Deus, ou que ser homen é ser mortal, cuja verdade nua depende da existência de algum anjo ou homem. Podemos conceber tipos que são, de fato, classes nulas (isto é, classes sem membros realmente existentes), e podemos fazer afirmações sobre as propriedades e características do tipo de ente que temos concebido. Também podemos fazer afirmações desse tipo quando estamos em dúvida se o tipo concebido é uma classe que tem ou pode ter membros realmente existentes; e a verdade ou falsidade dessas afirmações será independente de questões adicionais sobre a real existência dos exemplos particulares.

O que acabamos de dizer sugere a resposta à questão de que estamos tratando aqui. No caso de objetos particulares da memória e imaginação, podemos perguntar se os objetos apreendidos são entes que existem na realidade, já existiram ou podem existir; mas não podemos fazer esta mesma pergunta no caso dos objetos universais do pensamento. Só podemos perguntar se instâncias particulares desses objetos existem na realidade, deve ou pode existir. Em outras palavras, podemos perguntar somente se o tipo ou classe dos entes que concebemos são, de fato, instanciados, ou podem ser, por particulares que, além disso, são entes que realmente existem.

Um problema adicional pode ser considerado. Vamos pegar, por exemplo, o objeto universal a que o nome comum "cisne" se refere. Esta palavra nomeia um tipo que tem instâncias na realidade, uma classe que tem membros realmente existentes. Dizer que cada instância é um cisne em particular também é dizer que cada um participa do que é comum a todos os cisnes, seja o que tenha de igual em todos eles. Não havia nada em comum a todos os cisnes, ou mesmo sobre eles, esses entes não podem ser apreendidos como cisnes particulares. Apreender um ente como um particular de certo tipo envolve uma apreensão do próprio tipo, e isso por sua vez depende da apreensão do que é comum ou o mesmo dentre um número de coisas ou entes. Quando, no caso do tipo nomeado pela palavra "cisne", instâncias particulares realmente existem, não deve também ser verdade que as semelhanças que unem as instâncias que realmente existem como cisnes particulares sejam a semelhança que existe realmente neles?

Os filósofos têm respostas diferentes para esta questão. Alguns afirmam a realidade do que é comum ou igual a membros de uma classe, ou instâncias de um tipo. Fazendo isto, afirmam o fundamento na realidade para o universal que é um objeto conceitual, sem precisar ir muito longe para afirmar que o universal existe realmente por si só. O que está sendo afirmado é apenas que o universal realmente existe *em* instâncias particulares como aquilo que é comum a eles ou o mesmo neles. O que é igual em um ou dois individuais deve necessariamente ser uma semelhança diversificada ou individualizada. No entanto, sua presença é suficiente para estabelecer o fato de que dois individuais partilham algo em comum.

A resposta contrária, ao negar que o que é comum ou o mesmo em instâncias particulares de um certo tipo que realmente existe *nelas*, restringe o âmbito universal dos objetos que têm existência intencional, sem nenhuma contrapartida no âmbito das coisas realmente existentes.

O problema que produz essas respostas conflitantes é, talvez, um dos mais difíceis para os filósofos, mas uma solução não é requerida pela filosofia da linguagem. A explicação para a significância de nomes comuns, e para seu uso referindo-se aos objetos públicos ou comuns do discurso, é (i) necessária apenas para reconhecer a existência intencional dos objetos universais apreendidos pelo pensamento conceitual. Para explicar a distinção que fazemos entre afirmações que têm e afirmações que não têm importe existencial, e para entender questões sobre a relação dos universais conceituais para particulares perceptuais, é (ii) necessário apenas reconhecer que alguns universais conceituais são realmente instanciados, e outros, incapazes de ser instanciados por entes que existem realmente e são ou podem ser apreendidos pela percepção. Ir além desses dois pontos não é necessário para uma filosofia da linguagem adequada.

Nem sempre pode ser o caso de que um objeto conceitual é instanciado por particulares percebidos que realmente existem. Pode às vezes ser instanciado por lembranças particulares daquilo que já existiu, ou por particulares imaginados que jamais existiram. Podemos imaginar, por exemplo, sereias particulares ou centauros particulares para instanciar o objeto conceitual que é significado pela palavra "sereia" ou "centauro". Voltaremos, na resposta à Questão 5, a examinar esses e outros objetos conceituais que não têm e não podem ter instanciação na realidade. Por enquanto é suficiente dizer que de todos os objetos que podem ser produzidos por atos de pensamento conceitual, somente alguns são conceituais universais que são ou podem ser diretamente instanciados por particulares perceptuais que também têm uma real existência intencional. Exemplos típicos desse tipo são os objetos do discurso referido por nomes comuns como "homem", "cachorro", "árvore", "cadeira", "verde", "pesado", "quadrado", formas nominais como "correndo", "parando", "sentando", e assim por diante.

Para resumir: objetos universais são sempre os referentes dos nomes comuns, mas às vezes o nome comum, tendo tal referente, é aplicado a particulares apreendidos (se percebido, lembrado ou imaginado), como instâncias do tipo ou classe constituídos. Quando um nome comum é aplicado a instâncias particulares, é preciso ser enfatizado que o referente não é o particular como um singular específico, mas o particular como uma instância; em outras palavras, os universais como instanciados. Em todos os outros casos, nomes comuns se referem a objetos universais sem levar em conta os particulares que são ou podem instanciá-los.

Poderia adicionar que, quando um nome comum ocupa a posição de sujeito numa proposição existencial afirmativa verdadeira, tem denotação existencial assim como referência a um objeto universal apreendido. O que ele denota é o conjunto de entes realmente existentes que são instâncias particulares do tipo ou classe significada por um nome comum.

*

Questão 3. *Todos os objetos universais do pensamento podem ser instanciados por particulares percebidos ou perceptíveis?*

Os gramáticos têm feito a distinção entre o que chamam de substantivos "concretos" e "abstratos". Usam a palavra "concreto" para designar a classe de substantivos comuns como "homem", "cachorro", "árvore", "cadeira", que podem ser aplicados a particulares percebidos como instâncias de um certo tipo; e usam "abstrato" para o caso contrário, designando as classes de substantivos que não podem ser aplicados – por exemplo: "liberdade", "justiça", "inumerável", "polígono de n lados" e etc.

Essa distinção tradicional pode ser traduzida pela diferença entre aqueles objetos universais do pensamento que são capazes de ser instanciados por particulares perceptuais, e aqueles que não são. Não podemos perceber instâncias particulares de infinito, liberdade, justiça ou de um polígono de n lados; nem podemos imaginar ou lembrar deles. Devemos concluir que os substantivos abstratos não podem jamais ser instanciados? A resposta é afirmativa no caso dos substantivos que simbolizam objetos matemáticos, como "inumerável" ou "polígono de n lados", mas essa resposta se torna restrita quando consideramos substantivos como "liberdade" e "justiça".

Ao discutir liberdade ou justiça, é certamente possível dar exemplos de objeto universal que surgem na nossa mente com base na descrição de um homem, num cenário específico, vivendo livre ou aprisionado, ou pela descrição de um homem encenando um certo ato, sendo justo ou injusto. Esses exemplos normalmente serão produtos da imaginação ou memória, mas não é impossível que sejam percebidas situações ou ações. No entanto, seria incorreto dizer que estamos percebendo, lembrando ou imaginando instância particulares de liberdade ou justiça, como se fossem instâncias particulares de objetos universais como "cachorro", "árvore" ou cadeira. O que deveria ser dito aqui é que o objeto universal pode ser exemplificado num caso particular que somos capazes de perceber, lembrar ou imaginar.

Sereias e centauros são objetos imaginários ou ficções da imaginação (ver Capítulo VI, Questão 3). São entes que têm apenas existência intencional, não existência real, ainda que centauros ou sereias particulares tenham sido retratados em ilustrações da mitologia ou na literatura imaginativa. No entanto, isso não deve nos levar à conclusão de que quando olhamos tais imagens ilustradas ou descritas estamos percebendo instâncias particulares dos objetos universais sereia e centauro. Tais objetos universais são ficções conceituais, assim como a sereia ou centauro particular que podemos ver numa imagem ou ler sobre a mitologia são ficções da imaginação. Falar deles como ficções conceituais é dizer que são objetos universais que não apenas são incapazes de ser instanciados por particulares perceptuais mas também incapazes de ser exemplificados em casos particulares que somos capazes de perceber, lembrar ou imaginar.

Os objetos universais da matemática e da lógica formam ainda outro grupo de objetos conceituais que não podem ser instanciados por particulares perceptuais. Muitas vezes somos enganados a pensar que os diagramas que vemos num tratado de geometria são instâncias percebidas dos objetos matemáticos em discussão; seria mais correto tratá-los como exemplos úteis imaginados em vez de instâncias percebidas. Em qualquer caso, há grande número de objetos matemáticos que não podem ser exemplificados de modo algum; para o objeto que está sendo percebido não é apenas um ente imperceptível mas também um ente inimaginável.

Na tradição antiga, esses objetos universais eram chamados de "*entia rationis*" (ou "entes de razão") para simbolizar que os entes em questão tinham somente existência intencional e não existência na realidade – ou seja, sem instanciação na realidade. O grupo dos objetos tradicionalmente chamados "*entia rationis*" incluem ficções conceituais, negações ou privações e intenções segundas; e entre as intenções segundas estão os objetos da matemática e da lógica. Algumas versões da teoria tradicional de intenções segundas têm sustentado que intenções segundas constituem um exceção à regra de que conceitos nunca são objetos que apreendemos. Os objetos da matemática e da lógica, mantida essa visão, eram conceitos que apreendemos e referimos por termos técnicos dessas ciências.

Com relação a essa visão, devemos salientar dois pontos. Primeiro: não há exceções ao princípio de que conceitos ou perceptos são intrinsecamente inapreensíveis. De nenhum modo são objetos que podemos inspecionar ou examinar. Enquanto estamos reflexivamente conscientes dos atos da nossa mente, não estamos reflexivamente conscientes das ideias produzidas pelos atos mentais; são somente os objetos das ideias que apreendemos ou estamos conscientes. Segundo: é verdade que os objetos universais da matemática e da lógica diferem dos objetos universais das outras ciências, normalmente chamadas "empíricas", porque elas lidam com fenômenos observáveis com instâncias percebidas de objetos universais aos quais seus termos técnicos básicos se referem. É essa diferença que pode ser explicada sem admitir que conceitos são sempre objetos que apreendemos. A explicação é a seguinte:

Para entender a distinção entre intenções primeiras e segundas, vamos considerar essas duas afirmações: (i) "homens são animais", e (ii) "*homem* é o predicado na proposição: *Sócrates é homem*". Na primeira afirmação, os substantivos "homens" e "animais" estão sendo usados na primeira intenção. Na segunda afirmação, o substantivo "homem" está sendo usado de forma reflexiva na segunda intenção, e o substantivo "predicado" está sendo usado na segunda intenção de forma atribuível. Quando um substantivo é usado na primeira intenção, o objeto universal ao qual se refere está sendo considerado como tendo ou sendo capaz de ter instâncias na realidade, ou pelo menos sendo capaz de exemplificação em casos particulares. Mas quando um substantivo é usado de forma reflexiva na segunda intenção, o objeto universal a que se refere está sendo considerado em si mesmo, sem levar em conta a instanciação ou exemplificação.

Todos os termos técnicos usados na matemática – substantivos que se referem a objetos conceituais dessa ciência – são palavras usadas na segunda intenção reflexiva. O discurso matemático não é sobre os conceitos da matemática, como uma visão equivocada das intenções segundas poderia nos fazer supor; é sobre os objetos conceituais da matemática considerados em si mesmos, sem levar em conta a instanciação ou exemplificação. Além de ser objetos da segunda referência intencional, os objetos universais da matemática também são *entia rationis*; estritamente falando, até mesmo um objeto matemático tão simples como um triângulo reto não tem instâncias percebidas na realidade, apesar de as verdades matemáticas que conhecemos sobre o triângulo reto serem, em certa medida de aproximação, aplicáveis aos triângulos físicos.

Qualquer substantivo no vocabulário do discurso comum – ou na terminologia técnica de uma ciência – pode ser usado de forma reflexiva na segunda intenção, assim como na primeira intenção. Mas na maioria das vezes, substantivos são usados por falantes comuns e por cientistas, com exceção dos matemáticos e dos lógicos, quase exclusivamente na primeira intenção. Já vimos que os termos técnicos da matemática são substantivos usados na de forma reflexiva na segunda intenção. É principalmente o lógico, interessado nos objetos conceituais de outras ciências, que usa tanto substantivos comuns como técnicos de forma reflexiva na segunda intenção; e é somente o lógico que tem o vocabulário técnico próprio que consiste em substantivos que devem ser usados de forma atributiva na segunda intenção e não podem ser usados de outra forma.

O exemplo que já empregamos deveria ser suficiente para esclarecer esse ponto. Dissemos que a afirmação "*homem* é o predicado da proposição *Sócrates é um homem*", e o termo "predicado" está sendo usado de forma atributiva na segunda intenção, para colocar o termo "homem" numa certa categoria lógica. Esses substantivos como "sujeito" e "predicado" são termos lógicos: categorizam o papel ou *status* lógico dos termos aos quais são aplicados, e esses outros termos, então categorizados, devem ser substantivos usados de forma reflexiva na segunda intenção, pois é por si mesmo que o objeto conceitual está sendo categorizado logicamente.

A falha em observar se os termos estão sendo usados na primeira ou segunda intenção pode resultar num raciocínio falacioso. Da afirmação "Sócrates é um homem" conjugada com a afirmação "*homem* é um predicado", não podemos inferir validamente que Sócrates é um predicado. A primeira das duas afirmações que pode ser feita no discurso comum é uma afirmação na primeira intenção; enquanto a segunda afirmação, que é uma afirmação estritamente lógica, está na segunda intenção.

Paralela à distinção entre a primeira e a segunda intenção está outra distinção no uso das palavras – aquela entre a primeira e a segunda imposição. Usamos uma palavra na primeira imposição quando a empregamos para nos referir a um objeto apreendido de um tipo ou de outro. Usamos uma palavra de forma reflexiva na segunda imposição quando a empregamos para nos referir a ela mesma; e usamos uma palavra de forma atributiva na segunda imposição para categorizar ou caracterizar outra palavra como um objeto de discussão. Por exemplo: quando dizemos "homem é um animal", estamos usando as palavras "homem" e "animal" na primeira imposição – estamos usando-as para nos referir a objetos universais que elas simbolizam, objetos que podem ser instanciados por particulares perceptuais. Ao contrário, quando dizemos que "homem" é uma palavra de cinco letras, ou uma palavra em português, ou um substantivo, estamos usando a palavra "homem" de forma reflexiva na segunda imposição para falar dessa palavra como um objeto do discurso. Palavras como "substantivo", "verbo" ou "partículas" são nomes comuns que podem ser usados somente de forma atributiva na segunda imposição; ou seja, só podem ser usadas para categorizar outras palavras como objetos do discurso.

Assim como um raciocínio falacioso resulta na falha em perceber a distinção entre afirmações na primeira e na segunda intenção, um raciocínio falacioso também resulta na falha em perceber a distinção entre afirmações na primeira e na segunda imposição. Da afirmação "esta maçã é vermelha" conjugada com a afirmação "vermelho é um adjetivo", não podemos inferir validamente que esta maçã é um adjetivo.

O reconhecimento do uso das palavras ou frases na segunda imposição reflexiva permite-nos resolver o problema que tanto confundiu um eminente lógico e filósofo da matemática e que o fez rejeitar a doutrina de que substantivos comuns referem-se a objetos universais, em vez de aceitar que o seu pensamento pode ser um princípio inevitável dessa doutrina. Ele ficou confuso com o termo "quadrado redondo": refere-se a um objeto universal do pensamento, do mesmo modo que "triângulo reto" ou "polígono de *n* lados"? Se sim, então o âmbito dos objetos universais inclui entes que são autocontraditórios, além de entes que não têm instanciação na realidade, como ficções conceituais. Em vez de aceitar uma conclusão que repugna à razão, o pensador prefere rejeitar toda a doutrina da existência dos objetos universais como referentes dos substantivos comuns empregados no discurso, nas ciências empíricas e até mesmo nas ciências como a matemática e a lógica.

A solução do problema gerado pelo termo "quadrado redondo" não implica enigmas, paradoxos ou conclusões que repugnam à razão. Podemos falar desse termo usando-o de forma reflexiva na segunda imposição; e, usando-o assim, só há uma coisa a dizer sobre "quadrado redondo": que, além de referir-se a si mesmo quando usado de forma reflexiva na segunda imposição, não significa nada de perceptível, imaginável ou concebível. Mesmo se a questão de ser possível construir um quadrado com área equivalente à de um determinado círculo fosse respondida de forma afirmativa (o que, obviamente, não pode), permaneceria o caso de que o termo "quadrado redondo" não tem nenhuma significância referencial, pois não há objeto perceptivo, imaginativo ou concebido a que possa referir-se. É uma construção gramatical sem significado: seus dois componentes, "quadrado" e "redondo" são palavras com significado; porém, quando juntas para funcionar como um substantivo comum ou descrição indefinida, o termo não tem significância referencial.

Se um ente é aquele que tem um modo de existência, seja real, intencional ou ambos, então um quadrado redondo é um não ente. Não tem modo de existência, nem mesmo intencional, por isso não pode ser um objeto de pensamento. Isso também se aplica sem restrições a todas as frases gramaticalmente construídas pela conjunção de palavras com significado que, separadas, referem-se a objetos do pensamento que não podem ser reunidos porque são contraditórios e um exclui o outro. Tratando do plano das segundas imposições, podemos falar que as frases construídas com palavras que se referem a objetos que devem estar relacionados disjuntivamente ao invés de conjuntamente não podem ter nenhuma significância referencial.

*

*Questão 4. Como duas ou mais pessoas podem se assegurar de que o objeto conceitual significado por um substantivo comum que estão usando é o mesmo objeto para todas elas?*

No âmbito dos objetos perceptuais, o que é chamado de "definição ostensiva" permite a duas ou mais pessoas identificarem um objeto comum a que estão individualmente se referindo. O ente que é o objeto perceptual referido por descrições definidas como "meu automóvel", "a cadeira em que estou sentando agora", ou "aquele livro ali na mesa", podem ser apontados ou indicados de alguma forma não verbal. As pessoas que participam da conversa sobre o objeto em questão podem identificar, de forma não verbal, a real existência do ente que é inseparável do objeto ao qual suas palavras se referem.

Essa identificação ostensiva – é mais preciso chamar de identificação, em vez de definição – estabelece o caráter público ou comum do objeto. Recorrer à identificação ostensiva no âmbito dos objetos perceptuais permite que envolvidos na conversa atestem e certifiquem que as palavras ou frases que estão usando para nomear tais objetos simbolizem objetos comuns de referência. Quando posso apontar ou indicar de uma forma não verbal a existência real do ente que também é o objeto perceptual a que as suas e as minhas palavras se referem, estou certo não apenas de que é um ente comum a nós no âmbito da cognição e do discurso.

A identificação ostensiva não está disponível para nós no âmbito dos objetos lembrados e imaginados, exceto para o caso em que o objeto lembrado ou imaginado por uma pessoa é idêntico ao lembrado ou imaginado por outra (ver Capítulo IV, Questão 2). Também não está disponível para nós, considerando aqueles objetos do pensamento que não são capazes de instanciação perceptual. Então, a quais dispositivos podemos recorrer para nos assegurar o caráter público de grande número de objetos de discurso – objetos da memória, da imaginação ou do pensamento que não é capaz de instanciação perceptual? Como podemos assegurar que estamos falando sobre a mesma coisa quando usamos palavras para nos referir a objetos que podemos lembrar ou imaginar, mas não podemos perceber? Ou a objetos do pensamento que não tem instância perceptual?

A importância desse problema não pode ser superestimada, especialmente na sua aplicação a objetos universais de pensamento conceitual. Rejeitamos a teoria de que as palavras que uma pessoa usa para se referir a suas próprias ideias, com base nas referências de ideias subjetivas torna impossível o uso comunicativo da linguagem. Isso permaneceria sendo o caso mesmo se ideias subjetivas pudessem ser apreendidas e palavras pudessem referir-se a elas, o que elas não podem (ver Capítulo III, Questão 3). A referência de palavras para apreender objetos explica o uso comunicativo da linguagem, mas somente se os objetos referidos forem comuns ou públicos – intersubjetivo, não subjetivo como são as próprias ideias de uma pessoa. Portanto, devemos enfrentar o problema de como, na falta de identificação ostensiva, podemos nos assegurar de que quando usamos substantivos comuns estamos nos referindo a objetos conceituais que são comuns a todos nós.

O primeiro passo para a solução desse problema é relativamente fácil. Um certo número de substantivos comuns, aqueles chamados "concretos", referem-se a objetos universais capazes de serem instanciados por particulares perceptuais. Para tais substantivos comuns (como "homem", "cachorro", "árvore", "cadeira"), algo como a identificação ostensiva do objeto a que se refere é possível. Para ter certeza de que temos o mesmo objeto universal em mente quando usamos as palavras "cachorro" ou "cadeira", posso apontar para um cachorro ou para uma cadeira em particular, ou para diversos cachorros e cadeiras, todos objetos de percepção. Também posso acrescentar uma pergunta a essa indicação não verbal de uma instância perceptual ou instâncias perceptuais: "O ente é o que está apontado para uma instância perceptual do objeto conceitual que você está se referindo quando usa a palavra "cachorro" ou a palavra "cadeira"? Uma resposta afirmativa pode nos dar garantia suficiente de que o objeto conceitual referido nos é comum.

O decorrer da conversa pode nos revelar que o seu entendimento do objeto referido não coincide com o meu em todos os detalhes. Mas dada a segurança inicial de que se trata do mesmo objeto para nós, podemos ao menos tentar superar, com mais conversa, as diferenças que podem existir nos nossos juízos sobre o assunto. Posso vir a concordar com sua caracterização detalhada do objeto; você pode vir a concordar com a minha; ou podemos continuar divergindo, mas essa diferença pode continuar um verdadeiro desacordo somente com base na diferença em relação ao mesmo objeto do discurso.

A parte do problema que permanece sem resolução diz respeito àqueles substantivos comuns que se referem a objetos do pensamento que podem ser capazes de instanciação, mas para os quais não há mais instâncias perceptivas disponíveis; além disso, àqueles substantivos comuns que se referem a objetos do pensamento que não podem ser instanciados porque são do tipo que não têm instâncias perceptuais. Creio que a solução será encontrada no método da identificação não ostensiva, demonstrada no estudo em dois volumes de *The Idea of Freedom*, publicado pelo Instituto para a Pesquisa Filosófica.

Antes de eu resumir esse método, vale a pena apontar que no momento em que a palavra "ideia" é usada em frases como "a história das ideias" ou "as grandes ideias", ou em títulos de livros como "As ideias de Liberdade", "A ideia de Justiça" ou "A ideia de Progresso", ela não significa as ideias subjetivas que são os produtos imediatos dos atos da mente, mas sim os objetos apreendidos por meio dessas ideias subjetivas. Para tornar isso mais claro, deixe-me traduzir as frases e os títulos mencionados em frases e títulos que expressam com mais precisão aquilo do que se trata. No lugar de "As ideias de Liberdade", proponho "liberdade como um objeto de pensamento". Além de ser mais preciso, também enfatiza o uso da palavra "liberdade" na segunda intenção. Um livro sobre a liberdade como um objeto de pensamento trata desse objeto conceitual *intrinsecamente*. O mesmo se dá no caso das palavras justiça, progresso ou amor, como objetos do pensamento, tratados em livros com os títulos "A ideia de Justiça", "A ideia de Progresso" ou "A ideia do Amor". Em vez da frase "a história das ideias" ou "as grandes ideias", proponho como mais precisas, ainda que sejam estranhas, "a história dos objetos de pensamento conceitual" ou "os grandes objetos do pensamento conceitual".

O grupo de acadêmicos do Instituto que está engajado na pesquisa da liberdade como um objeto de pensamento conceitual explorou uma vasta literatura sobre o assunto, uma literatura que contém claramente as referências não de apenas um objeto de pensamento, mas de inúmeros objetos distintos, todos nomeados pela simples palavra "liberdade". Os pesquisadores acham possível e também necessário identificar cinco objetos conceituais distintos em que a palavra "liberdade" tem sido usada para simbolizar no pensamento ocidental. A identificação está estabelecida pela descoberta de notas distintivas que constituem a conotação de cada um dos cinco objetos, e em seguida verificando a conotação identificativa e recorrendo à literatura em estudo. Cada uma das cinco liberdades que têm sido objeto do pensamento conceitual foi identificada pelas notas que pertencem somente a cada uma, e não são compartilhadas por nenhum dos outros quatro objetos. Em contraste com o método da identificação ostensiva, que pode ser empregado no caso de particulares perceptuais, o método que deve ser empregado no caso de objetos universais de pensamento conceitual pode ser descrito como um método de identificação conotativo.

Devemos chamar a atenção para dois pontos. Primeiro, quando um substantivo abstrato como "liberdade" é usado para simbolizar um número de objetos conceituais distintos, é necessário evitar equívocos no uso da palavra, bem como mostrar que os cinco usos da palavra não são completamente equívocos porque há uma estreita ligação de notas comuns com as conotações da palavra nos seus cinco usos.

Para evitar equívocos, qualificadores devem ser adicionados à palavra "liberdade", como por exemplo: "liberdade circunstancial da autorrealização", "adquire liberdade de autoperfeição", "liberdade natural de autodeterminação", "liberdade política", "liberdade coletiva". Essas cinco frases, funcionando como substantivos ou descrições definidas, referem-se a cinco objetos de pensamento distintos, cada qual com um objeto referido por alguns autores que têm escrito sobre o tema da liberdade humana. Então, apenas identificando e nomeando os cinco objetos distintos, é possível descobrir quais autores tratam a questão em desacordo genuíno sobre o objeto do nosso pensamento. Se um grupo de autores está discutindo a liberdade circunstancial da autodeterminação, e outro grupo discutindo a liberdade natural da autodeterminação, eles não podem estar em desacordo genuíno uns com os outros, embora possa parecer, pois ambos estão usando a palavra "liberdade", mas dizendo coisas opostas sobre o objeto ao qual estão se referindo ao usar essa palavra.

Mostrar que o uso da palavra "liberdade" simboliza cinco objetos distintos do pensamento não implica o tipo de equivocação completa que ocorre quando, por exemplo, a palavra "pena" pode ser usada para a punição e também para designar as plumas que revestem o corpo das aves. Portanto, é necessário descobrir e formular a identificação conotativa de liberdade como um objeto conceitual genérico sob o qual os cinco objetos conceituais distintos caem como modos ou tipos de liberdade. Se isso pode ser feito, então a literatura sobre o assunto tem uma coerência que faltaria se não houvesse notas comuns subjacente às cinco liberdades que foram identificadas de forma conotativa como objetos do pensamento distintos.

O segundo ponto a ser observado é que a distinção que acabamos de fazer entre identificação ostensiva de particulares perceptuais como objetos comuns de referência e a identificação conotativa de objetos conceituais como objetos comuns do discurso é paralela à distinção feita anteriormente entre nomear por familiaridade e nomear por descrição (ver Capítulo III, Questão 5). Os objetos que nomeamos por familiaridade são os objetos particulares que podemos apreender pela percepção ou os objetos universais que podemos instanciar por particulares perceptuais; e tais objetos são sempre objetos que podemos identificar ostensivamente como objetos comuns de referência e de discurso. Ao contrário dos objetos que podemos nomear por descrição, como os de memória e imaginação, que não podem ser apreendidos pela percepção, ou ainda os objetos de pensamento conceitual que não podem ser instanciados por particulares perceptuais; e estes, por sua vez, são objetos que podemos identificar de forma conotativa para que possamos assegurar a nós mesmos que são objetos comuns de referência e de discurso.

O mesmo ponto pode ainda ser afirmado de uma outra maneira. Substantivos comuns se enquadram em dois grupos: (i) o daqueles que inicialmente adquirem sua significância referencial imposta em instâncias percebidas do tipo significado, instâncias que são objetos de familiaridade; e (ii) o dos que inicialmente adquirem sua significância referencial por uma descrição verbal de um objeto universal – de tipo ou classe – no qual o nome foi imposto. Substantivos comuns do primeiro grupo se referem a objetos universais que podem ser identificados ostensivamente, assim como os objetos singulares referidos por nomes próprios ou descrições definidas podem ser identificados ostensivamente. Substantivos comuns do segundo grupo referem-se a objetos de pensamento que devem ser verbalmente descritos pelo método de identificação conotativo.

O método de identificação conotativo pode ser complexo e exige um discurso crítico contínuo para que seja empregado com sucesso. No entanto, em princípio o método é usado no discurso comum e não apenas por estudiosos que se dedicam à pesquisa filosófica ou ao estudo de uma bibliografia que trata de objetos de pensamento conceitual. Ele é utilizado nas nossas conversas diárias. Você me pergunta o que tenho em mente quando uso certo substantivo. Como resposta a esta pergunta, tento fazer o que posso para identificar verbalmente um objeto universal ao qual estou me referindo. Nem sempre consigo, mas como frequentemente dá certo, podemos dizer que objetos universais de pensamento podem ser identificados de forma conotativa para se tornarem objetos comuns de referência.

Quando temos sucesso nesse processo de identificação conotativa, você e eu temos certeza suficiente de que o substantivo que estamos usando refere-se a um objeto que é o mesmo para nós dois, para que possamos chegar a um desacordo genuíno sobre os detalhes da sua caracterização. Com esse sucesso, os substantivos comuns, tendo referência nos objetos universais de pensamento, servem aos propósitos da comunicação. Quando falhamos nesse processo, como acontece com frequência, nossas falhas não devem ser atribuídas a obstáculos insuperáveis, mas à nossa falta de habilidade, nossa falta de paciência e persistência em fazer o esforço necessário para realizar a identificação verbal de um objeto universal de pensamento.

# EPÍLOGO

A falha moderna de desenvolver uma sólida filosofia da linguagem é a história de pequenos erros no começo, que levam a consequências desastrosas no final. A maioria desses pequenos erros foram apontados nos capítulos anteriores, e muitos deles foram corrigidos pela exigência da solução do principal problema da filosofia da linguagem: a explicação do uso da linguagem como um instrumento de comunicação, tanto no discurso comum quanto no filosófico. A importância filosófica da linguagem tem sido uma das características distintivas do pensamento moderno; mas os erros também têm sido algo característico do pensamento moderno, que tem constantemente falhado.

De todos os pequenos erros no começo que sempre afligiram a filosofia moderna, o mais sério é o que ocorreu na teoria da cognição. Surgiu pela primeira vez em Descartes, mas a expressão mais concisa é encontrada na introdução dos *Ensaios sobre o Entendimento Humano*, de John Locke. Apesar de o erro ter se originado com Descartes, não com Locke, teve grande influência na psicologia de Locke em Berkeley e Hume, e por intermédio de Hume, em Kant, que levou muitas e muitas vezes a múltiplos erros que brotaram de um pequeno que iniciou toda uma série.

No último parágrafo da sua introdução, Locke escreveu:

> Antes de continuar a expor o que penso sobre esse assunto, devo pedir desculpas ao leitor pelo uso frequente da palavra *ideia*, que aparecerá no decorrer deste tratado. Esse me parece o termo mais adequado para representar o que é *objeto* de entendimento quando um homem pensa. Tenho-o usado para expressar o que seja o significado de *fantasma*,[1] *noção*, *espécie* ou *aquilo de que a mente se ocupa ao pensar*. (...) Presumo que me será

[1] Na filosofia tomista, é um modo de apreensão instantâneo do intelecto sobre as impressões recebidas pelos sentidos. (N. T.)

facilmente concedido que existem tais *ideias* na mente dos homens; cada um é consciente de tê-las em si mesmo; e as palavras e ações dos homens irão persuadir cada um deles de que elas existem também na mente de outros. Assim, nossa primeira investigação deve procurar saber como elas entram na mente.

Uma leitura atenta dessa citação nos revelará várias coisas:

1. É evidente que Locke estudou em Oxford com professores escolásticos, pois isso justificaria o uso que faz dos termos "fantasma" e "espécies", e que eles significam elementos do processo cognitivo. Ou ele era um mau aluno ou seus professores eram péssimos representantes da tradição escolástica, pois fica claro na passagem citada que ele não aprendeu as coisas mais importantes que essa tradição poderia ensiná-lo sobre o processo cognitivo.

2. É evidente que Locke usa a palavra "ideia" para simbolizar uma coisa privada: as ideias na mente de um homem não são idênticas às ideias na cabeça de outro homem: cada homem tem sua própria ideia. De acordo com Locke, cada um de nós está consciente de suas próprias ideias, e pode apreender diretamente apenas as suas próprias ideias. Cada um de nós pode inferir das palavras e das ações de outros que outros homens também têm ideias na mente.

3. O que cada um de nós apreende – objetos de nossa apreensão, diz Locke – são sempre e somente nossas próprias ideias. Mas Locke também sugere que essas ideias chegam a nossa mente de fora. Como o Livro II deixa bem claro, as ideias em nossa mente, os objetos que apreendemos diretamente são causados por coisas de fora da nossa mente – existências reais de um tipo ou de outro que não podemos apreender diretamente. De fato, como muitas passagens revelam, Locke acreditava na real existência do mundo dos corpos em movimento de Newton, composto fundamentalmente por partículas atômicas imperceptíveis.

É a ação dessas partículas em nossos órgãos corporais que produzem, de alguma forma, as ideias que são objetos de nossa mente, sempre que nos ocupamos de pensar.

4. Como a citação indica, e como o restante do *Ensaio* justifica, Locke não faz distinção entre os poderes sensitivos e intelectuais. Ele mescla os dois em uma faculdade cognitiva que chama de "entendimento" ou "mente". Ainda que ele use o termo "ideias abstratas" em vez de "conceito", uma ideia abstrata para Locke é o produto da mesma faculdade que produz o que outros chamam de "sensações" e "percepções" ou "fantasmas". Se no parágrafo citado ele preferiu usar a palavra "conceito" em vez de "espécies", podemos entender que ele diz que ambos, fantasmas (ou perceptos) e conceitos, são *ideias*, sem nenhuma diferença entre elas.

5. Os pontos acima considerados, em (3) e (4), revelam a presença de dois pequenos erros. O primeiro é o erro de ver as ideias como se fossem os objetos que apreendemos diretamente quando estamos conscientes – pensando ou sonhando. O segundo, o de falhar em distinguir senso e intelecto, ou pensamento perceptual e conceitual. Enquanto eles são cooperativos no processo cognitivo, não são operativos no mesmo modo, nem contribuem da mesma forma para qualquer conhecimento que somos capazes de alcançar. Esses dois erros juntos levam ao nominalismo de Berkeley e Hume; aos esforços de Kant para libertar a filosofia dessas consequências, tentando contorná-los com uma teoria engenhosa criada na sua mente, em vez de corrigir os pequenos erros que se faziam presentes, e que levaram a toda sorte de enigmas e confusões do empirismo tardio sobre o o subjetivo e o objetivo, sobre nosso conhecimento do mundo externo, sobre a construção lógica dos "objetos" que não podemos apreender diretamente com base nos dados dos sentidos que apreendemos diretamente sobre o significado referencial das palavras que não apreendemos diretamente dos dados dos sentidos como os seus referentes, e assim por diante.

Para evitar o solipsismo que é inerente às premissas de Locke, junto com o extremo ceticismo que Hume via como uma conclusão para essas premissas, ainda que tenha tentado evitar, é preciso levar em consideração as ideias – os únicos objetos que apreendemos diretamente – como alguma forma de representações (cópias, equivalências e semelhanças) de existências reais que não podem ser apreendidas diretamente. Aprisionados no mundo das próprias ideias, Locke e Hume não hesitaram em falar sobre o mundo das coisas que não são ideias – um mundo independente da natureza ou da realidade que existiria, o que quer que fosse, independentemente da existência da mente humana e de seus atos cognitivos. Portanto, ainda é um mistério sem solução saber como as ideias particulares na nossa mente, como objetos apreendidos de forma direta, permitem-nos ter conhecimento ou mesmo uma crença racional em um mundo independente de experiências reais. A tentativa inútil de resolver essa questão produz uma variedade de outros mistérios, resultando em obscuridades e confusões que têm arruinado a filosofia dos séculos XIX e XX.

Kant, em vez de corrigir os erros de Descartes e Locke, e em vez de rejeitar os problemas levantados por Hume em razão desses erros, tentou contornar as conclusões de Hume por invenções filosóficas delineadas especialmente para este propósito. O pensamento pós-kantiano dos séculos XIX e XX não foi apenas o registro de diversas reações às invenções de Kant mas também o registro das tentativas autodestrutivas de resolver problemas que, na verdade, nem seriam problemas se os erros iniciais de Descartes, Locke e Hume tivessem sido corrigidos.

Depois desse início falso, a filosofia moderna jamais se recuperou. Como um homem que, afundando na areia movediça, piora sua situação tentando se salvar, Kant e seus sucessores multiplicaram as dificuldades e confusões da filosofia moderna por meio de intensos esforços – e também ingenuidade – para se livrarem da confusão deixada no caminho por Descartes, Locke e Hume. A única saída da debacle da filosofia moderna é voltar ao seu início e tentar recomeçar, não do modo como propôs Descartes, demolindo todas as construções filosóficas anteriores, mas voltando aos *insights* que, se forem considerados, poderiam colocar a filosofia moderna de volta nos trilhos.

O erro cometido por Descartes e Locke poderia ter sido prevenido com um *insight* que abriria um novo caminho. Podemos encontrá-lo sintetizado num único parágrafo da *Suma Teológica*, que contrasta com o parágrafo citado do *Ensaio* de Locke. Na Parte I, Questão 85, Art. 2, Tomás de Aquino rejeita os erros daqueles que, nas objeções levantadas, disseram que as espécies sensíveis e inteligíveis (isto é, nos seus termos, perceptos e conceitos) são aquilo que percebemos e entendemos. Pelo contrário, diz ele, "as espécies inteligíveis são para o intelecto o que as espécies sensíveis são para o sentido. As espécies sensíveis [isto é, o percepto] não são aquilo que é percebido, mas aquilo pelo qual percebemos. De forma similar, as espécies inteligíveis [isto é, o conceito] não são aquilo que entendemos, mas aquilo pelo que entendemos".

A simples distinção entre aquilo que apreendemos e aquilo pelo qual apreendemos corrige o erro de Descarte e de Locke. É preciso notar mais uma vez que aqui estamos nos referindo apenas ao primeiro ato da mente, o ato de simples apreensão, e não os seus produtos – seus perceptos, suas memórias, suas imagens e seus conceitos; não estamos nos referindo aos atos subsequentes da mente, seus atos de juízo e razão. O simples ato de apreensão, no qual o sentido e o intelecto cooperam enquanto permanecem distintos, não é um ato de juízo. É apenas quando afirmamos saber, por juízo ou razão, que sabemos e fazemos juízos verdadeiros, ou falhamos em saber e fazemos juízos falsos. A simples apreensão não envolve juízo e não é nem verdadeiro nem falso.

Não basta ver que a distinção, no âmbito da simples apreensão, entre aquilo que apreendemos e aquilo pelo qual apreendemos, afasta o erro cometido por Descartes e por Locke, que viam as ideias como objetos apreendidos e também como representações das existências reais, sobre as quais procuramos fazer juízos verdadeiros e, então, vir a conhecer de fato. Também é necessário entender o que está envolvido na adesão rigorosa à visão de que ideias (perceptos, memórias, imagens e conceitos) são sempre e somente aquilo pelo qual apreendemos, nunca aquilo o que apreendemos.

A primeira coisa que deve ser compreendida é que os produtos dos primeiros atos da nossa mente – seus perceptos, suas memórias, suas imagens e seus conceitos – são totalmente inexperienciáveis, ininspecionáveis e inexamináveis.

Jamais podemos experimentá-los, inspecioná-los ou examiná-los; pois são sempre e somente aquilo pelo qual apreendemos, seja o que for que apreendemos, e nunca aquilo que apreendemos. A segunda coisa que deve ser compreendida é que, através de nossas ideias como instrumentos de apreensão, apreendemos uma variedade de objetos – os percebidos, os lembrados, os imaginados e imaginários, e os objetos concebidos ou objetos de pensamento. A terceira coisa que deve ser entendida é que esses objetos apreendidos não são representações de coisas, ou existências reais de qualquer tipo. Os objetos da nossa apreensão são entes que sempre têm existência intencional. Além disso, eles podem ser entes que também têm existência real, mas que nem sempre é o caso.

Todos esses pontos foram completamente elaborados nos capítulos anteriores e não precisam mais ser discutidos. Só estão sendo mencionados aqui para resumir o que envolve um novo caminho, aderindo rigorosamente à distinção entre aquilo que apreendemos (objetos) e aquilo pelo qual apreendemos (ideias); a distinção entre a existência intencional dos objetos e a real existência das coisas; a distinção entre apreensão e juízo; e a distinção entre pensamento perceptual e pensamento conceitual. Todas essas distinções foram perdidas ou obscurecidas na tradição da filosofia moderna iniciada com Descartes e com Locke. É apenas porque foram recuperadas e colocadas em funcionamento que o presente livro pode afirmar que produziu os rudimentos de uma filosofia da linguagem sólida e adequada.

Além de conter erros na teoria da cognição, a reflexão moderna sobre a linguagem começa com dois filósofos cujas inovações não deram frutos até o século atual. Um era Hobbes; o outro, Leibniz. Não foi antes do século XX que a abordagem filosófica da linguagem tomou o caminho das propostas de Hobbes e Leibniz. Então as duas propostas foram combinadas para constituir uma abordagem da linguagem que forneceu a estrutura de controle na qual virtualmente todas as discussões filosóficas da linguagem ocorreram no mundo da língua inglesa durante os últimos setenta anos.

A meu juízo, as inovações feitas por Hobbes e Leibniz constituem um caminho falso para a própria filosofia da linguagem – outro conjunto de pequenos erros que poderiam ter sido corrigidos em vez de ter suas consequências incrementadas, que, também a meu juízo, produziram uma filosofia da linguagem frágil e inadequada em nosso século.

Hobbes propôs uma visão em que palavras têm significados apenas quando se referem a existências físicas, ou seja, corpos perceptíveis aos sentidos. "Se um homem pudesse me falar [sobre] *substâncias imateriais*, ou sobre um tema *livre*, um *livre-arbítrio*. . ., eu não poderia dizer que ele está errado, escreve Hobbes, "mas que suas palavras não tinham sentido; quer dizer, absurdas." Afirmações sobre coisas que nunca podem "ocorrer nos sentidos" são, segundo Hobbes, "falas absurdas, que alguns levam em consideração, mesmo *sem que tenham qualquer significação*". Pelo critério que ele propõe, fala sem significado é a que usa termos que não se referem aos corpos sensíveis ou perceptíveis; fala com significado é composta inteiramente de palavras que se referem ou designam coisas que existem no mundo material. Implícito a esta visão está o erro de supor que o nome de algo é o que assegura a real existência daquilo que é nomeado, assim como a falha em se distinguir entre (i) um uso puramente descritivo dos termos "sem significado" e "com significado" (no qual todas as palavras no dicionário de uma língua são palavras com significado e somente as sílabas sem sentido são sem significado), e (ii) um uso eulógico ou dialógico de "com significado" e "sem significado" que identifica o "com significado" com o verdadeiro e o "sem significado" com o falso.

Leibniz fez um plano para colocar um fim em todas as disputas na ciência e na filosofia, acabando com o discurso comum em favor de uma linguagem que poderia espelhar perfeitamente a estrutura do mundo, e assim poder-se-ia evitar todo e qualquer mal-entendido que surge com o uso da linguagem comum. O plano de Leibniz era fundado na noção quimérica de que o mundo consiste, em última análise, num *simples* impenetrável e eterno, ou elementos primários que precisam apenas ser apontados por um som ou sinal para que seja perfeitamente inteligível. Os sons ou sinais usados para indicar esses elementos simples da realidade seriam genuínos e perfeitos nomes próprios. Poderiam formar um conjunto de "características universais" ou um "alfabeto de pensamentos". Cada um teria uma denotação absolutamente única sem ter nenhuma conotação. O raciocínio correto consistiria apenas na própria ordenação desses nomes próprios perfeitos de acordo com o padrão exibido na realidade pelo simples assim nomeado ou designado.

Duas inovações introduzidas por Hobbes e Leibniz vêm juntas no nosso século com a teoria da descrição de Bertrand Russell. Tal teoria é um dispositivo lógico para reconstruir a linguagem à moda de Leibniz, exceto que, no lugar do *simples* definitivo, Russell substitui quaisquer crenças sobre os componentes e estrutura da realidade mantidas pelo filósofo que realiza a reconstrução. Seus próprios compromissos ontológicos parecem muito próximos daqueles de Hobbes. Além disso, ele adota, por meio de Hobbes, a visão de que a significância referencial das palavras consiste inteiramente nas suas denotações das existências reais, quaisquer que sejam. As palavras privadas de denotação existencial também são privadas de significância referencial. Tanto para Russell quanto para Hobbes, nomear é afirmar; e as únicas palavras que têm significado referencial são as que ocupam a posição de sujeito nas proposições afirmativas existenciais verdadeiras.

A controvérsia em torno da teoria das descrições de Russell, cujos principais colaboradores eram Frege, Meinong, Strawson, Quine e Sellars, manteve foco na denotação existencial dos sujeitos nas proposições. A combinação das inovações relativas à linguagem introduzidas por Hobbes e Leibniz tornou inevitável esse foco muito restritivo. No discurso comum não há restrição comparável que especifica que palavras devem funcionar como sujeitos nas frases – nenhuma exceção, talvez uma restrição puramente gramatical que impede partículas de realizarem essa função.

Todo o programa de análise lógica que começa com a teoria da descrição de Russell, junto com toda a disputa gerada a partir dela, não tem nenhuma relação com o problema de significado no mais amplo sentido que implica a diferença entre a falta de sentido de uma sílaba sem significado e a abundância de sentido de toda palavra que consta no dicionário de uma língua. Os analistas lógicos reconhecem a diferença entre o sentido léxico e a denotação existencial de um conjunto especial de termos que tem o caráter de "nomes logicamente próprios". No entanto, não explicam essa diferença; tomam como certo da mesma forma como se envolvem na reconstrução de toda declaração que não se conforma a um ou outro suposto arranjo dos componentes da realidade. O que permanece depois que essas reconstruções são realizadas é a linguagem na qual as únicas palavras que podem funcionar com significado referencial como sujeitos nas frases, são: (i) palavras que têm significado no sentido especial de Hobbes, que é a denotação existencial, e (ii) palavras que são tratadas como se fossem nomes próprios no sentido de Leibniz, que implica a designação do componente último da realidade.

Em consequência disso, o programa de análise lógica não produz filosofia da linguagem que possa dar uma explicação adequada tanto do discurso comum quanto do filosófico. O que nos é dado, então, é um plano para uma reestruturação do universo do discurso para fazê-lo isomórfico com a estrutura da realidade – ou melhor, com uma interconexão de crenças sobre a realidade, todas elas comprometimentos ontológicos feitos antes de se levar em consideração a própria linguagem,.

Dentro da tradição da filosofia analítica e linguística, como desenvolvida no século XX, está o *Tractactus-Logico-Philosophicus*, de Wittgenstein, que deixou mais claro o esquema ontológico proposto pelo programa de Russell, seguindo Leibniz, de fazer a estrutura da linguagem isomórfica com a estrutura da realidade, explorando uma série de dispositivos lógicos. Foi também Wittgenstein o primeiro a perceber, tardiamente, a incompatibilidade de um jogo de linguagem ideal com as funções atuais que a linguagem executa na vida cotidiana e no discurso comum. No seu trabalho posterior, *Investigações Filosóficas*, Wittgenstein retornou a uma concepção muito mais ampla do significado como distinto da denotação existencial. Fez isso em razão de uma análise dolorosamente detalhada do discurso comum, produzida para mostrar que qualquer reconstrução do discurso comum em termos de denotação existencial tem como base um determinado compromisso ou uma crença ontológica prévia do filósofo em relação à realidade, disfarçada sob o manto de um sistema lógico. Isso deu origem, dentro da tradição da filosofia analítica e linguística, ao movimento ou escola dedicada à análise da linguagem comum das conversas do dia a dia. Embora tenha sido um passo para o caminho certo, essa abordagem tem um aspecto em comum com o programa da reconstrução lógica que ela pretende substituir: não consegue explicar o significado no sentido amplo adotado por Wittgenstein nem dá uma solução ao problema básico de como notações sem sentido se tornam palavras com sentido gravadas no léxico de qualquer língua; e, consequentemente, não explica como uma linguagem comum é usada com sucesso para objetivos de comunicação. Em suma, falha em nos fornecer os rudimentos essenciais de uma sólida e adequada filosofia da linguagem.

Posso resumir isso levantando três questões a serem respondidas pela filosofia da linguagem e respondendo-as, em primeiro lugar, porque estão na base de todos as outras questões que podem ser levantadas sobre a linguagem. Depois que as questões forem colocadas, irei então, referindo-me a elas, caracterizar três abordagens para uma reflexão sobre a linguagem, das quais somente a terceira considero sólida e frutífera.

As três perguntas fundamentais são as seguintes:

I. O que confere significado referencial a sinais ou sons sem sentido para que se tornem palavras com significado em uma língua? Esta é a questão sobre a origem do significado.

II. A que as palavras com significado se referem quando têm significância referencial? Esta é a questão sobre os referentes das palavras nominativas – não de todas as palavras – para partículas que não têm significância referencial.

III. Qual o caráter do discurso humano no uso da linguagem comum? A linguagem comum pode ser usada satisfatoriamente pelo filósofo, assim como por outros, no intuito de comunicar e expressar conhecimento; ou pode ser substituída por instrumentos muito melhores, concebidos logicamente para fazer o que a linguagem comum não pode? Esta é a questão que pergunta se a linguagem comum realmente faz o que parece estar fazendo ou, ao contrário, nos engana porque não faz aquilo que parece estar fazendo.

As três abordagens para uma reflexão filosófica da linguagem são as seguintes:

A. *A abordagem sintática*, que o programa da sintaxe lógica de Russell é um exemplo. Esta abordagem responde à terceira das questões anteriores, rejeitando a linguagem comum para substituí-la por outra logicamente construída ou sintaxizada, que reflete uma série de compromissos ontológicos prévios. Não há, portanto, necessidade de responder à questão I; e a sua resposta à questão II é a seguinte: desde que o significado referencial seja idêntico à denotação existencial, o referente será sempre um real existente.

B. *A abordagem da "linguagem comum"*, exemplificada anteriormente por Wittgenstein e seus seguidores. Esta abordagem responde à questão III, na medida em que favorece a retenção da linguagem comum para questões filosóficas, bem como para a linguagem cotidiana. No entanto, falha em explicar por que e como a linguagem comum pode ser usada com sucesso para esses propósitos porque ignora a questão I e porque sua resposta à questão II é inadequada, pois consiste meramente na observação de que algumas palavras têm significado referencial e algumas não têm, com a observação adicional de que é melhor tratar todas as palavras como se não tivessem significado referencial e assim, em vez de procurar seus referentes, prestar atenção em como eles são usados.

C. *A abordagem semântica e léxica*, exemplificada pela filosofia da linguagem estabelecida neste livro. Esta abordagem também se compromete com a linguagem comum como um instrumento satisfatório aos discursos filosóficos e cotidianos. Responde à questão III mostrando que o discurso humano, ao usar a linguagem comum, realmente faz o que parece fazer, e é capaz de demonstrar isso pelo modo como responde às questões I e II. Responde à I explicando a origem do significado referencial pela imposição voluntária de notações sem significado a objetos de nossa apreensão; e à questão II, vendo que os objetos apreendidos são os referentes das palavras nominativas que usamos. E embora as respostas dadas às questões I e II impliquem pressupostos filosóficos e certos postulados ontológicos e psicológicos, nenhum deles é um comprometimento prévio; são todos posteriores à reflexão da própria linguagem.

A terceira abordagem tem sua raiz na tradição filosófica que tem origem em Aristóteles, foi elaborada por Tomás de Aquino, aplicada na reflexão sobre a linguagem de João de Santo Tomás, contemporâneo de Thomas Hobbes. João de Santo Tomás escreveu um tratado sistemático sobre sinais que tratavam dos problemas fundamentais do significado e estabeleceu as bases para as respostas que a terceira abordagem dá às questões I e II. Se a influência de João de Santo Tomás tivesse prevalecido nos tempos modernos, em vez da influência de Hobbes e Leibniz, o pensamento moderno poderia ter sido poupado de diversos pequenos erros que levaram a sérias consequências não apenas para a filosofia em geral, mas para a filosofia da linguagem em particular. Além de João de Santo Tomás, autores modernos como Edmund Husserl e seus seguidores também se aproximam de uma reflexão sobre a linguagem sem comprometimentos lógicos ou ontológicos prévios, além de *insights* que contribuem para solucionar a questão básica sobre o significado. Os princípios de uma sólida e adequada abordagem para a filosofia da linguagem pode ser encontrada no pensamento moderno, mas não no âmbito do que, no século XX, veio a ser chamado de "filosofia linguística".

# BIBLIOGRAFIA

Como mencionado no prefácio, esta bibliografia é dividida em quatro seções, como segue:

*Seção I.* Livros e ensaios que desenvolvem teorias ou visões que a teoria exposta neste livro discorda fundamentalmente a respeito da substância e do método da abordagem.

*Seção II.* Livros e ensaios que desenvolvem teorias ou visões que, em certos aspectos, a teoria exposta neste livro concorda em alguns aspectos e discorda em outros.

*Seção III.* Autores que fornecem *insights* ou análises presentes com as quais a teoria exposta neste livro concorda essencialmente, mas diverge em alguns aspectos, modificando-os, omitindo-os ou até prolongando-os em certos pontos da análise.

*Seção IV.* Livros e ensaios que são de relevância menor ou periférica às questões consideradas neste livro.

Nas seções I, II e III os autores principais estão organizados de maneira cronológica, seguidos de autores e comentadores secundários organizados em ordem alfabética. Na seção IV os autores estão listados em ordem alfabética.

## SEÇÃO I

Thomas Hobbes, *Leviatã*, parte I, capítulos IV-V.

G. W. Leibniz, "Fundamenta Calculi Ratiocinatoris". In: *Opera Philosophica quae Extant Latina Gallica Germanica Omnia*, facsímile de J. E. Erdmann, edição de 1840, com adicionais de Renate Vollbrecht. Aalen, 1959, p. 93.

_______. "Guilielmi Pacidii Plus Ultra". Ibid., p. 89.

_______. "De Scientia Universali seu Calculo Philosophico". Ibid., p. 84.

_______. "Letter to Gabriel Wagner on the Value of Logic", 1696. In: *Philosophical Papers and Letters*. Trad. e ed. por L. E. Loemker. Chicago, 1956, vol. II, p. 756.

_______. *Selections*. Ed. Philip P. Wiener. New York, 1951, p. 3-29; 281-90.

_______. *New Essays Concerning Human Understanting*, 3. ed. Trad. Alfred Gideon Langley. La Salle, 1949.

George Berkeley, *The Principles of Human Knowledge*, Intr., especialmente os parágrafos 11-24.

David Hume, *Treatise of Human Nature*, Parte I, Seção VII; Parte II, Seção VI.

_______. *An Enquiry Concerning Human Understanding*, Seção II; Seção XII, Parte II.

John Stuart Mill, *A System of Logic*, Livro I, Capítulos II-III.

Gottlob Frege, *The Basic Laws of Arithmetic*. Trad. Montgomery Furth, Berkeley, Los Angeles, 1964. Esp. *Exposition of the System*.

_______. "Begriffsschrift" (cap. I). Trad. P. T. Geach. In: *Translations from the Philosophical Writings of Gottlob Frege*. Ed. Peter Geach and Max Black. Oxford, 1952.

_______. "Function and Concept". Trad. P. T. Geach. Ibid.

_______. "On Concept and Object". Trad. P. T. Geach. Ibid.

_______. "On Sense and Reference". Trad. Max Black. Ibid.

_______. "What is a Function?". Trad. P. T. Geach. Ibid.

_______. "Negation". Trad. P. T. Geach. Ibid.

_______. "Frege on Definitions". Trad. P. T. Geach. Ibid.

_______. "Frege Against the Formalists". Trad. Max Black. Ibid.

_______. "Frege on Russell's Paradox". Trad. P. T. Geach. Ibid.

_______. "The Thought: A Logical Inquiry". Trad. A. M. e M. Quinton. In: *Essays on Frege*. Ed. E. D. Klemke. Urbana, 1968.

_______. "Compound Thoughts". Trad. R. H. Stoothoff. Ibid.

_______. "On Sense and Nominatum". In: *Regardings in Philosophical Analysis*. Ed. Herbert Feigl e Wilfrid Sellars. New York, 1949. In: *Contemporay Readings in Logical Theory*. Ed. Irving M. Copi e James A. Gould. New York, 1967.

Bertrand Russell, *A Critical Exposition of the Philosophy of Leibniz*. London, 1900, cap. XIV.

_______. *The Principles of Mathematics*. London, 1903, cap. IV-VII; Apêndices A-B.

_______. "Descriptions". In: *Semantics and the Philosophy of Language: A Collection of Readings*. Ed. Leonard Linsky, Urbana, 1952.

_______. "Meinong's Theory of Complexes and Assumptions". In: *Mind*, N.S. vol. XIII, 1904.

_______. "Review of *Untersuchungen zur Gegendstandstheorie und Psychologie*". A. Meinong. Leipzig, 1904. In: *Mind*, vol. XIV, 1905.

_______. "On Denoting" (1905). In: *Logic and Knowledge: Essays 1901-1950*. Ed. Robert Charles Marsh. New York, 1956. In: *Readings in Philosophical Analysis*. Ed. Herbert Feigl e Wilfrid Sellars. New York, 1949.

_______. "Review of *Über die Stellung der Gegenstandstheorie in System der Wissenschaften*". A Meinong, *Mind*, vol. XIV, 1907.

Bertrand Russell e Alfred North Whitehead, *Principia Mathematica*. Cambridge, 1910, vol. I, Parte I, Seção B, 14.

_______. "On the Relations of Universal and Particulars" (1911). In: *Logic and Knowledge: Essays 1901-1950*. Ed. Robert Charles Marsh. New York, 1956.

_______. *The Problems of Philosophy*. London, 1912, caps. IX-X.

_______. "Logic as the Essence of Philosophy". In: *Our Knowledge of the External World*. London, 1914.

_______. "The Philosophy of Logical Atomism" (1918). In: *Logic and Knowledge: Essays 1901-1950*. Ed. Robert Charles Marsh. New York, 1956.

_______. *Introduction to Mathematical Philosophy*. London, 1919, caps. 15-17.

_______. "The Meaning of the Meaning". In: *Mind*, N.S. vol. XXIX, 1930.

_______. *The Analysis of Mind*. London e New York, 1921, caps. X-XIII.

_______. "Logical Atomism" (1924). In: *Logic and Knowledge: Essays 1901-1950*. Ed. Roberto Charles Marsh. New York, 1956.

_______. *An Outline of Philosophy*. London, 1927, cap. IV.

_______. *An Inquiry Into Meaning and Truth*. London, 1940, caps. I-VI, XII-XV, XXI-XXV.

_______. "On the Nature of Acquaintance" (1941). In: *Logic and Knowledge: Essays 1901-1950*. Ed. Robert Charles Marsh. New York, 1956.

_______. *Human Knowledge: Its Scope and Limits*. New York, 1948, Part. II.

_______. "Mr. Strawson on Referring". In: *Mind*, N.S., vol. LXVI, jul. 1957. In: *Classics of Analytic Philosophy*. Ed. Robert Ammerman. New York, 1965. In: *Contemporary Readings in Logical Theory*. Ed. Irving M. Copi e James A. Gould. New York, 1967.

_______. *My Philosophical Development*. New York, 1959, p. 165-66.

L. Couturat, *La Logique de Leibniz*. Paris, 1901, p. 441.

R. F. A. Hoernlé, *Studies in Contemporary Metaphysics*. New York, 1920, cap. IV.

_______. "A Plea for a Phenomenology of Meaning". In: *Proceedings of the Aristotelian Society*, N.S., vol. XXI, 1921.

Ludwig Wittgenstein, *Tractatus Logico-Philosophicus*. London, 1922.

_______. *Zettel*. Ed. G. E. M. Anscombe e G. H. von Wright. Berkeley e Los Angeles, 1967.

_______. *Notebooks 1914-1916*. Ed. G. E. M. Anscombe e G. H. von Wright. Oxford, 1961.

_______. *The Blue and The Brown Books*. Oxford, 1958.

_______. *Philosophical Investigations*. Trad. G. E. M. Anscombe. Oxford, 1953.

C. K Ogden e I. A Richard, *The Meaning of Meaning*. New York, 1923.

F. C. S. Schiller, "The Meaning of 'Meaning'". In: *Mind*, N.S., vol. XXIX, 1930.

Moritz Schlick, "Meaning and Verification". In: *The Philosophical Review*, vol. XLV, jul. 1936. In: *Readings in Philosophical Analysis*. Ed. Herbert Feigl e Wilfrid Sellars. New York, 1949.

Charles Morris, *Signs, Language, and Behaviour*. New York, 1946, cap. I-III; apêndice.

_______. *Signification and Significance: A Study of the Relation of Signs and Values*, Cambridge, 1964, cap. 1.

_______. "Foundations of the Theory of Signs". In: *Foundations of the Unity of Science*, vol. I, n. 2, 1938.

A. J. Ayer, *Thinking and Meaning*. London, 1947.

_______. "Philosophy and Language". In: *Clarity Is Not Enough*. Ed. H. D. Lewis. London, 1963.

_______. "Meaning and Intentionality". In: *Proceedings of the XII[th] International Congress of Philosophy*. Firenze, 1958, p. 153. Reimpresso em *Problems in the Philosophy of Language*. Ed. T. M. Olshewsky. New York, 1969, p. 241.

Gilbert Ryle, *The Concept of Mind*. New York, 1949, p. 327-30.

_______. "Ordinary Language". In: *The Philosophical Review*, vol. LXII, n. 2, abr. 1953.

_______. "The Theory of Meaning". In: *British Philosophy in the Mid-Century: A Cambridge Symposium*. Ed. C. A. Mace. London, 1966. In: *Philosophy and Ordinary Language*. Ed. Charles E. Caton. Urbana, 1963.

_______. "Use, Usage and Meaning". In: *The Theory of Meaning*. Ed. G. H. R. Parkinson. Oxford, 1968.

_______. "Intentionality-Theory and the Nature of Thinking". In: *Revue Internationale de Philosophie*, n. 104-105, 1973, fasc. 2-3.

Charles E. Osgood, *Method and Theory in Experimental Psychology*. New York, 1953, part. IV, cap. 15-16.

C. E. Osgood, G. Suci e P. Tannenbaum, "The Logic of Semantic Differentiation". In: *Psycholinguistics: A Book of Readings*. Ed. Sol Saporta. New York, 1961.

W. F. Sellars, "Presupposing". In: *The Philosophical Review*, vol. LXIII, abr. 1954, p. 197-215.

_______. *Science, Perceptions, and Reality*. New York, 1963, p. 41-59.

_______. Realism and the New Way of Words. In: *Readings in Philosophical Analysis*. Ed. Herbert Feigl e Wilfrid Sellars. New York, 1949.

Niels Christensen, "A Proof that Meaning are Neither Ideas Nor Concepts". In: *Analysis*, vol. 17, out. 1956.

_______. *On the Nature of Meanings: A Philosophical Analysis*. Copenhagen, 1965.

_______. "On the Nature of Menings". In: *Analysis*, vol. 16, 1965.

P. F. Strawson, *Introduction to Logical Theory*. London, 1952, cap. 6.

_______. "Identifying Reference and Truth-Values". In: *Teoria*, vol. XXX, 1964.

_______. "On Referring, Classics of Analytics Philosophy". Ed. Robert R. Ammerman. New York, 1965. In: *Contemporary Readings in Logical Theory*. Ed. Irving M. Copi e James A. Gould. New York, 1967. In: *Essays in Conceptual Analysis*. Ed. Antony Flew. London e New York, 1956. In: *Philosophy and Ordinary Language*. Ed. Charles E. Caton. Urbana, 1963. In: *The Theory of Meaning*. Ed. G. H. R. Parkinson. Oxford, 1968.

_______. "A Reply to Mr. Sellars". In: *The Philosophical Review*, vol. LXIII, 1954.

B. F. Skinner, *Verbal Behaviour*. New York, 1957.

_______. "A Functional Analysis of Verbal Behaviour". In: *Psycholinguistics: A Book of Readings*. Ed. Sol Saporta. New York, 1961.

_______. "The Problem of Reference". Ibid.

Carl G. Hempel, "The Empiricist Criterion of Meaning". In: *Logical Positivism*. Ed. A. J. Ayer, Glencoe, 1959.

_______. "Problems and Charges in the Empiricist Criterion of Meaning". In: *Classics of Analytic Philosophy*. Ed. Robert R. Ammerman. New York, 1965. In: *Semantics and the Philosophy of Language: A Collection of Readings*. Ed. Leonard Linsky. Urbana, 1952.

John Austin, "The Meaning of a Word". In: *Philosophical Papers*. Ed. J. O. Urmson e G. J. Warnock. Oxford, 1961. In: *Philosophy and Ordinary Language*. Ed. Charles E. Caton. Urbana, 1963. In: *Theory of Meaning*. Ed. Adrienne e Keith Lehrer. Englewood Cliffs, 1970. In: *Analyticity*. Ed. James F. Harris Jr. e Richard H. Severens. Chicago, 1970.

W. V. Quine, *Methods of Logics*. New York, 1959, p. 215-19, 220-24.

________. *Word and Object*. Cambridge, 1960.

________. *From A Logical Point of View*. New York, 1961, p. 8-9; 130-38.

________. *Selected Logics Papers*. New York, 1966.

________. *Ontological Relativity and Other Essays*. New York e London, 1969.

________. *The Roots of Reference*, La Salle, 1974.

________. "The Problem of Meaning in Linguistics". In: *The Structure of Language: Readings in the Philosophy of Language*. Ed. Jerry A. Fodor e Jarrold J. Katz. Englewood Cliffs, 1964. In: *Psycholinguistics: A Book of Readings*. Ed. Sol Saporta. New York, 1961.

________. "Speaking of Objects". In: *The Structure of Language: Readings in the Philosophy of Language*. Ed. Jerry A. Fodor e Jerrold J. Katz. Englewood Cliffs, 1964.

________. "Meaning and Translation". Ibid.

________. "Designation e Existence". In: *Readings in Philosophical Analysis*. Ed. Herbert Feigl e Wilfrid Sellars. New York, 1949.

________. "Philosophical Progress in Language Theory". In: *Metaphilosophy*, vol. I, jan. 1970, p. 2-19.

________. "On What There Is". *The Problem of Universals*. Ed. Charles Landesman. New York e London, 1971. In: *Semantics and the Philosophy of Language*. Ed. Leonard Linsky. Chicago, 1952.

Michael Dummett, *Frege: Philosophy of Language*. New York, 1973.

________. Nominalism. In: *Essays on Frege*. Ed. E. D. Klemke. Urbana, 1968.

________. "Note: Frege on Functions". Ibid.

***

William P. Alston, *The Quest for Meaning*. In: *Mind*, vol. LXXII, n. 285, jan. 1963.

________. "Meaning and Use". In: *The Philosophical Quarterly*, vol. 13, abr. 1963. In: *The Theory of Meaning*. Ed. G. H. R. Parkinson. Oxford, 1968.

________. *Philosophy of Language*. Englewood Cliffs, 1964.

________. "Meaning". In: *The Encyclopedia of Philosophy*. Ed. Paul Edwards, vol. V. New York, 1967.

________. "Theories of Meaning". In: *Theory of Meaning*. Ed. Adrienne e Keith Lehrer. Englewood Cliffs, 1970.

László Antal, *Content, Meaning, and Understanding*. The Hague, 1964.

________. *Questions of Meaning*. The Hague, 1963.

Max Black, *Language and Philosophy: Studies in Method*. Ithaca, 1949, caps. V-IIII.

________. "Language and Reality". In: *Proceedings and Addresses of the American Philosophical Association*, vol. XXXII, out. 1951. In: *Clarity Enough*. Ed. H. D. Lewis. London, 1963. In: *Linguistic Turn: Recent Essays in Philosophy Method*. Ed. Richard Rorty. Chicago e London, 1967.

________. *Models and Methafors: Studies in Language and Philosophy*. Ithaca, 1962, caps. I-II; VI-VIII.

Roger W. Brown, *Words and Things: An Introduction to Language*. New York e London, 1958, cap. III.

Roger W. Brown e Don E. Dulaney, "A Stimulus-Response Analysis of Language an d Meaning". In: *Language, Thought, and Culture*. Ed. Paul Henle. Ann Arbor, 1965.

L. J. Cohen, *The Diversity of Meaning*. New York, 1963.

James W. Cornman, "Language and Ontology". In: *The Linguistic Turn: Recent Essays in Philosophical Method*. Ed. Richard Rorty. Chicago e London, 1967.

_______. *Methaphysics, Reference, and Language*. New Haven e London, 1966.

_______. "Uses of Language and Philosophical Problems". In: *The Linguistic Turn: Recent Essays in Philosophical Method*. Ed. Richard Rorty. Chicago e London, 1967.

Ralph Monroe Eaton, *Symbolism and Truth: An Introduction to the Theory of Knowledge*. New York, 1964.

William K. Frankena, "Some Aspect of Language". In: *Language, Thought, and Culture*. Ed. Paul Henle. Ann Arbor, 1965.

Nelson Goodman, "On Likeness of Meaning". In: *Semantics and the Philosophy of Language*. Ed. Leonard Linsky. Urbana, 1952. In: *Philosophy and Analysis*. Ed. Margaret MacDonald. New York, 1954.

_______. "On Some Differences About Meaning". In: *Philosophy and Analysis*. Ed. Margaret Macdonalds. New York, 1954.

H. P. Grice, "Meaning". In: *The Philosophy Review*, vol. LXVI, jul. 1957.

Charles Landesman, *Discourse and Its Presuppositions*. New Haven e London, 1972.

Adrienne Lehrer, "Meaning and Linguistics". In: *Theory of Meaning*. Ed. Adrienne e Keith Lehrer. Englewood Cliffs, 1970.

Keith Lehrer, "Meaning in Philosophy. Ibid.

Leonard Linsky, "Reference and Referents". In: *Philosophy and Ordinary Language*. Ed. Charles E. Caton. Urbana, 1963.

_______. *Referring*. London e New York, 1967.

A. M. "MacIver, Demonstratives and Proper Names". In: *Philosophy and Analysis*. Ed. Margaret Macdonalds. New York, 1954.

Graham Neulich, "A Scrutiny of Reference". In: *Canadian Journal of Philosophy*, vol. I, n. 3, 1972.

John R. Searle, *Speech Acts: An Essay in the Philosophy of Language*. Cambridge, 1969.

_______. "Meaning and Speech Acts". In: *The Philosophical Review*, vol. LXXI, out. 1962. In: *Theory of Meaning*. Ed. Adrienne e Keith Lehrer. Englewood Cliffs, 1970.

_______. "Proper Names". In: *Philosophy and Ordinary Language*. Ed. Charles E. Caton. Urbana, 1963.

Rulon Wells, "Meaning and Use". In: *Psycholinguistics: A Book of Readings*. Ed. Sol Saporta. New York, 1961. In: *Theory of Meaning*. Ed. Adrienne e Keith Lehrer. Englewood Cliffs, 1970.

Paul Ziff, "On H. P. Grice's Account of Meaning". In: *Analysis*, vol. 28, out. 1967.

***

G. E. M. Anscombe, *An Introduction to Wittgenstein's Tractatus*. New York, 1965, caps. 2, 6-7.

A. J. Ayer, *Russell and Moore: The Analytical Heritage*. Cambridge, 1971, cap. 2.

Gustav Bergmann, "Ontological Alternatives". In: *Essays on Frege*. Ed. E. D. Klemke. Urbana, 1968.

________. "Frege's Hidden Nominalism". Ibid.

James Bartlett, "On Questioning the Validity of Frege's Concept of Function". Ibid.

Max Black, "Frege on Function". Ibid.

Charles E. Caton, "An Apparent Difficulty in Frege's Ontology". Ibid.

Robert J. Clack, *Bertrand Russell's Philosophy of Language*. The Hague, 1969.

John W. Cook, "Solipcism and Language". In: *Ludwig Wittgenstein: Philosophy and Language*. Ed. Alice Ambrose e Morris Lazerowitz. London e New York, 1972.

E. Daitz, "The Picture Theory of Meaning". In: *Essays in Conceptual Analysis*. Ed. Antony Flew. London e New York, 1956.

Frank Ebersole, "Saying and Meaning". In: *Ludwig Wittgenstein: Philosophy and Language*. Ed. Alice Ambrose e Morris Lazerowitz. London e New York, 1972.

E. J. Furlong, "Berkeley's Theory of Meaning". In: *Mind*, vol. LXXIII, jul. 1964.

Richard Gale, "Strawson's Restricted Theory of Referring". In: *The Philosophical Quarterly*, vol. XX, 1970.

P. T. Geach, "Russell's Theory of Descriptions". In: *Philosophy and Analysis*. Ed. Margaret Macdonald. New York, 1954.

_______. "Frege". In: *Three Philosophers*. Oxford, 1963.

_______. "Naming and Predicating". In: *Essays on Frege*. Ed. E. D. Klemke. Urbana, 1968.

_______. "Class and Concept". Ibid.

M. S. Gram, "Frege, Concept, and Ontology". Ibid.

Reinhardt Grossmann, "Frege's Ontology". Ibid.

Garth Hallett, *Wittgenstein's Definition of Meaning as Use*. New York, 1967.

Gilbert Harman, "Quine on Meaning and Existence". In: *The Review of Metaphysics*, vol. XXI, dez. 1967.

H. Hochberg, "Strawson, Russell, and the King of France". In: *Philosophy of Science*, vol. XXXVII, 1970.

Howard Jackson, "Frege's Ontology". In: *Essay on Frege*. Ed. E. D. Klemke. Urbana, 1968.

W. E. Kennick, "Philosophy as Grammar and the Reality of Universals". In: *Ludwig Wittgenstein: Philosophy of Language*. Ed. Alice Ambrose e Morris Lazerowitz. London e New York, 1972.

E. D. Klemke, "Frege's Ontology: Realism". In: *Essays on Frege*. Ed. E. D. Klemke. Urbana, 1968.

_______. "Professor Bergmann and Frege's 'Hidden Nominalism'". Ibid.

F. J. Leavitt, "On Strawson's Revised Position on Identifying Reference". In: *Theoria*, vol. XXXV, 1969.

William Marshall, "Frege's Theory of Functions and Objects". In: *Essays on Frege*. Ed. E. D. Klemke. Urbana, 1968.

_______. "Sense and Reference: A Reply". Ibid.

G. E. Moore, Russell's 'Theory of Descriptions'". In: *Philosophical Papers*. New York, 1962.

_______. "Wittgenstein's Lecture in 1930-1933". In: *Classics of Analytic Philosophy*. Ed. Robert R. Ammerman. New York, 1965.

James C. Morrison, *Meaning and Truth in Wittgenstein's Tractatus*. The Hague, 1968.

George Pitcher, *The Philosophy of Wittgenstein*. Englewood Cliffs, 1964, parte II, caps. 10-12.

John R. Searle, "Russell's Objections to Frege's Theory of Sense and Reference". In: *Essays on Frege*. Ed. E. D. Klemke. Urbana, 1968.

Robert Sternfeld, *Frege's Logical Theory*. Carbondale, 1966.

Jeremy D. B. Walker, *A Study of Frege*. Ithaca, 1965.

Rulon Wells, "Frege's Ontology". In: *Essays on Frege*. Ed. E. D. Klemke. Urbana, 1968.

_______. "Is Frege's Concept of a Function Valid?". Ibid.

Paul D. Wienpahl, "Frege's Sinn und Bedeutung". Ibid.

John Wisdom, "Wittgenstein on 'Private Language'". In: *Ludwig Wittgenstein: Philosophy and Language*. Ed. Alice Ambrose e Morris Lazerowitz. London e New York, 1972.

## SEÇÃO II

John Locke, *An Essay Concerning Human Understanding*, Book III.

F. H. Bradley, *The Principles of Logic*, Logic. London, 1883, Book I, cap. 1, p. 2-8.

Franz Brentano, *The True and the Evident*. Trad. Roderick M. Chisholm, Ilse Politzer e Kurt R. Fischer. New York, 1966, parte 2, cap. III; parte 3, caps. I-II; Apêndices, cap. II.

_______. "Genuine and Fictitious Objects". Trad. D. B. Terrell. In: *Realism and the Background of Phenomenology*. Ed. Roderick M. Chisholm. Glencoe, 1960.

_______. "The Distinctions Between Mental and Physical Phenomena". Ibid.

_______. "Presentation and Judgement Form Two Distinct Fundamental Classes. Ibid.

R. F. A. Hoernlé, "Image, Idea and Meaning". In: *Mind*, N.S., vol. XVI, 1907.

H. H. Joachim, "The Meaning of 'Meaning'". In: *Mind*, N.S., vol. XXIX, 1930.

Clarence Irving Lewis, "Experience and Meaning". In: *Collected Papers of Clarence Irving*. Ed. John D. Goheen e John L. Mothershead. Stanford, 1970.

_______. "The Modes of Meaning". Ibid.

Brand Blanshard, *The Nature of Thought*. London, 1939, Book Two, caps. VIII-IX.

H. H. Price, "Thinking and Experience". London, 1953, esp. p. 160-233, 288-96, 327-57.

_______. "Thinking and Representation". In: *Proceedings of the British Academy*, 1947.

Paul Henle, "The Problem of Meaning", Proceedings of the American Philosophical Society, vol. XXVII, 1954.

_______. "Do We Discover Our Uses of Words?". In: *The Linguistic Turn: Recent Essays in Philosophical Method*. Ed. Richard Rorty. Chicago, 1967.

Morris Lazerowitz, *The Structure of Metaphysics*. London, 1955, caps. III, XI.

F. Waismann, *The Principles of Linguistics Philosophy*. Ed. R. Harré. New York, 1965, part. II, caps. VI, VIII, X-XII, XVI.

Karl R. Popper, *Objective Knowledge: An Evolutionary Approach*. Oxford, 1972, cap. 4.

***

Roderick M. Chisholm, "Brentano on Descriptive Psychology and the International". In:, *Introduction to the Philosophy of Mind*. Ed. Harold Morick. New York, 1970. In: *Phenomelogy and Existentialism*. Ed. Edward N. Lee e Maurice Mandelbaum. Baltimore, 1967.

________. "Intentionality and the Mental". In: Minnesota Studies in the Philosophy of Science, vol. II: *Concepts, Theories, and the Mind-Body Problem*. Ed. Herbert Feigl, Michael Scriven e Grover Maxwell. Minneapolis, 1958.

________. "On Some Psychological Concepts and the 'Logic' of Intentionality", com comentários de Robert C. Sleigh, Jr., e tréplica de Roderick M. Chisholm, In: *Intentionality, Minds, and Perception: A Discussion on Contemporary Philosophy*, compilado por Hector-Neri Castañeda. Detroit, 1966.

Noam Chomsky, "A Review of B. F. Skinner's *Verbal Behavior*". In: *The Structure of Language: Reading in the Philosophy of Language*. Ed. Jerry A. Fodor e Jerrold J. Katz. Englewood Cliffs, 1964.

P. T. Geach, *Reference and Generality: An Examination of Some Medieval and Modern Theories*. Ithaca, 1962.

Reinhardt Grossman, "Non-Existent Objects: A Recent Work on Brentano and Meinong". In: *American Philosophical Quarterly*, vol. 6, 1969.

Aristóteles, *On Interpretation*, 1, 16a, 4-8.

________. *On Interpretation, Commentary by St. Thomas and Cajetan*. Trad. Jean Oesterle. Milwaukee, 1962, Lições II-IV.

Agostinho, *Concerning the Teacher*, caps. I-VII.

________. "On Christian Doctrine", livro I, cap. 2; livro II, caps. 1-4.

Tomás de Aquino, *Suma Teológica*, Parte I, 13, 1; 29, 2; 34, 1; 79, 10, ad. 3; 84, 7; 85, 2, ad. 3; 85, 5; Parte I-II, 7, 1.

João de Santo Tomás [Jean Poinsot], *Cursus philosophicus*. Ed. B. Reiser, Torino, 1930, vol. I, parte II, Qq. XXI-XXXIII, 646a, 14-749b, 47. Ver também Q. II, arts.1, 2, 4; Q. XVII, arts. 1, 2, 3.

Alexius Meinong, *Ueber Annahmen*. Leipzig, 1910.

_______. "The Theory of Objects". Trad. Isaac Levi, D. B. Terrell e Roderick M. Chisholm. In: *Realism and the Background of Phenomenology*. Ed. Roderick M. Chisholm. Glencoe, 1960.

Edmund Husserl, *Recherches Logiques*. Trad. do alemão por Hubert Élie, com colaboração de Lothar Kelkel e René Schérer. Paris, 1961; tomo II, primeira parte, I, caps. I-IV; tomo II, segunda parte, III, caps. I, IV.

Jacques Maritain, *Reflexions Sur L'Intelligence*. Paris, 1924, caps. I-II.

_______. *Les Degrés du Savoir*. Paris, 1932; anexo I.

_______. *The Degrees of Knowledge*. New York, 1938; cap. III, esp. as p. 144-64.

_______. *An Introduction to Logic*. New York, 1937, cap. I, seções 1-3.

_______. *Ransoming the Time*. New York, 1941, cap. IX, "Sign and Symbol".

_______. "Language and the Theory of Sign". In: *Language: An Enquiry into Its Meaning and Function*. Ed. Ruth Nanda Ansher. New York, 1957.

Yves Simon, "To Be and To Know". In: *Chicago Review*, vol. 14, n. 4, 1961.

_______. *Introduction à l'ontologie du connâitre*. Paris, 1934, e Dubuque, 1965.

_______. *The Great Dialogue of Nature and Space*. Ed. Gerard J. Dalcourt, Albany. New York, 1972, p. 95-110.

John A. Oesterle, "The Problem of Meaning", *The Thomist*, vol. VI, jul. 1943.

_______. "Another Approach to the Problem of Meaning". In: *The Thomist*, vol. VII, abr. 1944.

Bernard Lonergan, *Verbum: Word and Idea in Aquinas*. Ed, David B. Burrell, South Bend, 1967.

Etienne Gilson, *Linguistique et Philosophie*. Paris, 1969, caps. II-IV.

John N. Deely, The Two Approaches to Language, In: *The Thomist*, vol. XXXVIII, 1974.

***

Gustav Bergmann, *Realism: A Critique of Brentano and Meinong*. Madison, 1967.

Roderick M. Chisholm, "Meinong, Alexius". In: *The Encyclopedia of Philosophy*. Ed. Paul Edwards, vol. 5. New York, 1967.

_______. "Homeless Objects". In: *Revue Internationele de Philosophie*, n. 104-105, 1973, fasc. 2-3.

Jacques Derrida, *Speech and Phenomena and Other Essays on Husserl's Theory of Signs*. Trad. David B. Allison. Evanston, 1973.

J. N. Findlay, *Meinong's Theory of Objects and Values*. Oxford, 1963.

_______. "Meinong the Phenomenologist". In: *Revue Internationale de Philosophie*, n. 104-105, 1973, fasc. 2-3.

_______. "Use, Usage and Meaning". In: *Clarity Is Not Enough*. Ed. H. D. Lewis. London, 1963. In: *The Theory of Meaning*. Ed. G. H. R. Parkinson. Oxford, 1968.

Aron Gurwitsch, "Husserl's Theory of the Intentionality of Consciousness in Historical Perspective". In: *Phenomenology and Existentionalism*. Ed. Edward N. Lee e Maurice Mandelbaum. Baltimore, 1967.

André Hayen, *L'intentionnel Selon Saint Thomas*, Second Edition. Paris, 1954.

J. N. Mohanty, *Edmund Husserl's Theory of Meaning*. The Hague, 1969.

_______. *The Concept of Intentionality*. St. Louis, 1972.

Herman Parret, "Husserl and the Neo-Humboldtians on Language". In: *International Philosophical Quarterly*, vol. XII, n. 1, mar. 1972.

Paul Ricoeur, "Husserl and Wittgenstein on Language". In: *Phenomenology and Existentialism*. Ed. Edward N. Lee e Maurice Mandelbaum. Baltimore, 1967.

Robert Sokołowski, *The Formation of Husserl's Concept of Constitution*, The Hague, 1964, cap. II.

Henry Veatch, *International Logic*. New Haven, 1952.

George P. Adams, "The Habitat of Meaning". In: *Meaning and Interpretation*. Berkeley, 1950.

John Austin, *How to Do Thinks with Words*. Ed. J. O. Urmson. New York, 1962.

L. Bloomfield, "Meaning". In: *Psycholinguistics: A Book of Readings*. Ed. Sol Saporta. New York, 1961.

Rudolf Carnap, *The Logical Syntax of Language*. Trad. Amethe Smeaton. London, 1937.

_______. *Introduction to Semantics*. Cambridge, 1942.

_______. *Meaning and Necessity: A Study in Semantics and Modal Logic*. Chicago, 1956.

_______. *The Logical Structure of the World and Pseudoproblems in Philosophy*. Trad. Rolf A. George. Berkeley e Los Angeles, 1967.

_______. "Testability and Meaning". In: Classics of Analytic Philosophy. Ed. Robert R. Ammerman. New York, 1965.

W. L. Chafe, *Meaning and the Structure of Language*. Chicago, 1970.

Noam Chomsky, "Syntax and Semantics". In: *Psycholinguistics: A Book of Readings*. Ed. Sol Saporta. New York, 1961.

_______. *Current Issues in Linguistic Theory*. The Hague, 1964.

_______. *Syntactic Structures*. The Hague, 1965.

_______. *Aspects of the Theory of Sintax*. Cambridge, 1965.

_______. *Cartesian Linguistics: A Chapter in the History of Rationalist Thought*. New York e London, 1966.

_______. *Language and Mind*. New York, 1968.

Marcia L. Colish, *The Mirror of Language: A Study in the Medieval Theory of Knowledge*. New Haven e London, 1968.

Irving M. Copi, "The Growth of Concepts". In: *Language, Thought, and Culture*. Ed. Paul Henle, Ann Arbor, 1965.

_______. "Reply to Bergmann". In: *The Linguistics Turn: Recent Essay in Philosophy Method*. Ed. Richard Rorty. Chicago e London, 1967.

S. Morris Engel, *Language and Illumination: Studies in the History of Philosophy*. The Hague, 1969, caps. 1-2.

Edward Erwin, *The Concept of Meaninglessness*. Baltimore e London, 1970.

Raymond J. Firth, "Modes of Meaning". In: Papers in Linguistics, 1934-1951. London, 1957.

Antony Flew, "Philosophy and Language". In: *Essays in Conceptual Analysis*. Ed. Antony Flew. London e New York, 1956.

Charles C. Fries, "Meaning and Linguistic Analysis". In: *Theory of Meaning*. Ed. Adrienne e Keith Lehrer. Englewood Cliffs, 1970.

Eugene T. Gendlin, *Experiencing and the Creation of Meaning: A Philosophical and Psychological Approach to the Subjective*. Glencoe, 1962.

Stuart Hampshire, "The Interpretation of Language: Words and Concepts". In: *British Philosophy in the Mid-Century: A Cambridge Symposium*. Ed. C. A. Mace. London, 1966. In: *The Linguistic Turn: Recent Essays in Philosophical Method*. Ed. Richard Rorty. Chicago e London, 1967.

_______. "Are All Philosophical Questions of Language?". In: *The Linguistic Turn: Recent Essays in Philosophical Method*. Ed. Richard Rorty. Chicago e London, 1967.

Bernard Harrison, *Meaning and Structure: An Essay in the Philosophical of Language*. New York, 1972.

David Holdcroft, "Meaning and Illocutionary Acts". In: *The Theory of Meaning*. Ed. G. H. R. Parkinson. London, 1968.

Jerrold J. Katz, *The Philosophy of Language*. New York, 1966.

Remy C. Kwant, *Phenomenology of Language*. Pittsburgh, 1965.

John Lyons, *Noam Chomsky*. New York, 1970.

C. A. Mace, "Some Trends in the Philosophy of Mind". In: *British Philosophy in the Mid-Century: A Cambridge Symposium*. Ed. C. A. Mace. London, 1966.

Paul Marhenke, "The Criterion of Significance". In: *Semantics and the Philosophy of Language*. Ed. Leonard Linsky. Urbana, 1952.

Benson Mates, "Synonymity". In: Analyticity. Ed. James F. Harris Jr. e Richard H. Severens. Chicago, 1970.

George A. Miller, *Language and Communication*. New York, 1951.

Charles E. Osgood; George J. Suci; Percy H. Tannenbaum, *The Measurement of Meaning*, Urbana, 1957.

Stephen R. Schiffer, *Meaning*. Oxford, 1972.

Dudley Shapere, "Philosophy and the Analysis of Language". In: *The Linguistic Turn: Recent Essays in Philosophical Method*. Ed. Richard Rorty. Chicago e London, 1970.

Daniel M. Taylor, *Explanation and Meaning: An Introduction to Philosophy*. London e New York, 1970.

Robert F. Terwilliger, *Meaning and Mind: A Study in the Psychology of Language*. New York, 1968.

William Todd, "Intentionality and the Theory of Meaning". In: *Philosophical Studies*, vol. XVII, jun. 1964.

Stephen Ullmann, *The Principles of Semantics*. New York, 1951.
Wilbur Marshall Urban, *Language and Reality: The Philosophy of Language and the Principles of Symbolism*. London e New York, 1939.
V. Welby, *What Is Meaning?: Studies in the Development of Significance*. London, 1903.
Paul Ziff, *Semantic Analysis*. Ithaca, 1960.
________. *Understanding Understanding*. Ithaca e London, 1972.

De Mortimer J. Adler leia também:

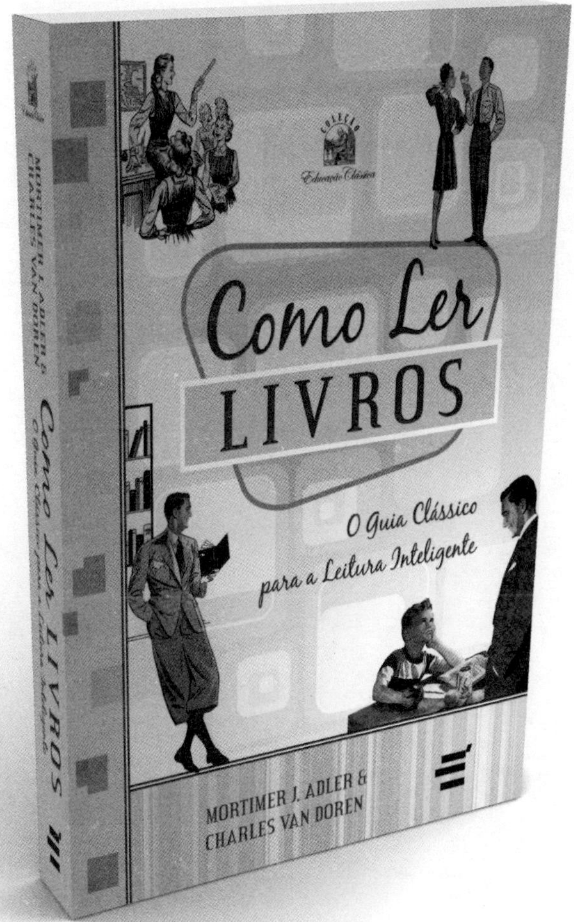


Neste clássico, Mortimer Adler nos ensina a praticar a leitura em diferentes níveis – elementar, inspecional, analítica e sintópica – e nos ajuda a adequar nossa expectativa e forma de leitura ao tipo de livro que pretendemos ler. Não se lê um romance da mesma forma que se lê ciência. Não se lê ciência da mesma forma que se lê história. Mais que um livro de técnicas de leitura, trata-se de um verdadeiro tratado de filosofia da educação.

Este livro proporciona ao leitor uma viagem através dos clássicos da literatura mundial, mostrando que o contato com essas obras permite uma conversa divertida e, ao mesmo tempo, infinita, por toda a biblioteca. Esta edição apresenta a transcrição dos treze encontros de Mortimer J. Adler e Charles Van Doren, produzidos e publicados pela Enciclopédia Britânica, e acesso integral aos vídeos do programa. É curioso que, um tempo depois de sua publicação, os vídeos se perderam, e assim permaneceram durante muitos anos. Agora você poderá assisti-los, e lê-los, nesta publicação da É Realizações!

Livros sobre a arte de falar há muitos, mas poucos se dedicam à arte de ouvir. Com sua erudição e clareza, Mortimer Adler aborda neste volume ambas as atividades em seções distintas dedicadas ao discurso ininterrupto, à escuta silenciosa e à conversa de mão dupla. Fundamental para estudantes, homens de negócios, políticos, conferencistas e todos que desejam aperfeiçoar suas habilidades comunicativas.